講談社文庫

ガリバー・パニック

楡 周平

JN266401

講談社

ガリバー・パニック

1

夕暮れと日没の狭間《はざま》がはっきりとしない一日の終わりだった。

空一面にはりついた雲は時間の経過とともに低くなり、海と空との境界線をますます曖昧《あいまい》なものにしていく。淀《よど》んだ空気をゆっくりと攪拌《かくはん》するかのように、生暖かい風が吹き抜けるたびに、そこに含まれる湿り気の微妙な変化にともなって大気の質量がわずかに変化していくのが分かった。遠く稲妻の閃光《せんこう》が時おり煌《きらめ》くと、厚く垂れこめた雲の上を雷鳴が駆けていく。

玄界灘《げんかいなだ》に面した海岸、コンクリートの護岸で補強された一画では、大規模な建築工事が行なわれていた。ほぼ完成に近づきつつあるその建物は、ふたつのユニットに大きく分かれていた。コンクリートの巨大な箱といった観の三階建ての建物、隣接した変電施設には高圧電流が走る鉄塔から直接電線が引きこまれている。そこから伸びるいくつかの線は、併設されている二階建ての建物に繋《つな》がっている。

工事内容を示す金属でできた掲示板には、『養殖魚増産施設工事』と白の地に黒いエナメルで鮮やかに書かれている。

建設期間中、建物を覆っていた足場はすでに取り払われてはいたが、敷地は工事車両の轍《わだち》や作業員たちの足跡が残り、建築資材の切れ端《はし》や梱包材《こんぽうざい》が散乱する現場の様子から、まだこの施設は完工間際で稼働していないようだ。

一人の男が現われ、二階建ての建物の基礎部分に視線を凝《こ》らしながらゆっくりと歩き始めた。黄色いヘルメットに黄土色《おうどいろ》の作業服、そして地下足袋《じかたび》を履いている。作業服の胸には金茶の糸で『熊田工務店』の縫い取りがしてある。うつむき加減になって歩くたびに、男の首に巻かれたピンクのタオルがそのリズムに合わせてゆっくりと揺れた。何か不具合な部分でも探しているのだろう、男は手にした金属の棒で建物の基礎部分と地面の間を掘り返しては何事かを確認している。

その何箇所目かに来た時、隣接する変電施設に設置された変圧器の群れが一斉《いっせい》に音をたてて震えだした。雷が近づくと電柱の上に設置された変圧器が唸りをあげることがあるのだが、それにしては音が大きすぎる。

――はて、設備の試験でも始まったのかな。

土を掘り返す男の手が止まった。作業事務所のホワイト・ボードに書きこまれた作業スケジュールを思いだした。記憶はさだかではなかったが、そんな予定もあったような気がする。

しかし、そんなことは男にとってどうでもいいことだった。不具合な箇所を探しだし、施《せ》主《しゅ》への引き渡しをつつがなく終わらせる。建物がどういう目的で建設され、何に使われようが作業員である男の仕事にさほどの違いがあるわけではなかった。

男の興味はすでに工事の不具合箇所の発見に移りつつあった。

変圧器の唸りはさらに高く、周囲の空気を震動させる。高圧線が引きこまれた変電施設の中には、十個ほどの変圧器が設置されていたが、めいめいが奏でる違う波長が、徐々に合い始めたのである。波長はみっつからふたつ、そしてひとつへとある周期に向けて共鳴しつつあった。絶え間なく鼓膜を刺激する音の強弱が、めりはりを持つ。それをはっきりと感じた時、男は自分の目に映る周囲の光景が、音の周期に合わせるように歪み始めていることに気がついた。

――何だ……これはいったい……。

異常に気がついた瞬間。自分の頭の真上からカラカラという乾いた音がしたかと思うと、男は自分の体が眩《まばゆ》いばかりの光に包まれるのを感じた。虹色の光、いやそれは限りなく透明に近い白い光だった。痛み、快感、あるいは浮揚感のようでもあり、自分の体が地に沈んでいくような不快な感覚であったのかもしれない。正と負の相矛盾する不思議な感覚に包まれながら、男の意識は急速に失われていった。そして完全に光の中に吸いこまれていく瞬間、男は変電設備と建物が同じように光に包まれているのを見た。

男は知らなかったが、この瞬間、落雷と試験的に流された高電流、そのふたつがあいまって、局地的に強烈な磁場が発生した。変電施設の中に置かれた変圧器の微妙な配置、そして共鳴。それぞれが奏でる波長がすべて一致し、頂点に達したとき、一点に天からの膨大なエネルギーが降り注いだ。磁場は拡散され、無数の波動となって時限空間を切り裂き、そしてそこに大きな穴が開いた。

——いったい自分はどうなるのだろう……。

凄まじいばかりのエネルギーに包まれるのを感じながら、薄れゆく意識の中で男がはっきりと認識した最後の感情だった。

2

夜明けがいつにも増して静かに感じられたのは、昨日の昼から夜半まで吹き荒れた嵐が凄まじいものだったからに違いなかった。

安定した大気は生温《なまぬる》く、雨水を含んだ地面から早くも蒸発しはじめた水分は深い霧となって、淀んだヴェールの中に周囲のすべてを埋没させていた。長い九十九里《くじゅうくり》の海岸線に沿って生える松の防風林も霧の中に没し、シルエットでさえ存在を確認することはできない。聞こえるのは断続的に一定のリズムで海岸に押し寄せる波の音。ただそれだけだった。

防風林を隔てた内陸側は水田が広がっており、間にまっすぐ海岸に向かって延びる農道がある。雑草におおわれていない二本の轍の上をわずかばかりの漁具と弁当の入った籠《かご》を持ち、海岸に向かって歩いていく二人の男の姿。それがヴェールに覆われた世界の中で動きのあるもののすべてだった。

日焼けした顔には深く刻まれた皺《しわ》が浮かび、短く刈りこまれた堅い頭髪には白いものが混じる七十歳にはなろうという老人と、髪をいま風に茶色に染めてはいるが、頭にタオルの鉢巻をしたところがいかにも漁師といったまだ二十歳ぐらいの若い男の二人だった。

二人が身にまとった胸まであるゴム長が、歩を進めるたびに妙に間の抜けた鈍い音をたてた。

「急げよ隆志《たかし》。二日も網を揚げてねえんだからな。魚がいっぱい入ってても、駄目になってんのが多いにちげえねえ。選別の時間を考えたら、急がねえと今日の競《せ》りに間に合わねえ」

先頭を行く老人が、歩を進めると、

「わかってるって、じいちゃん。それにしても夕べの嵐、凄かったな」

口の端にくわえた煙草をふかしながら、若い男が答えた。

「俺も海に出て、ずいぶんになるけど、まあ、あんな嵐は初めてだ」

「天気予報じゃ台風って言ってたけど……」

重量のある漁具を、持ち直した孫に向かって、

「なにいってる。あんな台風があってたまっか」

視界のきかない前方に目を凝らしながら、低い声で言った。

六月に台風が日本本土を直撃するのは稀《まれ》にあることだが、老いた漁師が言うのも道理、昨夜の嵐は、台風という言葉をもって表現するにはあまりにも奇妙な現象だった。

普通台風は遥か南の洋上で発生した熱帯低気圧が成長し、渦を巻きながらしかるべき形をなし、発達しながら北上を始めるものだが、昨夜のそれは九十九里沖で突如発生したかと思うや、極めて短時間のうちに関東地方を直撃したのだ。中心気圧八百五十ヘクトパスカル、暴風雨圏半径三百キロという異常な規模の台風は、折から本州上空に停滞していた梅雨前線を刺激し、瞬間最大風速六十メートル、半日の雨量千五百ミリという、気象観測史上類を見ない暴風雨とともに、大きな被害を関東地方にもたらしたのだ。そしてさらにもうひとつ、出現があまりに唐突であったならその消滅もまた突然だった。あれほど大きな台風が関東地方を横断したかと思うと、奇妙なことにあっという間に消滅したのだ。

ある者はそれを天に吸い上げられたようにと表現し、ある者は地に吸い込まれたようにと

表現したが、ともかく姿を消してしまったのだ。

異なる時限空間同士が繋がった時に起きた激しいエネルギーの放出。それが昨夜の嵐の正体だったのだが、この世界の人間にことの真相が分かろうはずもない。とにかく人類が初めて直面した、空前絶後の奇妙な現象であったことだけはまちがいなかった。

——人家にあれだけの被害がでているんだ。網もまず無事であるわけがねえ……。

海岸に向かう老いた漁師の足は自然と早まった。

濃い霧は、まるで体にまとわりつくように濃密だったが、それでもしばらく行くと道の上に大量の松葉や折れた枝が散乱していることから、自分たちが防風林の中に入ったことが分かった。徐々に明るさが増す光が、濃密な霧の中にたたずむ亡霊のように周囲に立ち並ぶ松の木々をぼんやりと浮かびあがらせた。

松林の先にはコンクリートの防波堤があり、海岸の砂浜の上には数隻《すうせき》の小舟があった。二人はその中の最も古い小舟に取りつくと、無言のままそれを海に向けて押しだす作業を始めた。かたわらに積み重ねてあったコロを手にし、海岸の波打ち際まで順に並べる。その作業がすむと、小舟を艫《とも》の方から満身の力を込めて押しだした。

老人の弛《ゆる》んだ皮膚の下に、鍛えられた筋肉がその存在をまだ誇示するかのように膨らみ、一方の孫の方はといえば、張りつめた皮膚が弾力のある筋肉によって張り裂けんばかりに伸び切った。

微細な砂、そして船底とコロが擦《こす》れる鈍い音がし、小舟はゆっくりと、しかし確実に海に向かって滑り始めた。

押し寄せる波が舳先《へさき》を洗い始める。まず最初に老人が、そして波を数度乗り切ったあたりで、若い男が小舟に乗りこんだ。艫に立った若い男は、波に翻弄《ほんろう》される不安定な小舟の上に中腰で立つと、すかさず櫓《ろ》を手にし、腰のあたりでリズムを取りながら沖に向けて小舟を漕《こ》ぎだした。

絶え間なく響く潮騒《しおさい》の音に、櫓を漕ぐたびに上がる虫が鳴くようなか細い音色がアクセントを刻む。大きく上下動を繰り返していた舳先のリズムが、すぐにゆったりとしたうねりにとって代わった。

濃密な霧を切り裂くように小舟が進み始めたところで、舳先に坐っていた老人は、胸まで覆われたゴム長の内側から煙草を取りだし、一本を口にくわえ、火をつけた。

両手で覆われた中がライターの火でボゥーと赤くなったその時、東の空が明るくなり、顔を出した太陽の日差しが濃密な霧に反射し、濃い赤からオレンジへ、そして金色、白へと見事なグラデーションを織りなした。

その刹那《せつな》、まるで日差しが大気をゆっくりとかき乱すかのように風が起きた。濃密な霧が、その大気の流れに乗ってうっ血していた血液がじわりと流れだすかのように動きだした。

「隆志。そろそろ船外機、回せや」

老人はわずかにうしろを振り向き、霧に覆われた先を見た。

「はいよ」

若い男は返事をすると、櫓を引きあげ、小舟の艫に固定してあった船外機のスクリューを海中に沈めにかかった。気配を背で感じながら、ふたたび煙草をひと息吸ったところで、奇妙な静寂が続いているのを老人は感じた。

艫で作業を続けていた孫の手が突如止まったのだ。

「おい、隆志。船外機」

そう言いながら振り向いた老人の目に、無言のまますべての動きを止めた孫の姿が飛びこんできた。

「どうした、隆志」

老人の怪訝《けげん》な声に、

「なんだ、あれ」

若い男の低い声が返ってくる。

「なにが？」

見れば孫の視線は陸の一点に向けられている。

穏やかだが断続的に吹き続ける風の流れとともに霧が動き、薄くなった部分からは海岸線にそって群生する松の防風林が姿を見せつつあった。それは長きにわたって見慣れた光景以外の何物でもなかったが、それだけに見慣れぬものを発見するのもまた容易であった。

「なんだ?」

老人の言葉の語尾が上がると、それにあわせるように腰が浮きたった。半開きになった口《くち》許《もと》からくわえていた煙草が落ちた。

「地下足袋、じゃねえか」

まだ濃い霧が完全に払拭《ふっしょく》されていないせいで、全貌は見えないが、それはまぎれもなくよく見かける地下足袋そのものだった。ただ一点、その地下足袋の大きさが十五メートル近くあるということを除けば。

「だけどじいちゃん。あんなもの昨日まではなかったぞ」

「なんかの看板かぁ。昨日の大風で飛ばされてきたのかな」

「あんな大きな看板があるわけねえよ。ビルぐれえあるぜ」

「それは、そうにはちがいねえが」

二人は何度も目をしばたたかせながら、目の前にある異様な物体に目を凝らした。しかしそれはどうみても見まごうことなき、地下足袋に違いなかった。キャメル色のゴム底、黒い布で覆われた甲。親指と他の四本の指を隔てる割れ目。そして大きさもさることながら、その物体が異様なのはゴムや布地、何よりもそれに覆われた内部に圧倒的な質感があることだった。

「隆志。舟を浜に戻してみろ」

老人が命じると、若い男は慌ただしく櫓を手にし、舳先を浜の方向に転じた。

穏やかだがやむことなく吹き続ける風に、霧はどんどんその濃さを薄めていく。それにともなって地下足袋の甲の部分があらわになり、さらに踝《くるぶし》のあたりが、そして脚の部分までが見えてきた。

せわしなく鳴っていた櫓の音が止まった。

「なんだ、ありゃ……」

沈黙を先に破ったのは老人である。浜の波打ち際まではまだ五十メートルをゆうに残してはいたが、地下足袋の頂点を見上げる老人は顎がすっかり上がっている。

「人だ。じいちゃん。ありゃ人だ」

若い男はその場に膝からへたりこんだ。

「馬鹿言うんじゃねえ。なに言ってる。あんなおっきい人間がいるわけねえだろうが」

常識で考えるまでもなく、足のサイズが十五メートルもある人間など、この世のどこを捜してもいるわけがない。しかし、まぎれもない現実を前にして老人の言葉にいささかの説得力もなかった。

「だけども、じいちゃん。ありゃ人間だよ。どう見ても人間だ」

風がわずかに強くなった。それにともなってまるで劇の舞台の幕が引き開けられるように霧が風上から風下に向かって塊《かたまり》となって移動していった。遮《さえぎ》るものがなくなった朝の太陽が一気に差しこむと、それまで部分でしか見えなかった物体の全貌を鮮明に照らしだした。

それはまさに「異様」という言葉をもって形容するのに相応《ふさわ》しい光景だった。朝日を浴びてひときわ鮮やかな緑に映《は》える松の防風林を背景に、その前に広がる砂浜。日本情緒溢《あふ》れた風景の中に横たわる物体は、地下足袋に作業着を着こみ、首にはピンクのタオルを巻いていた。砂浜に無造作に転がる露出した五本の指もはっきりと分かる。かたわらに転がった黄色に塗られた半円球のこれまた巨大な工作物は、どうもヘルメットであるらしい。それが邪魔になって頭部は見えないが、どう見ても巨大な人間だった。

「に、に、に」

「人間」と叫ぼうとした老人が、目をむいた。

「きょ、きょ、きょ……巨人だぁ!」

嵐の過ぎ去った静かな朝、穏やかな潮騒の音をかき乱さんばかりの勢いで、若い男が悲鳴ともとれる叫び声をあげた。

それが事件の始まりだった。

早朝の静寂を打ち破りながら、けたたましい電子音とともに一台のパトカーが小さな漁村のメイン・ストリートを駆け抜けていく。漁村の朝は早いのはいつものことだが、常にもまして人の姿が多いのは、昨夜半まで吹き荒れた台風のあと始末があるからにちがいない。

「なんだ。なんかあったのか」

「土左衛門《どざえもん》でも上がったのか」

明滅する赤色灯、そしてドップラー効果の法則に従って、急激に波長を変えながら浜の方向に向かって走り去っていくパトカーを、不安と好奇心が入り交じった眼差《まなざ》しで人々の目が追う。

パトカーは短いメイン・ストリートを抜け、海岸へ続く細い道の手前で止まった。呆《ほう》けたような表情を浮かべ、その場にへたりこんでいる老人。そのとなりで、若い男がこれもまた放心状態で立ちつくしている。だらりと両脇に垂れた腕の先が小刻みに震えている。

「おお喜三郎《きさぶろう》さん。あんたかい、通報したのは」

小さな町のことである。すでに顔馴《なじ》染みの警官は、パトカーから降りたつと、地面にへたりこんでいる老人に向かって、落ち着いた声で言った。

「九十九里1から本署。現場《げんじょう》到着」

ハンドルを握っていたもう一人の警官が、無線機に向かって規定通りの報告を入れる声が聞こえる。

「なに、化け物が出たって。電話じゃ何のことかさっぱり分かんなくて、とりあえず飛んできたんだが」

「巡査様。化け物が海岸にいるんだよ」

「化け物ぉ？　どんな化け物だ」

警官は眉をひそめ、老人の背後に広がる水田の向こうの松の防風林の方を見た。

「喜三郎さん。夕べの台風の間に、あんたこっちの方ずいぶんやったんじゃねえの」

ついいましがたまで運転席にいたずっと年の若い警官が、親指と人差し指で盃を持ちあげる仕草をした。

「そんなんじゃねえよ。ものすげえ大男が浜に打ちあげられているんだよ」

血の気が失せた顔の中で、若い男のこわばった口許だけが動いた。

「大男ぉ？」

若い警官はすっ頓狂《とんきょう》な声をあげたが、相手の顔の表情からするとあながち嘘を言っているとも思えない。

「どのくれえの大男だ。ジャイアント馬場ぐれえの大男か。それともアンドレ・ザ・ジャイアントくれえか？」

いくぶんあらたまった口調で聞いた。

「そんなもんじゃねえ！　その何倍、いやその何百倍の大男だよ」

若い男は血相を変えると、どなるように言った。

「喜三郎さんも隆志も、揃いも揃ってなに言ってるんだ。おおかたふやけた土左衛門でも見たんだろうが、ジャイアント馬場の何百倍の人間なんているわけねえべ」

らちが明かないと見たのか、中年の巡査が取りなすような口調で間に入った。

「それが本当にいるんだ。嘘じゃねえから来てみろって」

論より証拠だ。こうなれば説明するよりも現物を見せる方が早い。

そう考えた若い男は、突然踵《きびす》を返すと先に立って浜に向かって歩き始めた。

二人の警官は、その勢いに気圧《けお》されるように一瞬顔を見合わせたが、かといってここはその男について浜に行ってみる以外何ができるわけでもなかった。通報があれば現場を確認するのが警官の務めというものだ。

四人は若い男を先頭に、一列になって水田の中の細い道を歩き始めた。

先頭に立つ若い男と、しんがりを行く老人の長靴が間の抜けた音をたてる。それに混じって二人の警官が履く革のブーツに踏みしめられた砂が鈍い音をたてた。

密生する松の防風林にさしかかったところで、先頭を行く若い男の歩調が止まると、「ほら、あそこ」というかのように顎で前方を指し示し、道を後続の二人の警官に譲る。

防風林の松林の中にトンネルのようになった道を、二人の警官はゆっくりと進む。前方に広がる切れ間の先はもう海岸である。その視界が広がる所まで歩いたところで、二人の足がはたと止まった。

朝日を浴びて聳《そび》えるキャメル色のゴム底。地下足袋の底だった。

「ほら、言ったとおりだろ」

二人の背後から、若い男が声をかけた。

返事はなかった。二人の視線が一点に固定されたまま、頭が二度、三度と小刻みに振られる。

「か、金田。すぐに本署に……れ、連絡」

先頭に立った中年の巡査があとずさりしながら、言葉を漏らした。

「か、金田。連絡！」

二度目の言葉にも、若い巡査は答えなかった。

「駄目だ。この人、気絶してるよ」

その言葉と同時に、中年の巡査と若い男は硬直した若い警官を両脇から抱えるようにパトカーに向かって脱兎《だっと》のごとく走り始めた。

そしてパトカーに戻るやいなや、

「九十九里1から本署、九十九里1から本署、どうぞ」

中年の巡査は無線のマイクを鷲掴《わしづか》みにすると、それにむかってがなりだした。

「本署。九十九里1どうぞ」

「浜に、浜に巨人が漂着、至急応援を頼む」

切迫した声が事態のただならないことを告げてはいたが、かといってこんな報告が何を意味するか即座に理解できる人間などいるわけがない。

「巨人？　巨人ってなんだぁ。ジャイアンツの選手の誰かか」

案の定、間の抜けた返事が戻ってきた。

「馬鹿！　そんなんじゃねえ、とてつもねえ大男だ。とにかくでけえ大男が浜に流れついたんだ。とにかく応援頼む。いや、こいつぁ警察だけじゃ手に負えねえ。自衛隊にも応援を頼んでくれ」

「九十九里1。何を言っているのか分からん。もう一度状況を説明せよ」

しかしその呼びかけは、もはやこの巡査の耳には入っていなかった。

中年の巡査は茫然《ぼうぜん》とした眼差しを海岸の方へ向けた。

「こんなことが……こんなことが本当にあるのか。大変だ、これは。どえれえことになる」

熱に浮かされたように、同じ言葉を繰り返した。

巨大な津波も、陸地に押し寄せて初めてその大きさの全貌が明らかになる。はるか沖で発生した直後は、単に波長の長いうねりでしかなく、渦中に身を置くものには巨大さが実感として分からないものだ。巨人の出現はその姿に似て、事態の異様さに比して周囲の動きは異常なまでに鈍く、静かだった。

3

現場のパトカーからの第一報が寄せられた県警本部にある記者クラブには、早出の記者が数人、朝刊に目を通しながら朝のお茶をすすっていた。大都市に隣接する県警の本部とはいっても、全国紙の社会面に載るような血生臭い事件や、大事件はそうあるものではない。それでもけちな窃盗や、交通事故の類《たぐい》といった地方版を飾る事件にはこと欠かない。いやむしろ今の時代においては少し前なら全国版はおろか地方版でも記事にもならなかったような、流行《はやり》のキーストーカーや、痴漢などの事件がニュースとして大きく扱われないとも限らない。流行のキー・ワードが記事のプライオリティを決め、時代とともに価値を変えるのだ。

――取るに足らない小さな事件だと思って送稿しないでいると、本社のデスクからいつどやされるか分からんのだから、実際たまらんぜ。

新京新聞の千葉支局の記者松永は、本社のデスクにどやしつけられるたびに、愚痴《ぐち》をこぼした。

県警の広報担当から受ける朝のブリーフィング。それが始まる前に女子事務員が入れてくれるお茶をすするひとときが、取材に忙殺される一日の中で息をつけるわずかな時間だった。ましてや昨夜、担当する千葉を襲った大嵐の取材を夜を徹してこなし、その原稿書きに忙殺されていた身にしてみれば、今朝のささやかな時間は格別なものだった。

しかし今日ばかりはそのひとときもそう長くは続かず、中断されることになった。

言うまでもないことだが、市民の安全をつかさどる警察署に、二十四時間人が絶えることはない。しかしそれでも日勤の警官が一斉に出署を始める朝の時間は、人間が活動を開始するとき特有の雰囲気がある。完全に独立した部屋であっても、空間を通して伝わってくる微妙な空気の変化として感じるもので、同様に大きな事件があればあったで、署内に流れる微妙な空気の変化は、この部屋にいても分かるものだった。それを肌で感じとることができるようになれば、サツ回りの記者として一人前、初心者マークが外れ独り立ちできる時でもあった。

それは最初廊下を走る警官達の足音の変化。絶えることなく聞こえてくる騒ぎの違いといった些細なものだったかもしれない。松永の記者としての触角がこの朝の署内の微妙な変化を捉えた。

——おっ、なんだ。

変化を感じとったのは松永だけではなかった。部屋にいる地元紙の古手の記者、そして他の全国紙の記者達が一斉に顔を見合わせた。

「なんかあったんですかね」

松永が声を漏らしたのとほぼ同時に、窓の下から車のエンジンがかかるとすぐにサイレンが鳴り始めた。すぐさま同じ場所から今度は慌ただしくドアが閉まる音が聞こえ、数台の警察車両が同じようにサイレンを鳴らし始めた。

——事件だ！　それも大きな。

最初に反応したのは、一番若い松永だった。手にしていた湯呑みを机の上に乱暴に置くと、返す手で電話の受話器を取りあげた。日に何度となくかける広報担当の内線番号は手が覚えている。朝と夕の二度、広報からブリーフィングを受けるが、事件の内容によっては自分から出向き、取材をしなければならない。一人では対処できないようなものならば、支局から応援を頼まなければならないだろう。なにしろまだ夕刊には十分間に合う時間だ。

「新京の松永です。何かあったようですね」

受話器を肩に挟んだ格好の松永の手にはすでに鉛筆が握られ、メモ用紙の上に置かれている。いつのまにか他社の記者が背後に集まり、松永の肩越しから覗きこんでいる。

「うん。そうなんだが……」

いつもは歯切れのいい広報担当官の声に、微妙な戸惑いの匂いがある。その後の公判や捜査に影響のあることならばともかく、事件そのものについて隠さなければならないことはまずありえないことだ。大きな事件か。

「ヤマさん。教えてくださいよ。何があったんですか」

松永の中にある記者としての本能が頭をもたげ始め、口調が早口になった。

「それがなぁ。なんというか」

「いいから教えてくださいよ。何があったか、いま分かってる事実だけでいいんですから」

「うーん」広報担当官は、ひとつ小さく息をすると、あまり気乗りのしない口調で話し始めた。

「九十九里浜にな、巨人が現われたんだとさ」

「巨人？」松永はすっとんきょうな声をあげた。「巨人って……何です」

「それが、よく分からんのだ。とにかく通報によると、アンドレ・ザ・ジャイアントの何百倍もあるってんだが。そんな馬鹿な話、誰が信じられるってんだ」

真面目に話すのもいささかばつが悪いのか、広報担当官は最後に苦笑を交えた。

「何ですって？」

松永の背後から地元紙の記者が声をかけた。

「九十九里浜にものすごい巨人が出現したんだそうです」

「ものすごい巨人？」記者達は一斉に顔を見合わせた。

「で、最初の通報者は誰だったんです」

にわかに信じられる話ではなかったが、それでも松永は受話器に向かって質問を返した。

「最初の通報者は、地元の漁師だ。それを受けてすぐに管轄《かんかつ》の警官二名が現場に直行し、確認してはいるんだが……」

広報官の口調がまた歯切れ悪くなった。

「警官がすでに確認しているんですか」

「そうなんだ、それでこの騒ぎとなっているんだが」

最初の発見者である漁師の通報だけならともかく、警官がそれを確認したとなれば、何かが起きたのは間違いないだろう。

「ヤマさん。とにかく何か続報が入り次第教えてください。そんな馬鹿なことはないとは思いますが、一応こちらも動いてみますから」

松永は受話器を置いた。

「アンドレ・ザ・ジャイアントの何百倍もの巨人ね。何だろう、そいつは」

「おおかた夕べの嵐で打ちあげられた鯨《くじら》か何かの死骸を見間違えてるんじゃないですか。ほら随分昔にあったでしょう。北洋でトロール漁船の網にかかった、うば鮫《ざめ》の死骸を恐竜だと言って大騒ぎしたことが」

「そういえば、最近もオーストラリアで似たようなことがあったっけ」

松永の推測に、年長の記者が思いだしたように話した。

「オーストラリアで？」

「ああ。シー・モンスターとか言って、エイリアンみたいな正体不明のブヨブヨの肉塊が海岸に打ちあげられたんだ」

「はいはい、そんなことがありましたね」

「結局あれも腐乱した鯨の死骸だったそうじゃないか。海中で死んだ鯨の体から骨が抜け落ちて、たまたま怪物のような形になった脂肪組織だけが漂着したってことだったらしいよ」

「おおかたそんなとこだろう。『幽霊の正体見たり枯《か》れ尾花』ってか」

もう一人の記者が、鼻で笑った。

「でも、いくら何でも鯨を人間と見間違えますかね」

記者たちの推測を黙って聞いていた松永が、腕を組み考えこむようにした。

「腐敗していりゃそういうのもあるかもな。まあ、いずれ正体が分かるさ。事の顚末《てんまつ》を面白く書きゃ、社会面のすみにでも載せることができるかもな」

――本当にそうだろうか。

明るい声で言う記者仲間の言葉を聞きながら、松永はまだ考えていた。確かに最初の通報者だけならば、何かを見間違えたということはあるかもしれない。しかし、通報で駆けつけた警官もまたそれを確認しているのだ。そして県警の車が現場に向かって出動した。どうも何かありそうだ。

松永は粗末な椅子の上で身を起こすと、無造作に受話器に手を伸ばした。机のサイドの壁には、千葉の支局、それに各エリアにいる通信員の電話番号が記載された紙が貼ってある。その中のひとつを探り当て、すぐに番号をプッシュした。

「大久保さん？　千葉支局の松永です」

一番現地に近いところにいる社の人間に九十九里浜で何が起きているのか、それを確かめてもらうのだ。たとえいかに馬鹿げた情報であろうとも、それを確認するのも新聞記者の務めだ。そして通信員はこういう時のためにいるのだ。

松永は受話器に向かって、事のあらましを話し始めた。

——そうだ、この指示が終わり次第、本社に一応連絡を入れよう。あっちでも何かつかんでいるかもしれない。

中央の関係省庁やマスコミが動き始めるより早く、騒ぎを聞きつけて現場に到着したのは、そこからさほど離れていない所に住む地元の若い青年だった。早朝の静寂を打ち破るように浜に向かってサイレンを鳴らしながら駆け抜けていくパトカー。それが自分の家からそう遠くない所で止まったのだ。自転車に乗り、十分ほどの道のりを駆けつけた青年の行為は、やじ馬のそれだったが、手回しのいいことにその手には一台のデジタル・カメラが握られていた。

いまの世の中にはこの手の物好きが必ずいるものだ。事件とあれば真っ先に現場に駆けつけ、写真を撮りまくる。事件現場の状況がセンセーショナルであればあるだけ、たとえそれが正視に耐えないものであろうとも、撮影者がプロフェッショナルのジャーナリストのものでなくとも、買い取るメディアにはこと欠かない。

県道に停車したパトカーの周囲には、茫然自失《ぼうぜんじしつ》の態《てい》の漁師が二人、それに警官が一人立っていた。パトカーの車内では、もう一人の警官が無線機のマイクを握り締め、すっかり取り乱した様子で何事かを報告しているふうだった。それは静かな海岸の朝には余りにも不釣り合いで、それゆえにただならぬことが起きたことを窺《うかが》わせるに十分だった。

「何かあったんですか」

弾《はず》むような息の下に、込みあげてくる好奇心をまるだしにしながら、青年は声をかけた。

「巨人が……」

「巨人？」

問いかける青年の方を向くでもなく、焦点の合わない視線を空《くう》に彷徨《さまよ》わせると、若い漁師がうわ言のように答えた。

「巨人って、何です」

「でけえ人間が浜に寝そべっているんだ」

「でけえ人間って、どれくらいの」

「百メートルはあるんじゃないか。いやもしかしたらそれ以上のでけえ人間……化け物だよ」

今度は歳を食った方の警官が答えた。

「そんな、馬鹿な」青年は口の端《は》に皮肉な笑いを浮かべると、「あんた、本当の警官か。まさかドッキリじゃねえだろうな」あまりの馬鹿馬鹿しい答えに、ぞんざいな口調で聞き返した。

「嘘なんかじゃねえ、本当に化け物が浜にいるんだよ」

歳をとった漁師が答えた。

「まさか。そんなもんがいるわけねえだろう」

青年は、三人の顔を順に見た。パトカーから、若い警官が相変わらず引きつった声で交信しているのが聞こえてくる。青年はそのパトカーの後部バンパーにつけられたナンバー・プレートをチラリと見た。千葉８８『わ』。間違いなく警察車両だった。正真正銘、本物の警官だ。現場に駆けつけた警官が、やじ馬の問いかけに答えることなど通常ではありえないことだ。その本来ありえない行為が、かえってただならぬ事態が現実に起きたことを物語っているような気がした。

「まさか」

「嘘だと思うんだったら、おめえ、自分の目でみてくりゃいいさ」

「よし」

青年はその場で自転車を降りると、防風林に向かって伸びるあぜ道に向かって歩き始めようとした。

「待て、行くな。何が起きるかわからんぞ」

一瞬我に返った警官が、青年の行動を制止した。しかし、その時にはもう青年は海岸に向かって歩を進めていた。

「行くな。行っちゃいかん」

警官はそのあとを追おうとしたが、込みあげる好奇心を堪《こら》え切れなくなった青年は、それを無視すると、防風林の切れ目に向かって伸びるあぜ道を駆けだした。

まだ完全に乾ききっていない地面に時おり足を取られながら、青年は一気にあぜ道を駆け抜けた。微細な砂とスニーカーのゴム底が擦れる音に混じって、打ち寄せる波の音が聞こえてくる。密生した松の林に差しかかると、急に日が陰った。しんと静まり返った薄暗い松林の中にたった一人でいることに気がついた時、途端に青年の足が鈍った。気のせいか、言いようのない不気味な空気がその一帯を覆っているようだ。

「まさか。そんなでけえ人間がいるわけねえ」

青年は、手にしていたデジタル・カメラを握り締めると、今度は一転して注意深く、慎重に歩を進めた。防風林の切れ目から、初夏の陽光が差しこんでくる。そこに向かって進むほどに空間は広がりを増し、次第に大きくなってくる波の音とともに、抜けるような青空が見えてきた。その瞬間、視界の左端に明らかに本来そこにあるはずのない異様な物体がそびえ立っているのが目に入った。黄土色の巨大な壁。いや何やら弾力性のある人工の物体。その表面には規則性のある凹凸のある彫り込みがされてある。

——ゴム底？

それが巨大な地下足袋の底だと気がつくまでに、いくらの時間もかからなかった。

「まじかよ」

青年は息を呑んでそれを見上げた。心臓の鼓動が速く、そして強くうち始める。青年はしばしのあいだ茫然とした面持ちで見つめていたが、今度は意を決して、しかし慎重にそこに向かって近づいていった。

防風林を完全に抜けると、異様な巨体の全容が明らかになった。作業服に作業ズボンの上下、首に巻いたピンクのタオル。先ほど警官や漁師が言っていたように、身長はゆうに百メートルはあるだろう。

「本当かよ」

青年は何度も目をしばたたき、ついには両目を擦って目の前の光景を確認しにかかった。ついでにピシャピシャと両の頬を叩いてみた。しかし当然のことながら、目に飛びこんでくる光景にいささかの変化もあろうはずはなかった。

「大変だ。こりゃ一大事だ」

青年は無意識のうちに手にしていたデジタル・カメラを構えると、狂ったようにシャッターを押した。


「おい、松永。気は確かか、お前」

新京新聞社会部デスクの稲光《いなみつ》は、慌ただしい朝のオフィスで受話器に向かって刺《とげ》のある言葉を投げつけた。

「ガセかまされるにしてもな、もうちょっとましなもんつかんでこいよな。考えるまでもねえだろうが。何が百メートルの巨人だ。どこの世界にそんなでけえ人間がいるもんかよ……。何がハアだ。気の抜けた返事をするんじゃねえよ。お前記者になって何年たつってんだ。もう五年だろう。えっ、何？　警察が動いてる。馬鹿野郎！　そりゃ別件に決まってんだろうが」

鬱陶《うっとう》しいとばかりに、ネクタイを緩《ゆる》めると、机の上に置いたピースのパッケージから一本を取りだし、口にくわえた。

新聞社に記者として採用された新卒は、まず地方の支局に配属されジャーナリストとしての基礎を叩きこまれるのが普通のパターンだ。毎年百人を越える記者の卵たちが入社してくる新京のような全国紙ともなると、東京本社のデスクがその一人一人の顔はおろか、名前すらも覚えていないのはさほど不思議なことではなく、むしろ当然というものだった。

もっとも、そうは言っても中には新人の間から記者としての頭角を現わす人間がいないわけではない。松永は稲光が顔と名前が一致する数少ない若い記者の一人だった。不思議なもので、大きな事件に巡り合わせ、それをものにできるか否かはキャリアの長短に関係はない。持って生まれた運、と言ってしまうといささか乱暴だが、とにかく能力以上の何かを持ちあわせているかどうかが記者の歩く道を変えていくのだ。

受話器の向こうから困惑した声で、報告してきた松永もその一人で、東京からさほど離れていない同じ関東圏にある千葉支局という、組織上のつながりもあったが、それ以上に二年前に起きた千葉県選出の国会議員の汚職事件での活躍があったからだった。

ピースの煙を肺に入れ、その香りが嗅覚を刺激したのが呼び水となったのか、稲光の脳裏にあの事件での松永の活躍が蘇《よみがえ》った。

若いといっても能力的には申し分のない松永が、誰にでもガセだと即座に分かるようなネタを、いちいちこちらに報告してくるものか。

いったん頭に昇った血が、急速に冷めていった。

梅雨の最中だというのに、昨夜の嵐で大気中の塵《ちり》が洗い流され、雲が吹き飛ばされた空からは、眩しいばかりの陽光が大きな窓を通して差しこんでくる。フロアーには記者たちの話し声がざわめきのように渦巻き、ひっきりなしに響く電話の呼び出し音がそれに合の手を入れる。長く鳴るのは外線からのもので、短く二度ずつ鳴るのは内線のものだ。

窓に背を向けて坐る稲光のすぐ前の席の電話が、二度ずつ短い着信のベルを鳴らした。

「社会部」

すかさずその席に坐っていた記者が受話器を手に、早口で答える。

「とにかくだ、松永。お前が言うような事件の情報は、いまのところこっちにゃ入っちゃいない。もしも、本当にそんな巨人が出現したら、こりゃ天地がひっくり返るような大事件だ。号外、いや、今日の夕刊は、それこそ全ページ差し替え、特版で埋め尽くされるぞ。もっともそんなことはどう考えても……」

稲光がそう言いかけた時、たったいま鳴った内線電話を手にした記者が怪訝な声をあげた。

「はあ？　九十九里浜にとてつもない巨人が横たわっている？　どっからです、それ」

――巨人？

その言葉に、稲光の注意が集中した。

「千葉の読者からですって？　何のことそれ」

出版社、新聞社を問わず、マスコミには読者と称する人間からのおかしな電話は日常茶飯のことだ。電話を受けた記者の対応がぞんざいになるのは無理もない。

「百メートル以上の怪物？　そんな馬鹿な話があるわけないじゃないですか。そっちで適当にあしらっていただけます」

「松永、ちょっと待て」稲光は受話器を耳から離すと、「おい、それどこからだ」すぐ目の前にいる記者に向かって言った。

「読者サービス室からです。事件通報らしいんですが、なんかわけの分からない電話がかかってきてるみたいなんですよ」

「俺が出る」稲光はそう言うと、「そのまま待ってくれ」松永にふたたび命じ、席を立った。

「社会部の稲光です。すいません、あとはこちらで伺いますから電話を回してください」

一度回線が切れる短い音がした。

「もしもし、新京社会部ですが」

「大変です。九十九里浜にとてつもない大男が横たわってまして」

電話の向こうから興奮した口調で若い男の声が聞こえてきた。

「とてつもない大男って、どれくらいのやつです」

「正確には分かりませんが、百メートルはあるんじゃないかと思います」

「百メートル。それは本当のことですか」

「本当です。嘘じゃありません。確認したのは私だけじゃありません。すでに警察も現場で確認してるんですから」

——まさか……本当の話か。たったいましがた松永から受けた報告と、状況は寸分たりとも違わない。少なくとも、別ルートで寄せられた情報が一致したことだけは事実だ。しかしだからと言って、そんなとてつもない巨人が出現するなど、にわかには信じられるものではない。

一瞬考えこみ、押し黙った稲光の感情を察したのか、受話器の向こうから男の声がひと際高く聞こえてきた。

「嘘や冗談じゃありません。証拠の写真だってあるんですから」

「何ですって、証拠の写真？　いまあなた、証拠の写真とおっしゃいましたか」

稲光の声に力がこもった。背筋のあたりから、血がざわめいてくるのをはっきりと感じる。

「ええ、何ならすぐに電送しましょうか」

「電送？　そんなことできるんですか」

「ええ、デジタル・カメラで撮ってますから、パソコン通信ですぐに送れます」

「本当ですか。いや、もしそれが本当なら、十分にお礼はします。で、どうしたらいいんです」

写真がコンピュータ通信を介して電送できるのは知ってはいたが、実際の方法となるとご多分に漏れず稲光にはさっぱりだった。話の途中で若い記者に替わり、その方法を聞いてもらっている間に席に取って返した稲光は、机の上に置きっぱなしにしていた受話器を手に取ると、一転して興奮した口調で話した。

「一般読者から通報が入った。巨人の写真を撮ってるってんだ。俺はいまだに信じられんが、これは俺たちが初めて直面する大変なことが起きているのかもしれん。何？　写真？　いまコンピュータ回線を通じて電送してくるそうだ。すまんがこのまま待ってくれ。ところでそこに他社のやつはいるのか」

受話器の向こうで、周囲を窺う気配がある。

「まだ動きを起こしちゃいない。そうか、もしもこいつが本当なら、すぐに動いてもらうことになる。すぐ出られる準備をしておけ」

稲光の周りがにわかに慌ただしくなった。若い記者が、すぐそばにあるコンピュータを操作し、インターネット上に回線を接続する。受話器を机の上に放りだし、そこに歩み寄った稲光の目に、最初の映像が飛びこんできた。

それはまさに想像を絶する光景だった。

映像は砂浜と、防風林を隔てる防潮堤の上から撮られたもので、左手には遠くに延びるコンクリートの壁が、右手には広大な砂浜が広がっている。中央には、巨大な地下足袋のゴム底をこちらに向けて、仰向けに横たわっている巨人の姿が鮮明に映しだされていた。その大きさを類推する尺度となるものは、コンクリートの防潮堤くらいのものなのだが、そこからだけでも松永、それに通報してきた若い男が言うように、百メートルはゆうにあるだろう。

「画像は一枚だけか」

呆けたように画面を見つめる若い記者に向かって、稲光は興奮を隠しきれない声で言った。

「ちょ、ちょっと待ってください」

マウスが操作され、すぐに二枚目の画像がスクリーンに映しだされた。

今度は一枚目よりもずっと近くから、巨人を撮影した映像が現われた。ちょうど仰ぎ見るような位置から撮られたせいで、顔の表情は分からないが、作業服を着た首のあたりには、ピンク色のタオルが巻かれているのがはっきりと見えた。

「こ、これは……」

「トリックじゃないんですか」

コンピュータを操作していた若い記者が言ったが、それもかろうじてといった口調だった。

「その、可能性もあるが……それにしても……」

ふたたび稲光の脳裏に、先ほど松永からの報告にあった、千葉県警の動きが蘇った。

——とうてい信じがたいことには違いないが……もしかするとこれは……。だとすれば。

考えるよりも早く、無意識のうちに稲光は次の行動に転じていた。食い入るように見つめていたスクリーンから身を起こすと、フロアー全体に響き渡るような大きな声で稲光は叫んだ。

「すぐに九十九里にヘリを飛ばせ。それに号外の準備だ。夕刊は全面差し替えになるかもしれない。準備をしろ」

そのヘリは機首を北東に向け一直線に九十九里浜に向けて飛行を続けていた。ブルーの機体には縦にオレンジ色のストライプが一本。千葉県警のヘリだった。朝の首都圏に通ずる幹線道路の交通状況を観察する任務の最中に、突然九十九里浜に直行するよう指示があったのだ。

機は五百メートルほどの高度を維持しながら、千葉市上空を飛行していく。そこは成田と羽田、それに茨城県の百里《ひゃくり》基地から離発着をする航空機がわずかの高度の違いで交錯する、パイロットが日本中で最も注意を払わなければならない複雑な空域の真っ只中だった。

全身に走るエンジンの振動、右手で握りしめた操縦桿《かん》からは、さらに強い振動がパイロットの体を震わせた。左右、そして上空へと一定のリズムで対向機に絶え間ない注意を注ぎながら、パイロットは先ほど受けた緊急指令を頭の中で反芻《はんすう》していた。

——九十九里浜に巨人が出現したとの報告。直ちに現場に急行し、状況を確認せよ。まったくもって奇妙な指令だった。事故や火災の状況確認のために予定していた任務を変更することはさほど珍しくはないが、巨人の出現を確認しろなどという命令は初めてのことだった。一瞬耳を疑ったが、隣に坐るエンジニアが、自分と同じような表情で訝《いぶか》し気な表情でこちらを見たところからすると、聞き間違いということはなさそうだった。確かに指令室からの無線はそう告げたのだ。

目的地までの飛行は容易《たやす》いものだった。地文航法《ちもんこうほう》、つまり目に見える下界の景色を頼りに飛行を行ない、千葉東金《とうがね》道路に沿って一気に九十九里浜へと抜けるだけだった。問題はそのあとだ。巨人がどれほどの大きさのものかは知らないが、どう考えても二メートルやそこらのものだろう。はたしてそんなものが、上空から確認できるのか。

ふとそんな疑問に捕らわれたパイロットは無線のスイッチを入れると、指令室を呼びだした。

「千葉ヘリ1から指令室」

「指令室、どうぞ」

「確認目標を復誦《ふくしょう》されたい。確認目標は巨人、で間違いないか」

「間違いない」

「その巨人について、さらに詳細な情報は」

「それが……」

指令室からの声が黙った。

ふたたびパイロットとエンジニアの視線が合った。

「百メートル以上……」

「ひ、ゃ、く、メートル？」

パイロットとエンジニアが同時にすっ頓狂な声をあげた。反射的に大きくのけ反ったせいで操縦桿の手元が狂い、ヘリがわずかに揺れた。

「何て言った。百メートルって言ったか」

「報告によると、そうだ」

いささかばつの悪そうな声で、指令室の声が答えた。

「何かの間違いじゃないのか。そんな怪物のような人間がいるわけないだろう」

「しかし、そうは言っても県警の巡査二名が確認してるんだ」

口調が少しむきになった。

「了解した。百メートルの巨人ね」

そんなものがいるわけねえだろう、と続けたいところをぐっと堪えて、パイロットは無線を切った。

「朝っぱらから何を馬鹿なことを言ってやがんだ。そんな化け物がいるわきゃねえだろう」

エンジニアがパイロットの気持ちを代弁するかのように、呆れた口調で言った。

「何を勘違いしているのか知らんが、随分と高い状況確認につくな」

ヘリのオペレーション・コストは決して安いものでもなければ、千葉県警にありあまるほどのヘリがあるわけでもない。限られた保有機数の中で、日々行なわなければならない業務が山ほどあるのだ。あらかじめ決められた任務を無視してでも、現場に向かわなければならない事件ともなれば、命令の中にもそれなりの重要性をうかがわせるだけの何かがあるはずだ。指令室からの任務の内容を聞けば聞くほど、それはあまりにも馬鹿げた命令と言わざるをえなかった。しかしそれも命令とあれば仕方がない。

肩をすくめるようにして、その言葉に相槌《あいづち》を打つエンジニアを見るまでもなく、操縦桿を握るパイロットは思った。

房総半島の中央にある丘陵地帯を抜けると視界が一気に広がった。畑や水田が幾何学《きかがく》的な模様を織りなす耕地、ところどころに朱色や青のトタンで葺《ふ》かれた家が並ぶ集落が散見できる。その先には緩やかな弧を描きながら左右に広がる九十九里の海岸線が見える。

「もうすぐだ」

パイロットが言うと、エンジニアが地図を広げ位置を確認する。

「あのあたりのはずなんですが」

キャノピーの左前方、十一時の方向に見える密集した町の先をエンジニアが指差した。

すかさずパイロットが操縦桿とフットペダルをわずかに操作し、機をその方向に向けた。

海岸線が徐々に近づくと、そこに沿って延びる松の防風林が次第に姿をあらわにしてくる。

——何だ。

初夏の太陽をいっぱいに受けて煙るような藍色の太平洋。そして薄い黄土色の砂浜の上に見たこともない異様な物体が横たわっているのが目についた。

どう見ても馬鹿でかいということを除けば、人間以外の何物でもなかった。しかも日常生活の中でよく見慣れた人間。作業服に地下足袋。首のあたりには遠目にも鮮やかなピンクのタオルが巻かれている。

「そんな……馬鹿な……」

無意識のうちにパイロットの口からつぶやきが漏れた。視線はその一点に集中し、機は自然と一直線にその物体に向かって進んでいく。

「千葉でもガリバー王国なんてテーマ・パークを作ることになってましたっけ」

エンジニアもまたその一点に視線を集中したままだ。

「いや、聞いたことはない」

人工の工作物ならば説明はつく。富士の裾野《すその》にある上九《かみく》一《い》色村《しきむら》にできたばかりのガリバー王国には、巨大なガリバーの模型が横たわっていて、上空からは同じように見えるかもしれない。しかしその推測が正しくないことはすぐに分かった。

生身の人間が持つ微妙な質感。人工の工作物のような無機的な硬質感がその物体には見られないのだ。

「指令室」パイロットは思いだしたように無線のスイッチを入れると、指令室を呼びだした。「こちら千葉ヘリ1」

「千葉ヘリ1。指令室。どうぞ」

「物体を確認した。確かに巨人が九十九里の海岸に横たわっている」

「本当か」一瞬の間をおいて指令室が答えた。「本当に確認したんだな」

巨人の姿は真下まで来ている。身にまとっている着衣の皺のひとつひとつも、地下足袋についた砂もはっきりと確認できる。

「作業服の上下に地下足袋を履いている。胸には『熊田工務店』の縫い取りがある。身の丈は……」

パイロットはそこで巨人の大きさを推測できるような、地上の構築物を探した。

少し離れた所に、高圧線の鉄塔が立っている。銀色とオレンジ色に塗られた鉄塔は、各色が六メートル間隔で塗り分けられる決まりになっており、巨人の身長を推し量《はか》るにはもってこいだった。パイロットはヘリをその位置でホバーリングさせると、鉄塔と巨人の体を交互に見比べながら、大きさを肉眼で計測した。

——六、十二、十八……。

「でかい。通報のとおり百メートルはある」

ため息のような驚愕《きょうがく》の声がパイロットの口から漏れた。

「百メートル？　本当に間違いないんだな」

「ああ、間違いない。信じがたいが、本当にそれだけの図体をもった巨人が九十九里浜に横たわっているんだ。いったいこいつはなんなんだ」

答えなどでるはずもないことは百も承知だった。誰がどう考えても、こんなことは起こるはずもないことだった。しかし自分の眼下にあるものは、百メートルの大きさがあるとはいえ紛れもない人間そのものであり、誰が何と言おうと動かしがたい現実そのものだった。そしてその瞬間、パイロットは混乱する思考のなかで、次に浮かんだ疑問の答えを探していた。


——こいつは生きているのか。それとも……。


「はあ、千葉に怪物ですか」

永田町にある首相官邸で、秘書官の隅谷《すみや》は啞然とした声をあげた。

——閣議のある忙しい日に、しかも朝っぱらから何を寝ぼけたことを言ってるんだ。

一瞬、胸に込みあげてくるものがあったが、相手が警察庁長官ともなれば、ぞんざいな言葉を返すわけにもいかない。

「長官、冗談はよしてください」

苦い愛想笑いを口許に浮かべ鼻を鳴らした。

「それが冗談なんかじゃないんだ。現地の警官、それに県警のヘリも上空から確認した。間違いないんだ」

どこかに戸惑いを隠せない口調だったが、それでも警察庁長官の亀田《かめだ》は断言した。

「怪物、と言いましても、何ですかそれ。ゴジラのようなやつですか。それとも……」

「いや、一応外見は人間の形をしているそうだ。ただ身の丈がざっと百メートルぐらいの……」

「身の丈が百メートル？」隅谷はすっ頓狂な声をあげた。「まさかそれが火を吐きながら暴れ回ってるってんじゃないでしょうね」

「いや、いまのところ海岸に寝そべっているだけで、これが生きているのか死んでいるのか、その確認はできていないのだが」

どこかに皮肉な響きのある隅谷の問いに亀田は真面目に答える。

「それ、作り物かなんかじゃないんですか」

隅谷の脳裏に、丸一昼夜吹き荒れた凄まじい嵐との関連が浮かんだ。なにしろいま行なわれている閣議の話題も、あの嵐が関東各地におよぼした被害が最初の議題だったのだ。

「昨夜の嵐で貨物船が遭難し、積んでいた巨人の模型が浜に打ち寄せられたってことはないんですか。いくらなんでもそんな化け物みたいな人間がいるわけないでしょう」

「そんなんじゃない。確かに海上遭難の報告がなかったわけではないが、それほどのものを積める大型船の遭難は一件も受けてはいない。それにどこの物好きが好きこのんでそんなものを輸入するってんだ」

「分かりませんよ、それは。ほら最近だって『ガリバー・ランド』とかいうテーマ・パークには巨人の模型ができたじゃないですか。あれと似たような……」

「あのな」亀田の声の口調に険が宿った。「どこの世界に作業服を着せて地下足袋履かせた子どもに受けるはずもない巨人の模型を作るテーマ・パークがあるってんだ。しかも胸には『熊田工務店』なんて縫い取りまであるんだ」

「熊田工務店？　何です、そりゃ」

「もういい。とにかく早くこの件を総理のお耳に入れろ。もしもあの怪物が生きていて暴れだしたりしたら、我々の手には負えないことになる」

「そこまで言うんでしたら、そうしますが……。ですが長官、わたしゃ知りませんよ、そんな夢物語みたいなことを閣議の最中に総理のお耳に入れて、あとでお叱りを受けても。本当にいいんですね」

「いいから早くしろ」

亀田の一喝に受話器を慌てて耳から離した隅谷は、受話器を置くとメモ用紙に数行のメッセージを書きこんだ。

警察庁亀田長官より
千葉の九十九里浜に正体不明の巨人が出現。
推定身長百メートル。
千葉県警が確認。

4

最初に一機、そしてすぐに何機ものヘリコプターが、海辺の町を猛スピードで海岸に向けて一直線に飛び去っていく。

一キロばかり先の防風林の外側、つまり太平洋に面した海岸の上空で急激にバンクをとり、まるで死体の上に舞う禿鷹《はげたか》のように一点を中心に旋回を始めた。単に上空を通過していく分にはさほど気にならないヘリコプターの爆音だが、上空の一点から絶え間なく響いてくるとなると、無意識のうちに人間の感情を刺激する働きをするものだ。

そのヘリコプターの爆音にあいまって、やはり海岸に向かって疾走していくおびただしいパトカーのけたたましいサイレンが鳴り響き、静かな浜べの朝は、騒然とした雰囲気に満たされた。

まだ何が起きたか皆目見当《かいもく》がつかない町の住民たちは、ただならぬ気配に表に飛びだした。

「なんだ。なにが起きた」

「夕べの嵐で、難破船でも打ちあげられたんじゃねえか」

「まさかタンカーかなんかじゃねえだろうな」

「もしそうなら大変なことになるぞ」

この時点で事の真相を何ひとつ知らない住民たちは、それぞれの推測を口にしながら不安な表情で海岸の方を見た。

「とにかく何があったか、ちょっと見てくる」

一人の男が、好奇心にかられた表情で言った時、一軒の家の中から子供の興奮した声が聞こえた。

「とうちゃん。テレビで浜のことやってる」

その言葉が通りに出ていた人々の間に伝わるやいなや、砂浜にたむろしていたシオマネキが巣に潜りこむがごとく、人々は一斉に通りから姿を消した。

その家の中では、二人の子供と老婆が、臨時ニュースを報じるテレビ画面にかじりつくように見入っている。

「なんだって。なにがあったって」

慌てて家の中に飛びこんできた両親に答えたのは、テレビが伝える臨時ニュースだった。

『繰り返して申し上げます。今朝千葉県の九十九里浜に、想像を絶する大きさの人間の形をした物体が打ちあげられているのが発見されました。現在、千葉県警が出動してこの物体が何であるのか、調査を開始しようとしておりますが、詳しいことはいまのところ分かってはおりません』

アナウンサーの口調はいつもの通り、冷静そのものだったが、ニュースを読みあげる口調だけでなく、ときおり手元の原稿から顔を上げ、チラリ、チラリとカメラの横にいると思われるディレクターに確認するかのような視線を送り、事の真贋《しんがん》を疑う微妙なニュアンスがあった。

「おっきな人間？」

眉を顰《ひそ》めながら、一家の主《あるじ》がそう言った直後、

『あっ、映像が入ったようです。それでは現場から中継をお届けします』

アナウンサーの言葉が終わり、テレビからヘリコプターの断続的なエンジン音が流れだし、画面は中継画像へと変わった。

『信じがたい光景です』

最初ヘリコプターの副操縦士席に坐った記者が映しだされると、その言葉が終わらないうちにカメラはパンし、海岸に横たわる人間の姿が大映しになった。

白い砂浜に横たわる男。それは一見したところ、どこにでもいる土木作業員そのものだった。しかしその全体像とともに、周囲の光景が画面に映しだされ大きさの対比ができるようになると、そのただならぬ大きさが一目瞭然となった。

松の防風林が密生する内陸、そして海岸に打ち寄せる波。そこから推測しても百メートルはゆうにある巨体である。

『信じがたい光景です』

記者の興奮した口から、ふたたび同じフレーズが洩れた。

『しかしこれは紛れもない現実です。第一報は九十九里浜に巨人が打ちあげられたというものでしたが、これがはたして人と呼べるものでしょうか。確かに人間のなりはしておりますが……。これが我々と同じ人間と呼べる生物なのでしょうか。身の丈はざっと百メートルはあろうかと思われます。足には地下足袋を履き、作業着の胸には『熊田工務店』の縫い取りがはっきりと読みとれます』

ヘリコプターの爆音に負けまいとするのと、自身の興奮があいまって、記者のレポートは絶叫に近いものになっている。その言葉を実証するようにカメラはゆっくりと移動し、地下足袋を、そして胸の『熊田工務店』の縫い取りをひとつひとつ大映しにしていく。

『砂浜に転がっているヘルメットも、身につけているものも、サイズこそ違え、我々が日常でよく目にする、あるいは使用しているものと寸分の違いもないものばかりです。とすれば、この巨人は我々と同じ言語、そして文化を持った人間ということなのでしょうか。これほど開発が進み、情報が氾濫した地球上にまだ我々が知らない巨人が存在する国があるということの証《あかし》なのでしょうか』

カメラは巨人の全身をなめるように移動し、砂浜に無造作に放りだされた手の指をアップで映しだした。

薄雲が切れた空から、強い朝の日差しが巨人の全身を照らしだした。

丸太……いや、巨木といった感のある指がピクリと動いた。それと同時に『熊田工務店』と書かれた作業着の胸のあたりが、大きく膨らむとジェット機の轟音のような音とともに鼻が鳴り、息を吸いこんだかと思うと、爆発が起きたような勢いで吐きだされた。

くしゃみだった。

まっすぐ上空に向けて放出された息は、大気をかき乱し、上空で中継していたヘリコプターは宙に舞う木の葉のように大きく揺れた。

『動きだした！』

大きく乱れる画像とともに記者の絶叫が聞こえてきた。

浮塵子《うんか》のように舞っていた取材のヘリコプターの群れは、わずかの間不安定な飛行を続けたかと思うと、態勢を立て直したが早いか、蜘蛛《くも》の子を散らしたように逃げだした。

中継を送っていたヘリコプターの中も、パニック状態に陥った。

『逃げろ、馬鹿野郎』

まだ中継の音声が途切れていないというのに、取り乱した記者が罵声を浴びせる。

『もう逃げてます』

パイロットの声だろう、必死な声が重なる。

その時、目の前を全身をオリーヴ・ドラブに塗った一機のヘリコプターが横切った。自衛隊だった。有事に際してこれまで後手後手に回ったことをいく度となく批判されてきた自衛隊が、ただならぬ状況をかんがみ、偵察飛行の名目で出動したのだ。

まさにニアミスである。おそらく両機の距離は水平方向で十五メートルもなかったであろう。キャノピーがオリーヴ・ドラブ色の自衛隊機のボディ・カラー一色になり、取材機のパイロットはピッチング・レバーと操縦桿、そしてフット・ペダルを反射的に操作し、機体を左下方に向けた。

身体が宙に浮き、ローラー・コースターに乗ったかのような不快なマイナスGが全身にかかる。四点式のベルトでシートに固定されてはいたが、それでも必死にアーム・レストにしがみつく記者の目は、三角になり、半ば白目を剝《む》いている。一瞬の黒雲のように自衛隊機が過ぎ去り、ふたたび視界が開けたウインド・シールドいっぱいに広がったものは……。

間近に迫る巨人の姿だった。

「馬鹿ぁ。そっちじゃない」

取材ヘリはすんでのところで機首を持ちあげ、急降下の加速の勢いのまま、巨人の体の上をロー・パスするように飛び抜けていった。

その爆音が引き金になったのか、巨人の瞼《まぶた》がピクリと動いた。不精髭《ぶしょうひげ》に覆われた頬がもぞりと動き、目が開かれた。

「やかましかぁ」

巨体がもぞもぞと動くと、ガバリとその上半身を起こした。通常、いわゆる大男と言われる人間の動作は、えてして緩慢なものだが、この桁《けた》はずれた図体の動きは驚くほどスムーズだった。

「なんば騒ぎよるとかぁ。気持ちよく寝とるっちゅうに、どこの馬鹿がこげん早かからラジコンば飛ばしよるとか。人が寝てるところへでも落ちよったら大怪我ばしよるたい」

上空を舞うヘリコプターの群れを見上げると、朝の日差しに目を細め周囲を見渡しながら言い放った。地上にいる者にとっては割れた天から降り注ぐような、圧力を感じさえする大音響だった。

「こらぁ。どこの馬鹿や。人がおるとぞ」

次の瞬間、巨人の動きがすべて止まった。

信じがたい光景が目の前に広がっていた。上半身を起こしたすぐそばには、松の緑も眩しい密生した防風林があり、その先には稲が植えられた水田が広がっている。そして作物の植えられた畑、はるか先にはトタン屋根の街なみが見える……。

目に映るすべては、確かによく見慣れた日本のどこにでもある光景そのものには違いなかったが、今日ばかりはそれに大きな違和感があった。

「へっ……」

見慣れたといっても、考えてみれば通常こうした光景を目にするのは空中から撮られた写真か、あるいはどこかの展望台から目にするものだ。しかし今日は違う。

巨人の視線がゆっくりと足元に向かって動くと、自分がペタリと腰を降ろしている地面を注意深く見た。

——砂浜？

単調な色、密度が濃く凹凸がほとんどない地面は砂には違いなかったが、それにしては砂の粒子がいやに小さい。砂というより砂色をしたパウダーのようなきめの細かさだ。絶え間なく打ち寄せる波。右手に広がる海原こそ見慣れた大きさではあるが、それだけに波の小ささがなにかアンバランスだ。まるで出しっぱなしにした蛇口の水が風呂場のタイルの上で、緩やかに這いながら無数の波紋を作るように勢いが情けない。

――ここはどこじゃろ。わしゃ何か悪か夢でも見とるんじゃろうか。

巨人は自分がおかれた状況を把握できないのか、目を二度、三度と瞬きをすると、頭をゆっくりと左に動かし、内陸の方を見た。あいかわらず目の前には最初に見た水田と畑、はるか先にさほど大きくない街なみのパノラマが広がっている。最初は気がつかなかったが、水田の先に走る道路にずらりと並んだ無数の赤い点滅光が目に入った。黒と白に塗り分けられたパトカー。それに真っ赤に塗られた消防車だった。注意して見ると、その周囲にはおびただしい数の何やら小さな人の形をした置物が、動きのないままにこちらを向けて置いてある。

かなり小さなサイズだが、驚くほど精巧にできている。作り物にしては、気味が悪いほどのリアリティがある。

――へえー。ようできとうばい。

巨人はそのできばえの見事さに、一瞬自分がおかれたわけの分からない環境を忘れ、無造作にその方向に向かって手を伸ばした。

驚きを通り越して奇妙なまでに神々《こうごう》しい光景だった。水田を挟んで松の防風林が長城のように延びる向こうに、突如身を起こした巨人の上半身が現われた。上空を舞っていたヘリコプターの一群が、エンジンの音を変え蜘蛛の子を散らしたように四方八方に分散し、爆音をかき消す大音声が轟《とどろ》いた。巨人が発した何かの言葉らしいということはすぐに分かったが、まるで巨大なスピーカー、それも調整ができていないために音が割れてしまったような音声はただの騒音となり、人間たちには即座にその意味が理解できるものではなかった。

凄まじいばかりの大音響は、衝撃波をともない人々の鼓膜を震わせ、ただでさえも信じがたい光景にすべての思考が停止し、茫然とした表情で巨体を見上げる人々に、さらにちょっとした音響爆弾を浴びせたかのような効果を与えた。反射的に耳を押さえはしたが、固まってしまったかのようにその場にたたずむ人々の方を、巨人の顔がゆっくりと向いた。

不精髭が伸びた顔、その中のふたつの瞳がこちらをじっと見つめはじめた。その瞳に、不思議なもの、到底にわかには理解できないものを見たといった、感情のすべてを放棄したような表情が宿っている。二度、三度と瞼がせわしげに上下し、わずかに小首をかしげた次の瞬間、肩のあたりが動いたかと思うと、防風林の下から巨大な手が現われ、こちらに向かって伸びてきた。

何かの意図を持った行動とは思えなかったが、五本の指が大きく開かれた巨大な手が、降り注ぐ朝の日差しを遮ったせいで生じた、これまた巨大な影が人々を包んだそのとき、人間たちの間から一斉に悲鳴があがった。

「ひぇぇぇ」

「逃げろ」

「動きだした」

「食われる」

「退避、退避ぃ」

人々は口々に思い思いの言葉を叫ぶと、我先に逃げだした。足がもつれ、前のめりになりながらも四つん這いになって逃げる者。腰を抜かし、仰向けになったまま、その場で空しく足を空回りさせる者。まさに路上はパニック、阿鼻叫喚《あびきようかん》の巷《ちまた》と化した。

「うわぁぁぁ！」

驚いたのは巨人もまた同じである。自分が置かれた状況は理解できなかったが、よくできた人形だと思っていた物が、まるで養殖池の中の魚の群れのように、一斉に塊となって動きはじめたのである。それもどうみても人工的な動きではなく、なりは小さいがまさに人間の動きそのものといった自然さでである。

「なんだ。なにが起こった。こりゃあおもちゃじゃなかぁ、人間ばい。生きた人間ばい」

巨人は大きくのけ反った。その反動で伸ばした手がうしろにまわり、巨人の体が海に向かってあとずさりするように動いた。尻が、ひっきりなしに打ち寄せる波打ち際にかかった。

「あっ、冷て、冷てえ」

叫び声をあげると、巨人は慌てて立ちあがった。

その瞬間、巨体の全貌が明らかになった。身の丈百メートルといえば、ほぼ三十階建ての高層ビルに匹敵する高さである。低層のビルどころか、建物といえば二階建ての木造家屋がところどころに見える程度ののどかな風景の中では、果てしなく巨大で、異様な光景だった。

「か、怪物だぁ」

「逃げろ」

その姿は、そこから一キロばかりある町からもはっきりと見え、集落はまさにパニック。混乱の坩堝《るつぼ》に陥った。

信じがたい光景は、巨人にしても同じことだった。何ひとつ遮るもののないパノラマ。さらに見晴らしがきくようになった視界には、水田と畑が広がり、少し向こうに杉に覆われた丘陵地帯が広がる。逃げだした小人たちも人工的なものでもなければ、すべての光景もまた、到底人の手によって作りだされたものとは思えなかった。

——なんだ、なにが起きたと……。

巨人の思考は混乱の極みにあった。自分が置かれた状況は、言うまでもなく理解の範疇《はんちゅう》を越えてあまりあった。

確かにこの世に存在する人間はすべて姿、形、そして大きさも千差万別、一人として同じ人間などいやしない。しかしその差にもおのずと受容の範囲というものがある。二メートルを越える人間はいても三メートルを越える人間はいやしない。同様に、目の前で蜘蛛の子を散らすように慌てふためきながら逃げていった、蟻のように小さな人間などいるわけがない。いやもしそのいずれかがいたとすれば、これは世紀の大発見。この情報化時代に自分の耳に入らないわけがない。ましてや、こんなミニチュアのような世界。すべてが小人たちのサイズに合わせたような小さな世界があることなどは、一度だって聞いたことがなかった。

——しかし自分の目の前にあるものはまさしく……。

そこまで考えがおよんだところで、巨人はふと気がついた。

——小人、そしてこのミニチュアのような世界に不釣り合いなのは……俺だ！

自分を除けば、人も車も家も畑も、そして山や木も、すべてが正常なサイズで、いままで身の回り、つまりは自分が身を置いてきた人間界そのものなのだ。

——と言うことは……。

巨人は、ともすると混乱しかかる頭の中で、必死に考えを巡らしはじめた。

——変わったのは周りの世界ではなく、俺。つまりこの体が巨大化したってわけか？　そげん馬鹿な！

巨人は持ちあげた両のてのひらと、目の前の光景を交互に見た。

——なして、こげなことになるとや。いったい何が起きたとや。

答えの出ない疑問を胸の中で繰り返しながら、一方で昨夜からの自分の行動をひとつずつ順を追って思いだす努力をはじめた。

5

「隅谷君、いったいこれは何のことなんだ」

閣議の最中に秘書官の隅谷が差し入れたメモを一読するなり、怪訝な表情を浮かべた首相の高村だったが、区切りのいいところで部屋を出ると、いらついた声をあげた。

いつもならば首相が姿を現わしたところで、一斉に立ちあがるはずの隅谷をはじめとするスタッフたちのいずれもが無反応で、何かに見入られたように部屋の一角を見つめていた。

静まり返った部屋の中に、テレビから漏れる慌ただしい口調で何事かを喋りまくるアナウンサーの声がひどく場違いに聞こえてくる。ニュースを告げるものでもなければ、災害現場から伝えられる沈痛なリズムに裏打ちされたものでもなかった。何かの実況中継、それもスポーツゲームの熱戦のクライマックスを伝えるような、興奮と熱を帯びた音声だった。

「隅谷君、これは……」

メモを握り締めた高村が言いかけたところで、隅谷の腕がゆっくりと上がり、音声の漏れるテレビの方をゆっくりと指差した。

高村の視線がその先に注がれる。十六インチほどのテレビ画面には、土木作業員の格好をした男の上半身が映しだされていた。首相官邸の秘書が、しかも執務中に見るテレビ番組ということを除けば、一見したところ、とりたてて違和感を覚えるものでもない。

「何なんだ。この男がどうかしたのか」

映像を一瞥《いちべつ》した高村が、いらつきをむきだしにした。

——どこにでもいるような男じゃないか。こいつがどうしたというんだ。

瞬間、カメラの位置が動き、男の全体像が映しだされた。妙な違和感を覚えた高村は、初めて、注意深くその画面に見入った。

——何だ、あの足元にあるのは……。植え込み？　それにしては松林のようにも見えるが。

上空から撮影されている映像は、ヘリが高度を上げるにつれ周囲の状況を明確にしていく。防風林についで水田が、そして赤色灯を点滅させたまま県道にずらりと並んだ、パトカーや消防車が画面に映しだされた。

——怪獣映画？

スピーカーから音声が聞こえてきた。

『立ちあがりました。間違いなく生きています。さきほどまで微動だにせず海岸に横たわっていた巨体は、いましっかりと両足で立ちあがりました。こちらを見ています。見ています。上空を旋回する我々報道陣のヘリを、ひとつひとつ目で追っています。市街地に向けて歩きだしたら、いったいどんなことになるか』

興奮した早口の実況は、迫力こそあるが高村には随分と芝居がかったものにも聞こえてくる。

「君たち、執務中に怪獣映画はないだろう」

下腹部のあたりにむらむらとした怒りが込みあげてきた高村は、歯ぎしりをするように口許を結ぶと、低い声を漏らした。

その声を聞いた隅谷が、画面から視線を逸《そ》らすことなく静かに首を横に振る。

「隅谷、聞こえないのか。いやしくもここは総理官邸の……」

激怒した高村の言葉を遮るように、隅谷が声をあげた。

「総理、映画じゃないんです。これが……この怪物が千葉の九十九里浜に現われて……」

「何を馬鹿な」

声を荒らげた高村を、数人の秘書官たちが一斉に見た。自分に注がれる視線。そのひとつひとつが、初めて直面する不安と、恐怖に満ちあふれているのを悟った時、高村は傍目《はため》にもはっきりと分かるほどに狼狽《ろうばい》した。

「ほんと……ほんとに、これ……事実なの」

秘書官たちは無言で、総理の顔を見つめている。

「まさか、そんな……」

体内を流れる血液が、急に重さを増して沈んでいくのが分かった。

『いったい何者なのでしょう。未知の生物……、それは間違いありません。しかしご覧の通り、身にまとうもの、そして胸の縫い取りからも分かるように、我々と同じ文明を共有する証も見てとれます。しかし、この生物が、これから先どういう行動にでるか、それ次第では我々にとてつもない害を与えないとも限りません』

「隅谷、この怪物はいつからここにいるんだ」

「今朝、からだそうです。突然現われたとかで……」

画面から目を離すことなく、問いかけた高村に隅谷が答えた。

「大きさは」

「百メートルはあるそうです」

誰かが言った。

「百メートル！」

——冗談じゃない。そんな大男が暴れだしでもしたら、大変なことになる。何が起きたかは分からないが、原因の究明はあと回しだ。とにかく一刻も早く手を打たないことには……。

すっかり血の気を失った高村のこわばった口許が動くと、一転して驚くほど明瞭な声で叫んだ。

「防衛庁を、それから千葉県知事だ!」

通常の手続きからいえば自衛隊の出動を要請するのは自治体の長、つまり知事ということにはなっているが、もはやこの異常事態に際しては一自治体の長、云々の話ではないだろう。いずれにしてもこの事態に際して、総合的に対応できる組織としてまず最初に高村の頭に浮かんだのが自衛隊だった。順序は逆だが、そんなことはかまいはしない。万が一を考えればそんなことは些細なことだ。

心得たとばかりに隅谷が電話に飛びついた。

緊急出動《アラート》を告げるベルがけたたましく鳴り響くと、ダークグレイの飛行服を着用したパイロットがF-15イーグルに駆け寄り、操縦席に向かって掛けられた垂直の梯子《はしご》を登りはじめる。整備士がそれに続き、コックピットに収まったパイロットがベルトを着用する手助けをする間にも、エンジンが鋭い金属音をあげ始める。

梯子が外されるが早いか、通常であれば入念に行なわれるプリフライト・チェックを省略したイーグルは、エンジンの回転を上げると、すぐにエプロンに向かって地上滑走をはじめた。

この時点で飛行の目的を知らされていないパイロットは、まっすぐに滑走路に向かうと、編隊を組むもう一機が滑走路に出たところでスロットルを全開にした。

鋭い機首がぐっと沈み、ふたつの排気筒が大きく膨らむ。青白い炎が後方に伸び、猛烈な勢いで滑走を始めた二機のイーグルは、そのままの勢いでヒラリと地上から離脱すると、矢のような鋭さで加速しながら急激な上昇に入った。

「ブルー・リーダーから百里。いま一万五千フィート」

「百里、一万五千フィート了解。高度はそのままで進路〇九〇に取れ。目標到達まで五分」

両の耳を覆ったレシーバーを通して、管制官の明瞭な声が聞こえてきた。

「〇九〇了解。目標の位置、およびディテールを知らされたい」

通常、自衛隊機に発せられるアラートは国籍不明機の領空侵犯を未然に防ぐ、あるいは即座に退去させることを目的とするという性質上、目標の位置や種類、その他の詳細は離陸後になるのが常である。離陸直前まで何も知らされていないパイロットは、いつもの手順を踏んで地上管制官に向かって目標の詳細なデータをリクエストした。

「九十九里浜に巨大な人間の形をした生物が現われた。被害の程度は現在のところ不明。現状を偵察のうえ報告せよ」

機体は敏感に反応し、たちまちのうちに雲を突き抜けると水平飛行に移った。座席に押しつけられるような強烈なGから解放されたパイロットは、想像もしなかった指示に思わず聞き返した。

「百里、目標を確認したい。人間の形をした巨大な生物だって？」

「そうだ。とてつもない巨人だ」

顔を見合わせようとするかのように、思わずパイロットはキャノピー越しに左後方にピタリとついてくる僚機を見た。おそらくそこでもパイロットが同じ仕草でこちらを見ているに違いなかった。

「了解。で、その怪物に火器の使用は認めるのか」

「必要に応じて許可する。これは訓練ではない。いいか、繰り返す。これは訓練ではない」

やけにしゃちこばった言い方で、管制官は二度同じ指示を繰り返した。

「ブルー・リーダー了解。降下を開始する」

イーグルは軽やかなバンクをとると、巨大な翼に初夏の太陽の光を反射させながら、次の瞬間にはもう滑るように降下を始めていた。

いくら考えても答えはでなかった。いったい何が起こったのか。目の前にあるものが現実なのか夢なのか、その区別さえつかなかった。水田を挟んだところにある道路には、放置されたパトカーや消防車がずらりと並び、膨大な数の赤色灯が、静かに点滅を続けている。

蜘蛛の子を散らしたように逃げ去った小人たちは、一向に戻ってくる気配がない。遠く町の方からは、かなりの数のパトカーの電子音と消防車のサイレンの音が聞こえてくる。それだけで、町がパニックに近い混乱状態に置かれていることが分かった。

――いくらなんでも、こげな馬鹿なことが……。こりゃよくできた作り物じゃなかか。

放置された車両を見ているうちに、そんな気におそわれた巨人は、少し先の路上に放置されたパトカーを手に取ろうと、何気なくその方向に向かって歩き始めた。

海岸と内陸を隔てる防風林をひと跨《また》ぎして、その一歩を水田の中に降ろした。

頼りなく、そして不安定な足場。紛れもなく水分をたっぷりと含んだ泥の感触が、奇妙なリアリティをともなって地下足袋のゴム底を通して伝わってきた。

――そげん馬鹿なことが。

いよいよもってわけが分からなかった。心臓の鼓動が激しくなり、現実を確かめようとする感情がますます強くなった。もう一方の足を水田に降ろし、一番端にあったパトカーに手を伸ばし、鷲摑みにした時、内陸方向の上空からジェット機の爆音が聞こえてきた。

――なんだ？

虚《うつ》ろな眼差しを音のする方向に向けると、薄い雲の切れ間にふたつの小さな黒点が見えた。

黒点は、見る見る大きさを増すと、すぐに飛行機の形となり、ガード下にでもいるかのような激しい爆音を轟かせながら、凄まじい勢いでそばを通過していった。

「うわぁ」

あまりの勢いに、驚いて身をのけ反らした巨人の手には、パトカーが握られている。映画の中にでてきた怪物が、破壊を開始した姿のように見えることに巨人は気がつかなかった。

「うわぁ、でかい」

顔面に密着した酸素マスクの中で、不自由な口を動かしながらパイロットは驚嘆の声をあげた。

「百里、目標を確認した」

体を捻《ひね》って巨体を目で追いながら、パイロットは叫んだ。

「身長は百メートルはある。海岸線を越えて、町へ向かって侵入を開始した。パトカーを一台手にしている」

イーグルはいったん洋上に出ると、すぐに反転し、十分に高度を取ったところで旋回をはじめる。

「ブルー・リーダー。百里。パトカーの中に人はいるのか」

「ちょっと待ってくれ。確認する」

パイロットは巨人が手にしたパトカーの様子を注意深く窺った。同時に周囲の状況にもすばやく目を凝らした。

「パトカーの中に人はいない。周辺には緊急車両が放置されているが、人影は見当たらない。避難したものと思われる」

「了解。そのままで待機せよ」

指揮官から次の指示を仰いでいるのだろう。短い沈黙があった。その間、巨人は口をぽかんと開けて、頭上を旋回するイーグルを目を細めるようにして見ていたが、視線はそのままで、ゆっくりと次の一歩を踏みだした。

「百里、巨人が動きだした。町に向かって動きだした」

パイロットの叫びに、即座に指示が返ってきた。

「町に侵入させてはいかん。さらに近づくようであれば威嚇《いかく》射撃を実行せよ。何としても侵入は阻止せよ」

声は管制官のものではなかった。明らかにそれよりも上の階級、司令官のものに違いないことを、パイロットは即座に察した。

「了解した。これより威嚇射撃を開始する」

パイロットは叫ぶと、スロットル・レバーをぐいと前方に押しこみ速度を上げると、十分な距離をおいたところで反転し、海岸線に並行になるようなコースで巨人に向かって進入を開始した。

旋回のGが過ぎさると、機首をわずかに下げ、狙いを巨人の足元につける。操縦桿の前方に設置されたバルカン砲の発射ボタンのカバーを外し、指をかける。ヘッドアップ・ディスプレイには到底収まり切れない巨人の姿が浮かび、猛烈な勢いで大きさが増していく。不精髭をはやした顔。ピンクのタオルを首にぶら下げ、胸に『熊田工務店』の縫い取りのある作業服を着ている。そして同色の作業ズボン。地下足袋。その姿が目に入った瞬間、これから射撃をする目標が、まるで生身の人間であるかのような錯覚に陥ったパイロットは一瞬射撃を躊躇《ちゅうちょ》した。そのせいで射撃のタイミングがわずかにずれた。

当然の反応というものである。実戦経験のない兵士が、初めて生きた目標に向かって実弾を発射するのである。それも怪物とはいっても、ゴジラやキングコングのように見るからにモンスター然としたものならともかく、なりは町のどこにでもいるような土木作業員の格好をしているのだ。パイロットにしてみれば、まさに生身の人間に向かって銃の引き金を引く、つまりは殺人行為を犯そうとしているかのような錯覚に陥ったとしても、何の不思議もない。

指先に力が込められると同時に機体が振動し、二十ミリの機関砲弾が鮮やかな黄色い尾を引きながら吸いこまれるように巨人に向かっていった。最初の何発かは、巨人の足元の水田に着弾し、泥と水を激しい飛沫《しぶき》に変えて宙に舞わせた。

イーグルの射撃は巨人にとって思いもかけないできごとだったのだろう。一人乗りの戦闘機とはいっても、その大きさは六十人乗りの旅客機YS－11の半分ほどの大きさはあるのだが、身の丈百メートルの巨人からすれば、けたたましい羽音をたてて飛び交うカラス程度のものでしかない。そのこうるさいカラスの機首の下方がチカチカと閃光を放ったかと思うと、足元に土煙が上がり、自分に向かって一直線に迫ってきたのだ。

巨人は反射的に身を捩《よじ》り、後方に飛び退《の》こうとした。しかし六月の、しかも嵐のあととあってたっぷりと水を湛《たた》えた水田の足場は悪く、巨人の足元をすくった。地下足袋を履いた足が大きく宙を舞い、巨人の体はうしろ向きに、ちょうど背後にあった防風林に尻餅をつくような格好で倒れた。受け身を取ろうとしたせいで、手にしていたパトカーがミニカーのように宙を舞い、くるくると回転しながら落下していく。大きく伸び切った足のちょうどふくらはぎのあたりが、猛烈な勢いで土煙をあげながら迫ってくる機関砲弾の航跡とほぼ直角に交わった。

水田からあがるけたたましい飛沫の音が一瞬途切れ、作業ズボンを引き裂き、鉄の弾頭が肉にめりこむ鈍い音がした。宙を舞っていたパトカーが地上に落下し、金属がひしゃげるいやな音とともにオレンジ色の炎を噴きあげる。エンジンを全開にしたままのイーグルが微妙に爆音の波長を変えながら、その上を通過していった。

「あいたぁ、あいたぁ」

無様に仰向けになった姿勢のまま巨人は足を抱えた。その手にふくらはぎの命中部分から流れでた血液がベットリと付着した。巨人は手をイーグルに向かってかざした。

「こん馬鹿たれが、当たってしもうたやなかか。これば見やい、血たい。怪我ばしてしもうたやなかか。赤い日の丸ばつけおって、お前ら自衛隊やろが。善良な納税者に向かってなんばしよるか」

カラスぐらいの大きさしか持たない戦闘機に向かって『自衛隊』もないものだが、足に感ずる衝撃と痛みは、作り物によって被《こうむ》ったとは思えぬほどのリアリティがあった。

巨人は目をむいて、飛びさっていく二機のイーグルに向かって抗議の声をあげた。

編隊は霞のように薄い黒煙を引きながら見る見る間に遠ざかり、胴体に不釣り合いなほど大きな翼面に日の光を反射させながら右に旋回した。ふたたび向かっていこうとしているのだ。

巨人は慌てて上半身を起こすと、ダメージを受けていない右の足を使って海岸の方に体をずらした。薄い黒煙が小さな半円を描き、二機のイーグルが再度、進入コースに入った。

「あーっ。馬鹿たれ」

巨人は首に巻いていたピンクのタオルを慌てて掴むと、猛烈な勢いで頭の上で回しはじめた。

「撃つな、撃つなぁ。降参、降参たい。私は降参しまぁす」

「射撃中止、射撃中止」

旋回が終わると同時に機首を下げ、攻撃態勢に入ろうとしていた編隊の隊長機が、二度慌ただしく指示をだした。

　イーグルはわずかに機首を上げると、高度を維持して巨人を観察する態勢に入った。

「百里。ブルー・リーダー。威嚇射撃が巨人の足に命中してしまった。奴が手にしていたパトカーは大破、炎上中。現在、巨人はタオルを振って降伏の意思表示をしているがどうするか」

「ブルー・リーダー。了解した。間もなく陸上自衛隊がそちらに到着する。そのまま上空で待機、監視支援を続けろ」

　レシーバーを通して指揮官の明瞭な指示が聞こえた。

6

　どこかで見たことがある光景だと郷田《ごうだ》二等陸佐は思った。

　身の回りのものをまとめ、車で、あるいは徒歩で国道を逆方向へと向かう人々。顔面は恐怖に引きつり、けたたましく鳴り響くクラクションの音や、叫び声、そして罵《のの》りの言葉が混乱に拍車をかける。その流れに逆らいながら、前進を続ける国防色に塗られた軍用車両の隊列。

　ベトナム戦争の映画のワンシーンが、再現されたかのような光景だった。

隊列の先頭を走るジープの上で、郷田は身に沸きあがる興奮を感じていた。自衛隊生活、苦節二十五年にして初めての実戦指揮である。災害派遣やPKOでの海外派遣があっても、武器をフル装備しての防衛出動は、半世紀にものぼる自衛隊の歴史上初めてのことだ。その歴史的部隊を指揮する栄光、そして使命感に郷田の体は震えた。

「道を開けて。開けなさい。自衛隊が通ります」

高ぶる感情を抑えきれずに、郷田はジープの助手席で立ちあがると、ピッと伸ばした片手をまっすぐ宙に突きあげながら、妙にこぶしの利いた声で叫んだ。

選手宣誓、あるいは見ようによっては大群衆の中を行進していくヒトラーのような姿である。

「大隊長。この町を抜けると間もなく現場です」

後部座席に坐っていた副官が声をかけた。

「大隊長。空自のイーグルが行なった威嚇射撃が巨人の足に命中したそうです」

無線機でひっきりなしに交信していたもう一人の男が緊張した口調でいった。

「なに」郷田は鋭い視線で隊員を一瞥する。「で、巨人は。暴れだしたのか」

「いえ。タオルを振って降伏の意思表示を示しているそうです」

その言葉が終わらないうちに、胸にぶら下げた双眼鏡を目にあて、前方に見え始めた防風林の方向を見た。

はるか上空に、二機のイーグルがゆっくりと旋回しているのが見える。そして松の防風林。海岸に並行に走る県道には、パトカーや消防車が点滅灯をつけたまま放置されている。

「はて、怪物の姿などどこにも見えんが」

郷田は、気の抜けた口調で言った。

「身の丈百メートルもあるやつが、ここから見えんはずはないんだが」


視界に巨人の姿が見えないのも道理、その時巨人は海岸に向かって前かがみに坐りこみ、先ほどの銃撃によって受けた傷を見ていた。

地下足袋を脱ぎ、ズボンの裾をたくしあげる。向こう脛《ずね》の横、脛とふくらはぎの間に、拇《おや》指《ゆび》頭大の傷がある。中央は赤い血溜まりとなり、クレーターのように弾けた肉の切れ目から血液がいくつかの筋となって流れだしている。その様は砂漠にできた血の池から流れだす赤い川のようにも見えた。もっとも普通の人間なら二十ミリ機関砲弾の直撃を受けたとなれば、その瞬間に跡形もなく消し飛んでいるところである。この程度の傷ですんだのも、この巨体であればこそである。

「あーっ、ひどか傷ばい」

海水をひとくみし、傷口を洗った巨人は怪我の程度を確認すると、情けない声をあげた。

反射的に上空で旋回するイーグルをうらめしげな視線で見上げると、

「どげんするとや、お前ら。これは軽傷じゃなかぞ。重傷たい。立派な傷害罪、いや殺人未遂ぞ」

非難の声をあげた。

いかに大きな声をだそうと、イーグルに届く様子はない。あいも変わらず旋回を続ける二機のイーグルを見ているうちに、猛烈に腹がたってくるのを覚えた巨人は、おもむろに上半身を起こし砂浜の砂をひとつかみする。

「蝿のように頭の上をブンブン飛び回ってから。早く救急車ば呼ばんかい」

それをイーグルに向かって放り投げた。

瞬間、イーグルの爆音が高くなった。一瞬のうちに加速し急上昇したイーグルは素早く反転すると、ふたたび巨人に向かって攻撃する姿勢に入った。

「あっ、冗談、いまのは冗談です。すいまっしぇん、もうしまっしぇん」

巨人は慌てて両の手を合わせると、拝み倒すように上半身を二度三度と上下させた。

慌てたのは、巨人だけではなかった。すでに海岸線に沿って走る県道にまで達していた郷田の目の前、防風林のすぐ向こうに突如巨大な人間の上半身が姿を現わしたのである。

「で、た」

運転手が慌てて急ブレーキを踏んだ。助手席で半立ちになっていた郷田はその反動で、胸をしたたかに風防のフレームに打ちつけた。被《かぶ》っていたヘルメットがずり落ち、一瞬目の前が真っ暗になったが、郷田は慌ててそれを持ちあげた。

「この馬鹿」

運転手の頭をヘルメットの上から殴りつけた。

「急にブレーキを踏むな」

「た、隊長」

運転手が情けない声を漏らした。右の手をゆっくりと上げ、小刻みに震える指先が角度をもって先を差した。

郷田が巨人を見上げた。

「あ、慌てるな」

郷田の喉仏《のどぼとけ》が一度上下に動くと、肩が上下しだした。理解できない光景に、激しく瞬きを繰り返す。

「あ、慌てるな。全軍攻撃準備！」

郷田は巨人を見上げる目を逸らすことなく叫んだ。

「全軍攻撃準備！」

後部座席の副官が命令を繰り返す。命令は後方に連なるトラックの隊列に次々に伝えられ、幌に覆われた兵員輸送車の荷台から、完全武装の自衛隊員がバラバラと降りたった。その手には六四式小銃が、重機関銃が、あるいは対戦車ロケット砲が握られている。隊列の後方に位置していた装甲車が、鈍いディーゼル・エンジンの音を響かせながら、前方に進みでてくる。海岸線を並行に走る県道に展開した隊員たちは、放置されたパトカーや消防車、あるいは自分たちが乗ってきた兵員輸送車の陰に隠れるようにして武器を構えると、その初弾をチャンバーに送りこんだ。

その時、巨人の顔がゆっくりと内陸の方を向いた。

——でけえ顔だ。

郷田は初めて巨人の顔を正面から見た。短く刈りあげられた頭髪は、少しばかり髪の生え際が後退している。顔の下半分は不精髭に覆われ、半開きにした口許からは、歯が覗いている。不思議なものを見るかのように、ぎょろりと見開かれた大きな目が、せわしげに右に、そして左に動く。図体から受ける圧倒的威圧感とはほど遠い、凶暴さを感じさせるどころか、何の意思すら感じさせない瞳だった。

巨人の目が展開した部隊の中央にいた郷田に向いた。これほど大きな瞳でも、その視線がはっきりと自分の視線と合ったと感じた郷田は、圧倒的迫力に思わず視線を落とした。

その目に作業服の胸元に金茶の糸で刺繍《ししゅう》された『熊田工務店』の文字がいっぱいに飛びこんできた。瞬間、その文字が微妙に歪み、巨人が動き始めたような気がした。

「ひっ」

郷田は引きつけを起こしたような、情けない声を小さく漏らすと目を剝きながら、片手を慌てて上げ、

「こ、攻撃」

新たな命令を下そうとした。

巨人にしてみれば小さな動きだったが、それでも小人たちが武器を持ち、攻撃しようとしていることはすぐに分かった。イーグルの機関砲弾によって受けた足の傷は激しく痛む。小人が放つ銃撃がこの身にどれほどのダメージを与えるものかは分からぬが、まったく効果がないとは思えなかった。

——冗談じゃなか。

巨人はタオルを握り締めていた左手に力を込めた。

「待って。撃つなぁ、撃つんじゃなかぁ。わしゃ、なぁんも抵抗しませんけん。ほれこのとおり、降参しますけん、撃たんでくだっしゃい」

おもむろにタオルを頭の上で回転させはじめた。

猛烈な突風が、県道に展開した自衛隊員を襲った。

水田に満たされた水が吹き飛ばされ、雑草の切れ端、昨夜の台風で吹き飛ばされ周囲に散

乱していた防風林の木々の切れ端や松葉、そして砂が猛烈な風とともに吹きつけてきた。

「あっ」

自衛隊員たちは一斉に地面に伏せ、郷田もまたジープの助手席で身を丸くして防御の姿勢をとった。巨人は確かに言葉を喋った。それも確かな日本語である。本来であれば、大きな驚きをもって受けとめられる事実には違いないが、あまりの突然の展開に郷田はその事実に気がつかなかった。無意識のうちに手が、パネルの中央にかけられた拡声器のマイクに伸びた。

「やめろ。撃たんから、そのタオルを振るのはやめろ」

郷田は拡声器のヴォリュームを最大にし、力の限りに叫んだ。

突風がやんだ。

「あっ、すいまっしぇん。悪気はなかったとですが、つい」

巨人は慌ててタオルを持った左手を降ろすと、今度は右の手を頭にやりペコリと頭を下げた。

「馬鹿野郎。そんなでかい図体で、そんな大きなタオルを振り回しゃ、どんなことになるかわかりそうなもんじゃないか」

郷田はこめかみに青筋を立てて叫んだ。

「すいまっしぇん。ばってん、あげな飛行機ば使って生身の人間ば攻撃しよるけん、わたしやこげな大怪我ばしてしもうたとです。それに、あんた方が手にしちょるもんは何ね。鉄砲でしょうが。そげなもんに撃たれたら、わたしゃ死んでしまうとでしょうが」

「何をいうか。生身の人間で、そんなでかい図体した人間がどこにおるか。お前みたいなのがいきなり現われたら、誰だって怪物が出たと思うに決まってんだろうが」

拡声器を通じて郷田の声が一気にまくしたてる。

「ばってん……」

突如巨人の顔に、傍目《はため》にも分かるほどの戸惑いと、うろたえの表情が浮かんだ。

「怪物、怪物いいおりますが、わたしゃれっきとした人間たい。日本国は九州で生まれ育った人間ですたい」

郷田は巨人が喋る言葉が九州弁であることに気がついた。

「九州？　九州はどこね」

言葉が急に親しみがこもったものになった。

「博多たい」

郷田の眉がピクリと動くと、「わしも博多たい」郷田の言葉が急に博多訛《なま》りに変わった。

「ばってん、お前みたいな大男がおるなんて話、いっちょん聞いたこともなか」

「そりゃそうでしょうが。私にも何が起きたかわけが分からんとです」巨人の口調がにわかに興奮したものに変わる。「昨日までは九州は博多で普通に暮らしとったとです」

「ならば聞くが、博多はどこね」

「山笠町ですたい」

「わしゃ櫛田《くしだ》町たい」

「すぐそばやなかですか。こりゃあ奇遇ばい」

「おお、ほんなこつ……ばってん、どげなわけで博多に昨日までおった人間が、こげな千葉の九十九里におるげな。しかもそげな姿で」

「それはこっちが聞きたかとです。なんせ、ものすごい白か光と一緒に、体にこう……全身くまなく刺すようなショックが走ったと思ったら気ぃば失いまして。気がついたらこんなことになっていたとです」

「凄かショックちゅうて、何ばしよったと」

「北九州の養殖魚増産センターちゅうとこの工事現場で働いとったとです」

「養殖魚増産センター？」

「何でも高電圧を使って大量のオゾンを発生させ、それを水中に送りこむとか、言うとりました。難しか理屈は分かりまっしぇんが、何でもそうすると魚の成長が異常に早くなるのだとか」

「そこで、働いとったお前が、なして大きくなって、こげな所におるとや。なして魚じゃなくて、お前が大きくなると」

「そげなこと、分かろうはずがなかでっしょ。とにかくわたしゃ、そん現場で働いていてくさ、そん施設のオゾン発生プラントちゅう部分の基礎におかしなところがあるちゅうから、点検にそん中に入っただけですばい」

「しかしなぁ、気がついたらこげな所にこげな姿でって、昆布じゃあるまいし、ひと晩でこげんでかくなるなんちゅう馬鹿なこつ、あるわけがなかろうもん」

「ばってん、わたしゃなぁーんも嘘ば言っちょりまっしぇん。とにかくそん現場で働いて、白か光に包まれて、気がついたらこげな姿になって」

巨人の声が、興奮の度合いにまして大きくなってくる。大音響に思わず耳をおおうと、

「分かった、分かった」郷田が慌てて声を大きくして叫んだ。「そう興奮するな」

その言葉に巨人は肩で息をしながら押し黙った。

「しかし、どうしたもんかな」

思いもしなかった事態に考えこんだのは、郷田も一緒だった。

見たことも聞いたこともない巨人が突如出現したのも驚きならば、まさかその怪物が日本語、それも博多弁を喋り、完全に意思の疎通ができるなどということは、予想だにしていなかった。むしろこの巨人がゴジラやキングコングのような文字通りの怪物ならば、事は簡単だった。それこそ自衛隊がもてる武器のすべてを駆使して、駆除制圧してしまえばいいだけの話である。しかし、図体こそ異常にでかいとはいえ、それを除けば生身の人間となにひと

つ変わらないとなれば、話ははるかに複雑である。たとえこの巨人が暴れだしたとしても、ただちに防衛活動に入るわけにはいくまい。銃弾、いやこの巨体ならば砲弾、あるいはミサイルが打ちこまれるたびに肉が弾け飛び、血が飛び散る。その光景は、テレビを通じて世界中に中継されることになるだろう。ブラウン管を通じて人々が目にするそのシーンは、生身の人間の殺戮《さつりく》、それもかつて放映されたことのない酸鼻《さんび》を極める残酷なものになるに違いない。いやそればかりではない。実際に攻撃する人間、つまり自衛隊員にしてもそうだ。大型のスクリーンいっぱいに飛び散る残虐な映画のシーンに、それが作り物だと分かっていても、恐怖と嫌悪を感じる人間がほとんどだというのに、現実のものとして目の前で血が噴きでて、肉が弾け飛ぶのだ。それも苦悶《くもん》の叫びとともにだ。

そんなことができるわけがない。

そうなると事は本当に厄介だった。

「どうしたもんかな」

郷田はふたたびうめくように言うと、目の前の巨体を見ながら首を捻った。

「あのー、大隊長……」

後部座席に坐っていた副官が、おそるおそる声をかけた。

「やっぱり、住所、氏名、年齢、職業ぐらいは聞くもんじゃないですか。一応本部への報告もありますし」

「それもそうだな」

状況を鑑《かんが》みると変な気もしないではないが、副官の言うこともっともである。と、いうよりまずはそのくらいしかやることがない。

「あー。それじゃこれから聞くことに答えてくれるかな」拡声器を通した自分の声が間の抜けたもののように聞こえる。「まず氏名だが」

「上田《うえだ》虎之助《とらのすけ》。生年月日は昭和三十四年五月六日、当年とって四十と三歳です」

巨人は初めて自分の名前を口にすると、郷田の質問に素直に答えはじめた。

7

「放送音声を切れ」

プロデューサーの鋭い言葉が、調整室に響いた。

全国ネットのキー局が、中継の音声を切る。故意に事故を起こすべく現場の責任者が指示をだしたのだ。膨大な操作ボタンが埋められたコントロール・パネルの前で、担当の若い男が指示が理解できないとばかりに、うしろを振り向いた。

「馬鹿野郎、早く切れ」

その頭にプロデューサーの平手打ちが飛んだ。

「は、はい」

ボードの上の白いつまみが操作され、放送音声が途切れた。プロデューサーは自らの手で、回線を切り替えるボタンを操作した。即座に別の回線を通じて、現場からの音声がプロデューサーが耳に装着したヘッド・セットを通じて聞こえてきた。

「住所は福岡県福岡市山笠区山笠町」

巨人、虎之助が喋りはじめたのだ。

プロデューサーは、メモ用紙に忙しくペンを走らせながら、調整室の壁面に埋められた他局の放送が映しだされているモニターを確認した。

どのモニターも、この前代未聞の怪物の出現を報じる特別番組で一色になっている。だがそのいずれもが遠く上空のヘリコプターから巨人を映しだしているか、スタジオに集まった識者を映しているものばかりで、地上からの映像はただひとつ、自局のものだけだった。巨人の出現当初に生じたパニックと、上空からの自衛隊機の攻撃が始まったせいで、現場にへリを近づけるのを躊躇しているのだろう。地上から現場に続く道路はすでに封鎖され、それ以前に潜りこんだ局は自局をおいて他にいないのだ。

その事実を改めて確認したプロデューサーの顔に満面の笑みが浮かんだ。すかさずその手が電話に伸びると、せわしなげに数桁の番号をプッシュした。

「聞いたか」相手が出るとプロデューサーが興奮した声で叫んだ。「なにぃ、音声が一番肝心なところで切れたぁ。ああそうだよ。放送音声を切ったんだ」

プロデューサーは弾む声で言うと、「すぐに福岡に連絡して、この住所に人をやってくれ。いいか、大至急だ。福岡市山笠区……」たったいまメモしたばかりの虎之助の住所を読みあげた。

「あ、ちょっと待て」

プロデューサーは鋭い言葉を吐くと、レシーバーから聞こえてくる虎之助の声に全神経を集中した。

「家族は女房……好子《よしこ》といいます。年は四十。それに高校生を頭《かしら》に、三人の子供がおるとです」

「女房と子供だ。そうだ。いいか、何としても家族の絵を撮るんだ。他局や警察が行く前にガラを押さえちまえ。えっ？　なにぃ、ばっかやろう。犯罪者を匿《かくま》うわけじゃねえんだ。かまうもんか、なんぼ金使ってもいいからとにかく家族を押さえちまうんだ。そうだ。分かったな。他社に出し抜かれでもしたら全員馘首《くび》だぞ」

興奮した声で指示を出し受話器を叩きつけ、

「浜崎、浜崎はどこだ。朝のワイドショーの浜崎だ」

振り向きざまにわめき散らした。

「どこにいるか、すぐには分かりません」

一番近くにいたADが、困惑した声で答えた。

「役たたず」叫ぶが早いか、鋭い蹴りを一発飛ばした。「調べるんだよ。調べるんだすぐに。連絡がついたらすぐに福岡に飛ばせ！」

「は、はい」

ADは慌てて立ちあがると、調整室から飛びだしていった。

「中継やってんのは、まだうちだけだな」

誰にともなく叫ぶと、プロデューサーは自らの目で壁面のモニターを追った。

「いいぞぉ。明日の朝のワイドショーは『巨人の家族に独占インタビュー・主人に何が起こったか』これだよ。いいぞ、いいっ。視聴率五十、いや六十はいける」

舌舐《したなめず》りしそうな口許から荒い息を吐きながら低く唸る。

「よおーし。お前ら気合い入れろ」

今度は一転してテンションの高い声で吠えた。

「NHK実況入りました」

部屋の隅から、誰かの声が聞こえた。しかし、もうそんなことはどうでもよかった。他局に一歩、それも巨人の歩幅のごとき大きな一歩を先んじたことをプロデューサーは確信した。

「おお、やってくれ、やってくれ。よぉし、音声戻すぞ。お詫びのテロップも用意しろ。

『中継回線の不都合で一時音声が中断致しました、お詫び申し上げます』だ」

目を血走らせながら叫ぶと、大きな笑い声をあげた。


博多の町に甲高いパトカーのサイレンが鳴り響く。狭い対向二車線の道路を埋め尽くした車の隊列が、そのけたたましい音にせかされるように左右に広がり、中央を開ける。ヘッド・ライトをアップにしたパトカーが、せわしなげな音とは不釣り合いなスピードでゆっくりと進んでいく。その道からワンブロック隔てたちょうど裏道にあたる道路を、同方向に猛スピードで突き進む二台のパジェロがあった。

そのうちの一台には、ルーフに取りつけられた小型のパラボラ・アンテナ。グレーのボディには『テレビ玄界《げんかい》』の文字がペイントされている。

「くそ。もう来やがった。急げ。サツに先を越されたんじゃ絵が撮れんばい」

パジェロの助手席で、膝の上に載せた地図を見ながら、小肥りの男がいった。短く刈りあげられた頭髪。口許には短い髭《ひげ》がたくわえられている。地方都市にしては垢抜けた格好からも見るからに業界人然とした感じのする男だ。

「まかしといてください。ディレクター」

ハンドルを握る若い男は、必死の形相《ぎょうそう》で前を見つめながらさらにアクセルを踏みこんだ。

キック・ダウンしたパジェロは、エンジン音を高く吹きあげると、昼時の住宅街を駆け抜けていく。

「次、次の角を右折だ」

「分かりました」

ディレクターの指示に答えると、若い男は乱暴にブレーキを踏み、ウィンカーを点滅させながらハンドルを回しかけた。その瞬間ブレーキがさらに深く踏みこまれた。

けたたましい摩擦音を響かせパジェロが急停止する。助手席のディレクターの体が前に激しく振られると、安全ベルトで固定されていたせいで、二度三度とシートの上で跳ねた。後部座席に坐っていた二人の取材クルーが、前席のバック・シートにぶつかり、呻《うめ》き声をあげた。

「何だ」

「ディレクター、だめです。一通《いっつう》です」

狭い路地の入り口に、進入禁止の標識が立っている。

「馬鹿たれ、かもうことなか。行かんかい」

ディレクターは地図帳を振りあげ、いきりたった声で命じた。

「でも」

「しのごの言わんと、行けぇちゅうたらいかんかい」

躊躇する運転手の頭を地図帳で殴りつけた。

「はい」

ふたたびエンジンが吠えると、パジェロはタイヤをきしませ急発進をした。狭い路地を抜けると、そこは対向二車線の通りで、ちょうどそこを走ってきたパトカーの前に飛びだす形になった。

「やべえ」


一通の路地を逆走してきた違反車をパトカーが見逃すはずはなかった。

「なんちゅう運転ばしよるか。一通ば逆走しよるたい」

「どげんしますか」

サイレンを鳴らしながら通りを進んできたパトカーの中で、二人の警官は顔を見合わせた。

「どげんもこげんもなか。とっ捕まえるたい」

パジェロはその間にも、すぐ後方にサイレンを鳴らすパトカーがいるというのに、停車する素振りを見せるどころか、両脇によける車の間を猛烈な勢いで駆け抜けていく。

警官は手にしていたマイクのスイッチを入れると、

「前の車止まらんか、止まれ」

威圧的に叫んだ。

その時、パトカーのハンドルを握る男の目が、ルーム・ミラー越しに、逆走車が出てきた路地から、もう一台のパジェロが飛びでてくるのを捉えた。

「巡査部長。うしろにも違反車です」

「なにぃ」その言葉に巡査部長はうしろを肉眼で確認した。後続車もまたルーフの上にアンテナを立てていることから、報道関係の車であるらしい。

「ええい、くそたれが。揃いも揃って、こいつらいったい何のつもりたい」

顔をしかめて運転席の巡査に停車を命じた。ブレーキの音をきしませてパトカーが停まる。前を塞《ふさ》がれた形になった後続車が慌ててブレーキを踏んだ。

「この馬鹿たれが。一通ば逆行しおって、いったい全体どういうつもりか。降りろ。降りんかい」

「ラッキー」運転席の若い男が叫んだ。「うしろの車を捕まえることにしたようです」

「よぉし。この先の角を曲がったらすぐだ。行け。飛ばせ」

ディレクターの声に、さらにアクセルが強く踏みこまれた。

「このへんなんだが……」

ディレクターは地図帳と、窓の外の光景を交互に見比べ、戸惑いを隠せない声をあげた。

走っている道路に沿って、閑静な住宅街の中でもひときわめだつ長い土塀が続いている。

「ここですかぁ」

アクセルを弛《ゆる》め、ぐっと速度を落としながらドライバーがやはり戸惑った声をあげた。

「住所からすれば、ここに間違いないんだ」

「いや、しかしいくらなんでも」

パジェロの前に、身長の倍ほどもある観音扉の立派な木の門が見えてきた。最徐行でその前にさしかかったところで、車内の男たちの目が一斉に門柱にかかった表札に注がれる。

『上田虎之助』

「ここ、だ」

想像もしていなかった豪邸だった。町の一角を占めるような敷地は、瓦《かわら》をのせた土塀で囲まれ、何本もの大木が敷地の中に林立している。千葉に出現した虎之助の風体、そして土木作業員という職業からははるかにかけ離れたものだった。

「まさか」

停車したパジェロの中で男たちは、もう一度表札の名前を確認すると、顔を見合わせた。

「しかしでかい家のごたる」ドライバーの若い男が間の抜けた声をあげた。「ばってん、なんぼでかい家ちゅうても、あげんでかか化け物が住めるわけがなかぁ」

「当たり前やろうが。あげな化け物が前からおりゃあ、とうの昔にニュースになっとろうが」

ディレクターはそう言うと、あわただしい仕草でシートベルトを外す。

「とにかく行くぞ」

後部座席のカメラマンを促しパジェロを降りた。

門の右脇に設けられた木戸を開け中に入る。人の腰の高さほどの、手入れがゆき届いた庭木の間の玉砂利《たまじゃり》が敷き詰められた小道を、玄関に向かって歩きはじめた。外から見えた以上に邸内の木々は濃密で、快晴の日差しを遮り、薄暗い。その木々の間に隠れるようにして、高い瓦ぶきの屋根が見える。

広い玄関は、総瓦ぶきの豪壮な邸宅に相応《ふさわ》しく、高価な建材でできており、そこここに値のはりそうな置物が整然と並べられていた。中でも目を引くのが、玄関の正面奥に置かれた衝立《ついたて》だった。竹林を背景に鋭い眼光をこちらに向ける虎が描いてある。

「ごめんください」

最初に声をあげたのはディレクターだったが、しんとした家の中から返事はなかった。

「ごめんください」

もう一度高い声で叫んだ。

「はぁい」

ずいぶん奥の方から甲高い女の声が答えると、パタパタとスリッパが廊下を走る音が聞こえた。

「どなた」

和服を着た中年の女が姿を現わした。年の頃からして虎之助の妻だろうか。

「あのう、上田好子さんでいらっしゃいますか」

ディレクターが聞いた。

「はい」好子は初めて見る男の顔を見ながら、怪訝な表情を浮かべて聞いた。「どちらさん？」

「あっ。申しおくれました。私、テレビ玄界の西山《にしやま》といいます」

——やった。一番乗り！

ディレクターは愛想笑いを浮かべ、名刺を差しだした。

「はぁ……」

好子は怪訝な表情を一層深くしながら、受け取った。

「上田虎之助さんは、ご主人でいらっしゃいますか」

「そうですが」

「あのう、つかぬことをお聞きしますが、ご主人はいまどちらにいらっしゃいますか」

「主人が、どうかしたとですか」

好子は突然の来訪者の質問の真意が計りかねるといった表情で聞いた。

「奥さん、落ち着いて聞いてください」ディレクターは芝居がかった深刻な表情で言う。

「今朝千葉の九十九里浜にとてつもない巨人が現われましてね」

「はぁ、そのことなら知っちょります。いまもテレビでそのニュースば見ちょったところです」

「その大男が、自分の名前は上田虎之助で、住所はここ、妻の名前は好子と、はっきり言いおったとです」

「はぁー？」

好子は、一瞬あっけにとられた表情でディレクターを見ていたが、次の瞬間身を屈めて笑いだすと、「こりゃ失礼ばいたしました。テレビの人が来て、何ごとが起きたかと思うたら」指先でふっくらとした目尻を拭った。

「考えてもみたらよかでっしょ。あげな大男、こげなところにいるわけがなかでっしょ」

「はぁ。それはそうですが。ばってん現にですね」

「それにウチの人はこん家の中におって、その巨人のテレビば見ちょりますばい」

「ええっ？」

その時、屋敷の奥から玄関に向かって足音が近づいてきた。

茫然とした面持ちで立ちつくすテレビ・クルーの前に姿を現わしたのは、年の頃四十代半ば、ポマードでなでつけた髪をオールバックにし、派手な色のポロシャツに、ゴルフ用のスラックスを穿《は》いた男だった。

「おい好子、大変たい。一大事たい。あの大男、名前は上田虎之助ちゅうて、ここに住んどるちゅうとるらしいぞ」

年こそ九十九里浜に現われた巨人と同じくらいだが、人相、風体とも似ても似つかぬまったくの別人だった。

「まさか……。この方が上田虎之助さん、ですか」

ディレクターはあっけにとられた表情を浮かべながら、言葉を吐いた。

「へえ、こん人がうちの虎之助ですたい」

「ええっ」

「誰ね、こん人たちは」

虎之助の問いかけに、好子が事情を話し始める。

なにがどうなってるのかさっぱり分からなかった。九十九里浜に現われた巨人は、自らの名前を名乗り、住所も明確に明かした。その住所に、一字たりとも違わぬ上田虎之助が存在する。

――これはどういうことだ。

思わず顔を見合わせたディレクターに向かって、

「どげんなっとるとですか、これは」

カメラマンが頭を傾げた。

「うーん」ディレクターもまた頭を傾げ、「何がどうなっとるのかさっぱり分からん」腕を組んで唸った。

「失礼します。上田虎之助さんはこちらですか」

玉砂利を慌ただしく踏みしめる音とともに、背後から歯切れのいい声が聞こえた。振り向いたテレビ・クルーの前に、二人の警官が立っていた。

「はい、こん人が上田虎之助です」

すでに事情を察知した好子が、こみあげる笑いをこらえるように、ことさら愛想よく答えた。

「えっ、こん人が虎之助って」

二人の警官が次の言葉に困ったように固まった。

「こん人たちにも言ったとですが、うちの人は千葉でなく、ほれ、ちゃんとここにおるとですが」

「はぁ」

警官はあっけにとられたような表情を浮かべていたが、目の前の四人にそこで初めて気がつくと、「なんね、お前ら」今度は険を含んだ威圧的な言葉で言った。

「なんねちゅうて。私らテレビ玄界のもんですたい」

「テレビ局って、表に停めてある車、お前らのもんか」

やべえ。カメラマンの顔色が変わった。

「さっき、一通の道ば逆行しおったのはお前らか」

「いや、それは」

カメラマンが、苦しげに言い訳をしかけた。

「馬鹿野郎。だからわしがあれほど止めたやなかか」

「へっ？」カメラマンは虚をつかれ、信じがたいものを見る目でディレクターを見た。

「あーっ、ディ、ディレクターそれは……」

すっとんきょうな声をあげた若い男の両腕を、警官のたくましい手ががっしりと押さえた。

「道路交通法違反、および暴走行為の現行犯で逮捕する」

「えっ？　ちょっと、ちょっと待ってくださいよ」

「きさーん、なんかぁ。抵抗するとか」

慌ててその手を振りほどこうとするカメラマンに向かって、警官はドスの利いた声で一喝した。

「抵抗するな。おとなしくしろ」

俺は関係ないとばかりに、ディレクターがしれっとした顔で言った。

「あっ、あーっ、ちょっとディレクター、そりゃない。そりゃないスよ」

「こっちへ来い」

カメラマンの叫び声。警官の怒号。そしてわけが分からぬまま、その光景を見つめる上田虎之助夫妻。邸宅の玄関先で繰り広げられる混乱は、その時点ですでに日本中に広がりつつある混乱の様相そのものだった。

8

「住所に該当者はいるが、本人は自宅にいるぅ？　まあ、そりゃそうでしょうな。はあ。上田虎之助は中洲《なかす》建設の社長……。そうですか」

「大隊長、どうでした」

司令部と無線で交信を交わす郷田の隣で、やりとりを耳にしていた副官の森下が声をかけた。

「なにもかも、あいつの話したとおりなんだが、上田虎之助は自宅にいるんだそうだ」

「どういうことですか」

「さぁね。何がどうなってるんだか、さっぱり分からん」

郷田はいったん会話を終わらせると、拡声器のマイクを手に取った。

「虎之助ぇ」

砂浜に腰を降ろし、海を見つめていた虎之助が体を捻り郷田の方を見た。

「あのなぁ。お前の言うたとおりの所へ、言うたとおりの人はおったごたるが……」

「やっぱり。言うたとおりでしょうが。で、好子は、好子はどげんしちょるとですか」

虎之助のでかい顔が、ぱっと輝いた。

「いや、それが好子さんもちゃあんとおったごたるが、虎之助もちゃあんとおったごたる」

「えっ。わしがちゃあんとおるっちゅうて。そげん馬鹿な。ああた、私はここにこうしておるとでしょうが」

虎之助は苛立ちを隠せない様子である。

「ばってん、おるもんはおるもんでしょうがなか。しかもお前、博多におる虎之助さんは、土木作業員じゃなくて、中洲建設の社長いうとるばい」

「そげん馬鹿なこつはなかぁ。上田虎之助は社長なんかじゃなくて、一介の建築作業員です」

「それにな、お前が働いていたっちゅう養殖魚増産センターな。北九州にそげな施設は影も形もなかとぞ」

「へっ？」

虎之助の目が点になった。

「いんや、北九州だけじゃなか。日本全国どこを探しても、そげな施設は見つからんかった」

「そげなことがあろうはずなかでっしょ。大きな施設ですばい。鉄筋コンクリートで出来た三階建てのビルがあって、敷地内にはオゾンの発生プラントがあって、おおまかな配置図なら書けるくらいによう覚えとります。あげなもんが消え失せるちゅうこと、あろうはずがなかでっしょ」

「そげん言うても、なかもんはしょうがなかろうもん」

「分からん。頭が変になりそうたい」

虎之助はそう叫ぶと、ふてくされたように砂浜に寝そべり、

「何がどうなっとるか、ちいとも分からん」

天を見上げた。

「何がどうなってるかちいとも分からんて、そりゃこっちのセリフたい」

防風林の向こうに姿を消した虎之助を見ながら、郷田は溜息まじりに言った。

「大隊長、習志野《ならしの》の師団本部です」

郷田は森下が差しだした無線機を手に取った。

「郷田です」

「おう、郷田か。稲垣《いながき》だ。どうだ様子は」

聞き慣れた師団長の稲垣の声が聞こえてきた。

「いまのところ暴れる気配はありませんし、一応落ち着いてはいるようです」

「そうか、一時はどうなることかと思ったが、とりあえずは平静を保っているんでほっとしたよ」

「言葉が通じるので助かりました。ただ……」

「ただ？　ただ、なんだ」

稲垣の声に一瞬緊張の色が宿る。

「はぁ。ご承知だとは思いますが、やっこさん、怪我をしておりまして、治療が必要と思われるのですが……どうしますか」

「その件なんだが、防衛庁でもそのような巨大な人間がなぜ出現したのか、その原因が分からぬうちは、うかつに近づくべきでないという判断をしている。未知の病原体を持っている可能性、あるいは既存の病原体であっても、体の大きさに比例して通常では考えられないほどの猛威を揮《ふる》うものを持っている可能性が十分に考えられる」

「分かりました」

ややや声のトーンを落とした稲垣の話に、郷田の返事もまたシリアスになる。

「先ほど、筑波《つくば》の国立生物研究所と大学病院の医師とで、緊急医療チームが結成され、そちらに向かっている。そこでだ」

郷田の背筋が自然と伸びる。

「郷田、貴様の部隊は現地点に前線基地を設営して、海岸線から半径三キロを厳戒区域と指定して、許可のある者以外の一切の立ち入りを禁止、封鎖、確保しろ」

「了解しました」

「海上については、海岸線より同じく半径五キロを立ち入り禁止区域とし、海上自衛隊が警備にあたる」

二人の会話を聞いている森下が、如才なく命令をメモしている。

「それから、巨人から半径五百メートルは厳戒区域とし、そのエリア内においては念のためCBR戦防御マニュアルに基づいて行動するものとする」

「CBRでありますか」郷田と森下は顔を見合わせた。「しかし本隊にはCBRの備えがありませんが」

「CBR戦用の防護服、および機材は輸送ヘリですでにそちらに向かっている。後続部隊もすでに習志野を出ており、一四三〇《ひとよんさんまる》には所定の位置につき、封鎖を完了する予定だ」

「ところで連隊長。封鎖区域内の住民はどうするんでありますか」

「巨人がおとなしくしている以上、特に避難勧告を出すつもりはないが、細菌感染の恐れも考えられる。すでに住民の健康診断をすべく医師団の派遣を準備中だが、安全が確認されるまでは封鎖地域から外に出ることは禁止だ」

「はい」

「了解しました。本隊はこれより前線基地の設営、封鎖地域の確保に入ります。以上」

郷田は無線を切ると、司令部からの指示を副官の森下に向かって改めて伝えた。

それを合図に、自衛隊員の動きがにわかに慌ただしくなり、車両があげるエンジン音の響きに周囲は騒然とした雰囲気に包まれた。

「森下、地図を見せてくれ」

地図が郷田の前に差しだされる。

「国道に沿って、ここと、ここと、ここ。それにこの四地点にそれぞれ装甲車両を一台と歩兵一個小隊を配置、検問所を設け封鎖点を確保しろ」

せわしなげに地図に目を走らせながら、郷田は的確に指示をだしていく。

「はっ」

「封鎖地域への出入りを禁じることで、住民に不必要な不安感を抱かせてはいかん。十分に配慮するよう、各隊に周知徹底してくれ」

森下は早々に無線機に手を伸ばし、指示を伝えようとした。

「それから」

「何か」

「町長とすぐに会えるよう手配してくれ。町長には私から事情説明をしておいた方がいいだろう。町の緊急連絡網を使って現状を伝えておけば、無駄な混乱や町民が不安を抱くのを最小限にくいとめられる」

「分かりました」

森下はヘルメットの下の日焼けした顔に白い歯を覗かせ、無線機に向かって指示をだしはじめた。

「第一小隊。こちら前線本部」

その声を聞きながら郷田は拡声器のマイクを握った。

「おーい、トラ。トラよう」

海岸に寝そべっていた虎之助が、その呼びかけに体を起こした。防風林の向こうに巨大な上半身が聳《そび》えたった。改めて見ると、恐怖を感ずる威圧感があり、異様な光景だ。

「トラ、トラって、わしゃ猫じゃなかぁ」

虎之助は不機嫌な声をあげた。しかしその声も張りがなく、どこか気落ちしているような響きがある。

「いや、すまん、すまん。しかし、まあ、そう気ぃば落とすな」

「気ぃば落とすなちゅうてあんた。眩しい光に包まれて気がついたら、こげん情けなか姿になって。怪我もしよるし……。好子がおったと思うたら、虎之助もおるちゅうて、わしゃいったい全体どげんなってしもうたとですか」

見る者に威圧感を与えるほど体が巨大な分だけ、がっくりと肩を落とし、しょげかえり沈んだ声でとつとつと話す姿は哀れだった。

「そりゃ、わしらにも分からんとたい。まあ、もうすぐ大学病院の偉か先生《しえんしえい》たちが来て、傷の手当てばしちゃるけん、もうちいと我慢ばしやい」

郷田はつとめて明るく声をかけると、「で、どうね、傷の具合は」続けて聞いた。

「血ぃば出るのは治まったばってん、こりゃ重傷ばい」

「痛むのか」

二十ミリバルカン砲の直撃を食らったのだ。いかに巨人とはいえ、それなりのダメージを被っていることは容易に推測がついた。並の人間ならば、応急措置《そち》を施してやることもできるのだろうが、この体ではそうもいかない。そのもどかしさと、虎之助の心情を慮《おもんぱか》る気持ちが優しい言葉となって郷田の口から漏れた。

「機関砲の弾が当たったとですよ。痛まんわけがなかでっしょうが」郷田の優しい口調が、逆に虎之助の複雑な心情を刺激したようだ。「だいたい無抵抗の国民に、善良なる納税者に、自衛隊が弾ばぶちこんだとですよ。こりゃぁあんた、大問題になるとですよ」

一転して抗議の声をあげた。

「お前なぁ。そうは言うてもくさ、こげなでかい怪物みたいな図体したもんが、いきなり現われよったら、誰でんびっくりしようもん。映画でもゴジラやキングコングなら問答無用で自衛隊がミサイルや大砲ぶちこむやろが。この程度ですんだのはむしろラッキーやぞ」

「まあ、あれだ。じきに医者ば来るけん、そのままおとなしくしちょれ。なぁ」

「しかしですね」

9

「間もなく虎之助の治療が始まるそうです」

永田町にある首相官邸の一室では、各省の事務次官が楕円《だえんけい》形のテーブルを囲んでいた。事務次官会議は毎週月曜日と木曜日に開かれるが、水曜日のこの日開かれることになったのは、九十九里浜に突如姿を現わした虎之助についての対処方針を話し合うためにほかならない。国の指針を決定づける法案の九割が官僚によって立案されるこの国においては、実際のところ国家を運営するのは国民の総意によって選ばれた代議士ではない。官僚という一介の国家公務員たちによってほとんどすべてのものが決められるのだ。その意味ではまさにこの場こそが、日本の政策を決定する最高意思決定機関といえた。

水曜日にこの次官会議が開かれるのが異例のことならば、もうひとつ、通常この場に顔を連ねることのない人間たちがいた。三軍の長、つまり自衛隊の陸、海、空の最高幹部である。

ことの行きがかり上、当面虎之助の対処に当たっているのが自衛隊であったがために、この場に呼びだされたのだった。

「しかし、私はいまだに信じられんよ。いったい何が起きたというんだ」

鍵山《かぎやま》陸将の報告を聞くなり、座の中央に坐った大蔵事務次官の杉溪《すぎたに》が溜息交じりに言った。

「すべては今朝、突然に起きたことで、何がどうなってあんな巨人が出現したのか、何ひとつ分かってはおりません。正直なところ原因解明に着手しようにも、何から始めたらいいのか、皆目見当もつかないというのが現状でして……」

「とにかくわけのわからん怪物であったとしてもだ、暴れださなかっただけでもよかったよ。大きなパニックも起きていないようだし」

大きめの椅子にすっぽりとはまった太い体を不自由に動かしながら、通産事務次官の吉原《よしはら》が野太い声で言った。

「まったくですな。同じ怪物でもゴジラのようなもんが出てきて街を破壊するようなことになっていたら、手のつけられない状態になっていたに違いありませんからな」

建設事務次官の大槻《おおつき》が吉原の言葉を継いだ。

「ところで杉溪さん。今後の対応ですが、いまのところ行きがかり上、自衛隊が現地で指揮を執《と》り、怪物の治療および警戒に当たっているわけですが、もしこのまま奴が我々に対して危害をおよぼさないとなれば、こいつは厄介《やっかい》なことになりますな。政府としてもこのまま放置しとくわけにもいかんでしょう。何らかの対応策を取らなければ」

吉原が忙しく額の汗を拭う。

「そこなんだ。吉原君が言ったように、こいつは確かに厄介極まりない事態だ。怪物が現われた、そのこと自体信じがたいことには違いないが、あいつが死んでいた、あるいは最初の自衛隊の攻撃で殺《や》られてしまっていれば、我々もそれほど頭を痛めずにすんだかもしれない」

「あの時、問答無用に彼を殺してしまえばよかったとおっしゃるのですか」

高久保《たかくぼ》空将が、わずかに眉を吊りあげた。

「その方が、ことは簡単だったと言っているだけです」

杉溪は声の方向に視線を向けることなく話を続けた。

「確かに、図体がでかいという点を除けば、我々と何ら変わることのない外見をしているものを、撃ち殺すのは抵抗がある。誰が見ても化け物以外の何物でもない奴を撃ち殺しても誰も非難はしなかったに違いない。屍《しかばね》を処理して終わり。それですべては終わったはずだ。しかし、あの化け物が外見だけでなく、我々と同じ日本語を喋り、意思の疎通が可能だとなれば話は別だ。この先何があっても、奴を処分するわけにはいかなくなってしまった」

「つまり奴を飼わねばならなくなってしまったと……」

西島《にしじま》厚生事務次官が銀ぶち眼鏡の下で、細い目を光らせた。

「その通り。実は火急にみんなに集まってもらったのは他でもない。総理から指示があってな。怪物への対応は、こうなってしまった以上、今後長期化することは間違いない。本来ならば今回の異常事態に際して千葉県が先頭に立って対処せねばならないところなのだが、事情が事情だ。知事との話し合いの中で、かかる異常事態においては、自治体まかせにしておくわけにはいかんだろうということになったんだそうだ。つまり千葉県と連絡を密にしながら、対応の指揮に当たる所轄《しょかつ》官庁を決めてくれというんだ」

「あいつを管理する所轄官庁ですか」

杉溪が発した言葉を最後に一同の間に重苦しい沈黙が訪れた。制服に身を固めた三人の将官を除けば、夏の走りだというのにダーク・スーツに身を固めた官僚の頂点に立つ男たちの顔が能面のように無表情になった。省の利益になるならともかく、前代未聞の事態に、とんだ厄介ごとを抱えこむなど金輪際《こんりんざい》ごめんこうむる。無言の意思の表われがそこにあった。

「所轄官庁というなら、コミュニケーションもうまくいっているようだし、このまま自衛隊、つまり防衛庁でいいじゃないですか。だいたい怪物がおとなしくしているって言ったって、いつ暴れだすかも分からない。万が一のことを考えれば、やはり自衛隊がその任にあたるのが妥当というものではないですか」

沈黙に耐えかねるように吉原が言った。ダーク・スーツに身を固めた男たちの間に、どこか安堵《あんど》したような空気が流れると、その首が縦に動く。

「確かに怪物が千葉に現われた時点では、我が国に危害をおよぼす可能性がありましたので、自衛隊が出動し防衛の任にあたりましたが、これまでの情報から判断しますと、彼が暴れだすことは考えにくい。当面はともかく、今後も継続的に自衛隊がその任に当たるというのはどうかと思いますがね」

「同感です。あれが暴れだす可能性がなくなれば、所轄を自衛隊に置くというのは何の根拠も意味もありません」

鍵山の言葉を継いで、高久保の制服組が霞が関の官僚組に異を唱えた。

確かに制服組の言うことは理屈が通っていた。国に対する脅威がなくなったとなれば、自衛隊が出動しなければならない理由はどこにもない。当たり前の話だが、自衛隊法の出動規定にも、怪物の世話などということはどこにも書いてはいない。座はふたたび重苦しい沈黙で満たされた。

「治療は間もなく始まるのだったね」

今度の沈黙を破ったのは、杉溪だった。

「もうすぐ筑波の生物研究所から派遣された医師団が、治療にあたることになっています。同時に未知の病原体、あるいは既存の病原体でも、あれほどの体です、想像を絶する猛威を揮うものを持っている可能性も考えられますので、生体標本を採取することになっています」

鍵山が自衛隊の長らしく、即座に明確な答えを返した。

「ふむ。そうすると厚生省管轄の仕事かね」

吉原の言葉にじっと正面を身据えたまま、無関心を装っていた西島の頭が動いた。

「そうだねぇ。西島君。どうかね、本件に関しては厚生省が管轄するというのは」

間髪《かんはつ》をおかず杉溪が聞いた。

「お言葉ではございますが、病原体の有無を調査するのは、確かに私たちのところに関係があるとしましても、その事項だけをもって、即それが厚生の管轄というのは、いささか早計ではないかと思うのですが」

慇懃《いんぎん》な口調の中にも、頑とした拒否の響きをこめていた。

「そうかな」

隣に坐っていた外務事務次官の片桐《かたぎり》が他人事《ひとごと》のように、涼しい声で言った。他の官僚と同じようにダーク・スーツを着てはいるが、仕立てはひときわいい。ネクタイはいかにも海外生活が長かったといわんばかりの派手なブランドものだ。

「そうかなって、片桐さん。考えてもごらんなさい。自衛隊の任務が恒常的なものではないというなら、病原体の有無を調査するのも一時的なものに過ぎないじゃないですか。問題はむしろそれ以降、あの化け物が我が国に居坐ってからの方が、はるかに手間がかかるのです。それを考えないと、判断を誤ることになります」

西島は興奮して一気にまくしたてる。

「我が国に居坐る?」

「帰ってくださいというわけにもいかんしなぁ。あそこで暮らすわけか」

座のあちらこちらから、初めて気がついたとばかりのささやきがもれる。

「化け物はあそこで生活を始めることになるんです。当然衣食住の問題が出てきますが、あの巨体です。普通の人間と同じようには考えるわけにいかんでしょう」

「食料にしてもあの巨体だ。いったいどれくらい食うもんかなあ」

杉溪がのんびりした口調で言う。

「さぁ、どんなもんでしょうか。まだ餌は与えておりませんが、いずれにしても、食料の供給は差し迫って何とかしなければならない問題には違いありません。さらに今後のことを考えますと、かなりの量を確保しなければなりますまい。食い物をけちると、人間凶暴になりますからな」

「それもバラエティに富んだものを用意せねばなりません」

鍵山と高久保の制服組の言葉を聞いた西島の目が、それまで議論が紛糾するのを楽しむように聞いていた一人の男に向いた。自治事務次官の岡林《おかばやし》である。

「まっ、自治省ですな」

「へっ?」岡林は黒縁眼鏡の下のどんぐり眼《まなこ》をさらに丸くし、西島を見ながら間の抜けた声をあげた。「ちょっ、ちょっと待って。どうして、そうなるの」

「どうしてって、簡単なことですよ。やっぱり地方自治体の行政を総合的に見られるといったら、自治省でしょう」

「そうですね、直接あの巨人の対処に当たるのは、千葉県ということになるんでしょうからね。予算付けも含めて、前面に出て対処に当たらなければならないのは、自治じゃないんですか」

杉溪が即座に同調した。

「食料もさることながら、最も大きな問題は住居です。あれほど巨大な人間を住まわせるとなると、広大な用地の調達と、大規模な建築事業が必要になります」

「一番金を使うところが面倒見るべきですよ。金を使うところが」

岡林が苦し紛れに言う。

「それも一理あるな」

意外にも杉溪が口の端に皮肉な笑いを浮かべた。

「そうでしょうか」片桐が口を開いた。「これは難民措置の慣例をそのまま応用解釈すれば解決する問題ではないかと思います」

「なるほど、難民措置ね」

「そうです。そうなれば、やはり厚生主導でいくのが最も妥当な線ではないかと……」

「ちょっと待ってよ、片桐君」西島が色をなした。「あれのどこが難民なんだよ」

「少なくとも本邦に国籍がある人間でないことははっきりとしています。つまり不法に上陸した人間というわけで」

「不法に入国したってんなら、外務か法務主導でいったっていいじゃないか」

「いやぁ、しかしねえ。外務主導でいくには、相手の国があってのことだからねえ」

「これはやっぱり厚生主導でいくべきですよ。西島さん」

岡林が賛同の意を表明する。

「あっ、岡林」

西島は、一瞬言葉をつまらせながら自治事務次官を見る。

「そんなら、あいつに食わせるめしはどうするんだ。あのあたりで一度に大量にめしを炊けるところっていったら、学校給食の施設を使うしかないだろうが。学校給食施設の運営は各自治体がやるんだろうが。そこに予算付けをするのはお前んとこの仕事とちゃうんか。そうしたらやっぱり自治の管轄が一番自然なんじゃないか」

「それはおかしいですよ。西島さん。そんな前例ありませんし」

「前例がないってんなら、厚生だって化け物の面倒なんかみたことなんかねえよ」

どう見ても西島の立場は不利だった。その場に会した人間たちの意向は厚生省の管轄で決まりそうな気配だった。前代未聞の巨人の対応を押しつけられそうな雲ゆきが、西島を感情的な発言に走らせた。

「いいですか、皆さん」西島は立ちあがると拳を振りあげて叫んだ。「化け物の世話をやくのが厚生だなんて、法令にも政令にもどこを見てもありゃしません。そんなことを役所がやっていいんですか。そもそも役所というのは、規則を融通利かすことなく頑《かたく》なに守り通すのが務めじゃないんですか。当たらず触らず、石橋を叩いてかつ渡らない。それが役所の仕事というものでしょう。違いますか」

10

「どうぞ、お通りください」

マイクロバスの運転手が差しだす許可証を確認した自衛隊員が小さく手を振ると、車止めが引かれ、道が開けられた。先導していたパトカーは、停車したままで、そこから先はマイクロバス一台だけのドライブとなった。検問所の前には、テレビや新聞の記者やカメラ・クルーがたむろしており、車内の様子を撮ろうと一斉にカメラの砲列を向けた。

「すげえ騒ぎだな」

車内まで聞こえてくる機織《はたお》り機械の音のようなシャッター音を耳にした瞬間、無意識のうちにどうポーズを取るべきか、すこし照れたような面持ちでぎこちなく姿勢を正すと、助教授の植村が声を洩らした。

ここから先は厳戒区域で、許可車両以外は通行が禁じられており、一台の車もいない道路をマイクロバスはスピードをあげて走りだした。

「さて、準備に入るか」

ドアのそばに坐っていた医師団のリーダーを務める進藤教授が言ったのを合図に、十名ほどの医師たちは、足元に置いていた袋の中からオレンジ色の服を取りだした。東京の消防庁から借り受けた科学薬剤処理の際に使用する防護服だった。医師団と行動をともにしていた二名の消防隊員が、その装着を手助けする。

揺れるマイクロバスの車内で、慣れない防護服を着るのは時間がかかったが、それでも立ち入り禁止区域の三キロを走る間には、十人の医師たちは大きなガラスの風防がついたマスクを被れば装備は完了するまでに装着を終えていた。

マイクロバスの速度が落ちると、三張りばかりの迷彩をほどこした大きなテントが並ぶ前線本部が見えてきた。その向こうに、九十九里浜の海岸線に沿って伸びる松の防風林が見える。

「さあ、着いたぞ。いよいよだ」

こちら側に背を向け、海側を向いて坐る虎之助の背中が、巨大な壁のように聳えたっていた。それはまさに見るものを威圧するような大きさだった。

「でかい」

マイクロバスは異様な静寂に包まれた。しかしそれは恐怖によるものではなかった。医者、いや研究者としての好奇心、探求心。人の形をしているとはいえ、未知の生物、未知の現象に直面した研究者としての純粋な本能に全員が満たされていた。

「ご苦労様です」

ドアが開き、一番最初にマイクロバスから降りた進藤を、敬礼とともに迎えたのは郷田だった。すでに郷田も科学戦用の防護服を着用している。こちらは自衛隊が用いる国防色のもので、消防隊員が着用するものよりも実戦に用いる分だけ体にフィットするように作られている。

「習志野第一連隊の郷田です」

「国立生物研究所の進藤です」進藤はそう言うと、次々に降りたつ医師を紹介し始めた。

「それから帝都大学第二外科の植村助教授。それに第一内科の野島講師。病理の平野……」

長い髪をうしろでひとつに束ねた二十代後半の女性が降りてきた。大きな瞳がオレンジ色の派手な防護服に映《は》えて、一層華やかな印象を与えた。

「いやあ、こりゃまた別嬪《べっぴん》な先生ですな」郷田は思わず感嘆の声を漏らした。「ふうん。こげな美人がねえ。大学の先生ねえ」

「あれですか」進藤は郷田の視線にひとつ咳払いをすると、虎之助を見た。「しかし、テレビで見るのと、こうして現物を見るのとじゃ大違いですな」

「本当に……。なにか夢でも見ているようだわ」

平野が形のいい口許から白い歯を覗かせた。

「まったく何を食ったらあんなにでかくなるのか」

意味のない言葉に、進藤が反応したのに気がついた郷田は、さすがにばつの悪そうな表情を浮かべた。

「それではさっそくですが、状況を説明いたしますので中へどうぞ」

一行を前線本部となっているテントの中に案内した。

テントの中は、マスクこそ被っていないものの、防護服を着用した自衛隊員でいっぱいだった。中央には大きなテーブルが置かれ、無線機や電話をはじめとする通信機器、そしてテレビモニターや見慣れない機器が整然と配置されていた。

郷田は一番奥にあるホワイト・ボードの前に歩み寄ると、マグネット・クリップで留められていた何枚かの写真を無造作に手に取った。

「我々のヘリが先ほど上空から撮影したものです」

言いながら、中央の机の上に並べた。

8×10《エイトバイテン》に引き伸ばされたカラー写真には、上空から撮影した虎之助の全身像、負傷した足の部分のアップ、そして周囲の様子が鮮明に映しだされている。

「怪我の部位は左足のふくらはぎに一箇所。これは二十ミリのバルカン砲弾によるものです」

「ふうん。見たところ弾は貫通していないようですね」

郷田の解説を聞きながら、進藤がかざした写真に注意深い視線を走らせる。

「多分。まぁ体が体ですから。普通の人間が食らっていたら、粉々に吹っ飛んで跡形もなくなっているところです」

「命中時の血液や組織の飛散状況は」

「地上からはまだ確認しておりません。ヘリから観察したところでは、はっきりとは確認できなかったのですが、周囲に飛び散っている可能性は十分にあるということです」

「いずれにしても怪我の治療と同時に血液と組織を採取しなければなりません」

「我々人間と同じ血液や組織で彼の体が構成されているのか。そうだとはちょっと考えにくいのですが、とにかく彼が何者なのか、それを解明する手がかりにはなるでしょうからね」

講師の野島が進藤の隣から口を挟んだ。

「病気の有無、特にウイルス性の病原体の有無は非常に大きな問題になります」

ハスキーがかった声で平野が言う。

「見たところ怪我の様子はさほど重傷というほどではないようです。とにかく血液と細胞の採取が最優先課題です。一刻も早く分析に入らないと……」

「そちらの準備さえよろしければ、いつ取りかかっていただいても結構です。その前に彼の概況を説明しておきましょう」

進藤の言葉にそう答えた郷田は森下に目で合図を送った。森下がホワイト・ボードの前に進みでる。

「虎之助の身長は、地上からの計測で約百メートル。横になった時の地上からふくらはぎまでの高さは、約七メートルあります」

「七メートル……」

「これは大体普通のビルの二階半分の高さですから、そうたいしたことはないでしょう」

「二階半……」

野島の顔色がさっと変わった。

「ただ問題は、作業を虎之助を横向きにさせた状態で、行なわなければならないということです」

「横向きに?」

進藤が眉をひそめて問い返した。

「そうです。虎之助を右向きに横たわらせて、つまり負傷部分を上向きにしたその上での作業、いや治療となりますから、十四、五メートルの高さ、つまり四階から五階の高さになります」

森下はあっさりと言った。

「落ちたら死ぬなぁ」

進藤がぽつりとつぶやいた。

「下は砂地ですからね。多少の怪我はするかもしれませんが、死ぬことはないでしょう」

「だめ……僕、だめです」野島が情けない声をだした。唇が小刻みに震えている。「僕、高所恐怖症なんです」

「足場かなんかはないの」

「ありません」またしても森下が簡単に言った。「鯨の解体と同じです。巨体の上に載っかってやっていただく以外には……」

医師団の顔がさすがにこわばった。

「フリー・クライミングでも登攀《とうはん》に際しては身柄の確保は行ないますが、残念ながら今回は生身の人間にハーケンを打ちこむわけにはいきませんからな。だからと言ってもちろん先生たちだけに行っていただくわけではありません。我々が同行します。治療の間中は命綱を同行した隊員が確保しておりますので、どうぞご心配なく」

「しょうがないな」

郷田の説明に進藤は不承不承といった態《てい》でうなずいた。

「よし、それじゃさっそく作業にかかりましょうか」

郷田は、マスクを手にし一行の先頭に立ってテントをあとにした。

畔道《あぜみち》の向こうには防風林が、その先に虎之助の上半身がこちら側を背にして坐っているのが見える。それは近づくにつれて一枚の巨大な壁となった。巨大な高層ビルも、それが大地にしっかりと固定され、動かないと分かっていればこそ、恐怖を感ずることはないが、今回ばかりは違った。この壁は生きていて、不用意に動きだす、あるいはもしもこのまま寝そべりでもしたら、下敷きとなった人間はひとたまりもなく押し潰されてしまうだろう。

「おーい、虎之助よぅ」

郷田は防風林の手前まで来たところで、ハンディ・タイプの拡声器を使った。マスクを着用しているせいで、ただでさえ拡声器から発せられる機械的な音声に不明瞭さが加わる。

虎之助の頭が声の方を覗きこむように動いた。ぐいと近づけられた巨大な顔がすぐ目の前にあった。その顔に一瞬戸惑ったような表情が宿る。

「郷田、しゃん？」

「おお、そうたい」

「どげんしたとですか、そげな格好ばしんしゃって」

「これか」

郷田はＣＢＲ戦用の防護服を着用した理由を説明しようとしたが、すぐに思い止《とど》まった。

未知の病原体、たとえ既存のものだとしても、巨体に比例して通常の人体に予期しない影響をおよぼす可能性があるゆえの措置などということを聞けば、虎之助もあまりいい気はしないだろう。

「これからお前の治療をするけん。傷口に黴菌《ばいきん》が入らないようにするための措置たい」

郷田は咄嗟《とっさ》にでまかせを言った。

「ああ。そりゃおおごとで」

「それじゃこれからわしらが、お前の足の上に載るけん。そこに右向きに横になりんしゃい」

郷田の指示に虎之助は素直に従い、巨体を動かすと傷を負った左足を上にして横になった。

「よし、それじゃわしらを足の上に載せてくれ」

虎之助の手が防風林の向こう側から伸びてくると、ゆっくりと一行の前に降ろされた。

人の身長の倍ほどもある分厚いてのひら。土木作業員というだけあって、指のつけ根には肉刺《まめ》が固まったタコが出来ている。手の皺《しわ》も、指紋も、まるで擂《す》り鉢《ばち》の内側の溝のような圧倒的質感がある。

一行は差しだされたてのひらの側面に足をかけ、腕を使いながらよじ登った。

「よかですか。動かします」

「だめ、やめて」

高所恐怖症の野島の悲鳴を無視して、郷田が合図を送ると、巨大なてのひらはスムーズに動き、空中を移動していく。地上から一気に二十メートルばかりの高さに持ちあげられると、大腿からふくらはぎへ至ったところで止まった。

「降りるぞ、虎之助」

「どうぞ」

人の身長ほどの高さから、虎之助の着ている作業ズボンの上に郷田が最初に飛び降りた。ズボンの生地《きじ》が着地の衝撃を吸収し、郷田は思わずよろめいた。生地の素材そのものは見慣れたものだが、網目のひとつひとつまでもがはっきりと分かる。繊維の一本はちょっとしたロープほどの太さがある。生地の表面をけばだった糸が覆い、日の光を反射して金色に輝いている。さながら背丈の低い麦畑、もしも金色の苗があるのなら、田植えの済んだばかりの水田といった幻想的な光景だった。

郷田が無事着地したのを見ると、同行した自衛隊員が、さらに自衛隊員らの手を借りて医師団が、次々と虎之助の足の上に降りたった。

「よぉし。それじゃ手をどけてくれ。それからくれぐれも言っておくが、治療の間は多少痛くとも我慢してくれ。絶対に動くんじゃなかぞ」

「はい」

郷田の呼びかけに虎之助が答え、全員が降りたのを確認したところで進藤が口を開いた。

「よし、それじゃ始めるとするか」

海岸で横向きになった虎之助の足の上で、十人の人間たちが、それぞれの役割に応じて動き始めた。進藤と野島、そして平野が傷口を覗きこむ。数人の助手が持参したケースを開き、治療とサンプル採取のための用具を準備する。虎之助の血液をたっぷりと吸いこみ、すでに半《なか》ば乾きかけて重くなった生地の切れ目を自衛隊員たちが渾身の力で持ちあげる。暗い穴蔵のような空間の下から虎之助の足の皮膚が見え、ぬめりを帯びた傷口が姿を現わした。

「うへえ、ひでえもんだ」

野島がマスクの下で顔をしかめた。いざ虎之助の上に登ってみると、地上の様子が見えなくなり、高所恐怖症はどこかへいってしまったらしい。

たった一発だが、命中した二十ミリの機関砲弾は、虎之助の皮膚を深く貫き、周囲の肉をめくれあがらせ、巨大な牡丹《ぼたん》の花が咲いたかのようなダメージを与えていた。

「とにかく、砲弾を摘出するのが先だ。組織、血液の採取はそれからでもいいだろう」

「分かりました」

平野が答えるが早いか、進藤の落ち着いた声が命じた。

「ズボンを切り裂いてくれ」

11

「治療が始まったそうです」

次官会議が続く一方で、首相官邸の一室には『巨人対策室』設営の準備が進んでいた。

対策室と言えば聞こえはいいが、その部屋の持つ機能は、アジアの先端をいく国家中枢としてはおおよそお寒いものだった。何しろ湾岸戦争の折りに、かの地に滞在する邦人対策のために首相官邸に設けられたものは、会議テーブルの上に一台のテレビが置かれたきり。急遽《きゅうきょ》ケーブルをつなげられた画面にリアル・タイムで映しだされるCNNニュースに見入るだけで、肝心の情報は商社を通じてもたらされるというていたらくだったのだから、推して知るべしというものである。さすがにあの事件以降、海外有事に際しては、外務省に新しく建設された建物には立派な設備を持った危機管理ルームが設けられたが、今回のような国内の突発的な事件に対処できるようなものではなかった。

広い室内に置かれた会議テーブル。数台の電話とテレビのモニター。それが、国家の危機を最小限に食い止めるべく設置された『対策室』の実態だった。

不安の色を満面に浮かべた官僚たちが、何をしたらいいのか分からないままに、体裁《ていさい》だけは整えようとスタッフたちに機器を運びこませた。中央の椅子に坐り深刻な表情でテレビ画面に見入っていた高村は、秘書官から報告を聞くなり安堵の声をあげた。

「しかし、私はいまだに信じられんよ。いったい全体何が起きたというんだ」

目の前に置かれたモニターのひとつには、自衛隊のヘリコプターから直接送られてくる無音声の中継画像が、その他のものにはＮＨＫをはじめとする各局のものが映しだされていた。もっとも虎之助の上空からの撮影は、自衛隊の出動とともに早々に規制されたせいで、ＮＨＫ、民放のいかんを問わず、出現当初の映像を繰り返し流しながら、スタジオからの特別番組という構成になっていた。

そのうえ、ＮＨＫを除く民放各局の番組構成は、タイトルこそ勇ましいものの、どれもがワイドショー形式をとっていた。スタジオに設けられたセットの壁面には、『速報、千葉に謎の巨人現わる！』、『世界に衝撃。怪物出現の謎に迫る！』の文字も仰々《ぎょうぎょう》しく、おなじみの司会者や、これだけの短時間によくも集めたものだと感心するばかりの、識者といわれる人間たちが顔を連ねていた。

高村の手がおもむろに伸び、一台のテレビのヴォリュームをあげた。意外なことにそれは民放の特別番組のものだった。自衛隊からの中継画像は、単にそこに繰り広げられる事実を淡々と映しだすだけで、何の解説もありはしない。それよりも識者と言われる人間たちが、この前代未聞の怪事件にいかなる解説を行なうものなのか、それを知りたかったようである。

画面には、オカルト、超自然現象と銘打たれる番組となると、必ず顔を出す大学教授が、こめかみに青筋をたてながら甲高い声で持論をまくしたてていた。

『あなたねえ。先ほどからこの怪物が、宇宙から来た、宇宙から来たって言ってますがねえ、それなら乗ってきた宇宙船はどこにあるんですか。防衛庁も、アメリカ空軍も、どこの国の天文台も、そんな物体の飛来は察知していないんですよ。いいかげんなことを言うもんじゃありませんよ』

カメラのアングルが変わり、かたわらに坐る男の顔がアップになる。年をとっているのか、そうでないのか、よく言えば無邪気、悪く言えば少しピントが外れた眼差しの男だった。この男は、虎之助は宇宙から飛来した異星人だという説を唱えているらしい。

『小竹さん。あなたいつもそうだ。科学で説明のつかない現象は、すべて頭から否定するんだ。だけど今回はそうはいきませんよ。現にこうしてその生物が、千葉に現われているんですから』

『そんなんじゃありませんって。だいたいあの巨人は福岡の博多に住んでたって言っているんでしょう。どこの星に日本と同じ地名や番地をもったものがあるもんか。第一、本人だって土木作業員って言ってるそうじゃありませんか。もしも百歩譲って他の星から来たのだとしてもですよ、当の本人にその記憶がないというのもおかしな話じゃないですか』

噛みつかんばかりの勢いで、小竹が反論する。坊ちゃん刈りの前髪が、心なしか逆立ったかのようだ。

『だったらあんた、あれをどう説明する気だ。該当する住所には同姓同名の人間が住んでいて、働いていたという工事現場は影も形もない。しかも彼が住んで働いていたのは九州で、現われたのは千葉だ。これだけの異常な現象が起きているんだ。何もかもを科学で説明しようとすることにそもそも無理がある。他の惑星に、この地球と似たような社会が存在して、同じ地名を持っていたとしても何の不思議もないでしょう』

『また、そんな無責任なことを言う』

『もうひとつの可能性はですね』教授の言葉を無視して男が喋りだした。『オゾンを使った養殖施設で働いていたというのが、謎を解く鍵だと思います。あなたも科学者ならば、高濃度のオゾンを大量に供給すると、生物は驚くほどのスピードで成長し、巨大化する。つまり巨人が働いていた現場で大量のオゾンが発生し、なんらかの要因で……』

『ちょっと待ってよ。ばかばかしい。たまに科学的なことを話しだしたかと思えばこれだ』教授がすかさず反撃に転じた。『そんなこたぁありえない。どうしてこの人は、科学的なことと妄想をごちゃまぜにするのかな。高濃度のオゾンを送りこまれた生物が驚くほどのスピードで巨大化するのは間違いないが、それは水中に高濃度のオゾンが送りこまれた場合、つまり水中生物に関しての話だ。通常の空間にいる生物については、そんな現象が起こることはありえない。それでも百歩譲ってオゾンのせいだとするならば、ヘルメットや衣類のような無機物についてはどう説明するんだ。あんなものまで体に合わせてでかくなるのか』

『それは……』

大学教授の反撃に、男の勢いがそがれた。

『あんたの理論を応用するなら、水槽に入れた魚が成長するにつれ、水槽も中に入れた砂利の類も、いやそれだけじゃない、オゾン供給機もすべて巨大化することになるじゃないか。そんなことが可能なら、自動車なんかプラモデルを買ってきて、高濃度のオゾンを送りこむチャンバーの中に入れておきゃあ、人が乗って立派に使えるものになっちまう。そんな馬鹿なことがあるはずないだろうが』

不毛の激論はまだまだ続きそうだったが、高村はうんざりした表情を浮かべると、モニターのヴォリュームを落とした。

高村には、この異常な現象を真剣に考え、解明に役に立ちそうな論争とは思えなかった。得体の知れないUFO研究家に、芸能プロダクションに所属する大学教授。こんな連中を公器に引っぱりだすこと自体がどうかしているのだ。虎之助の出現の原因、それに彼が何者なのか、本当に我々人間が巨大化したものなのか、本当のところを解明する鍵は現地で治療にあたる医師たち、そして現象を分析する科学者たちにかかっているのだ。

真っ当な科学者がテレビなどに出演しているわけがない。それもワイドショーなどに出る時間の余裕のある科学者というだけでも、解説など聞くに値するものではないと高村は気がついた。

高村の目が、自衛隊ヘリからの無音の映像を映しだしているモニターに向いた。巨大な足の上で防護服に身を固めて一点を覗きこむように群がる人間たち、その中央でひざまずいた人間の手に、光る物が渡されるのが目に入った。

いよいよ始まる。

高村は、椅子の上で身を起こすと、さらに集中して画面に見入った。


虎之助の作業ズボンの生地を切り裂くだけでも大仕事だった。厚さだけでも二百ミリはあるのだ。病院で患者の衣服を切り裂くのには裁鋏《たちばさみ》を使用するが、せいぜいがジーンズ程度の厚さの布のことだ。作業は郷田をはじめとする自衛隊員たちがあたっていた。分厚い生地を切り裂くのに彼らは携帯していたジャングルナイフを用いたが、乾きかけた血液ですぐに役に立たなくなった。治療に支障をきたさない状態まで生地を切るには、地上との間で何度かナイフの交換を行なわなければならなかった。

ようやく傷口が現われたところで、問題が生じた。実際に治療を行なうにあたっての器具のサイズだった。

「まいったなぁ。普通のメスじゃやりにくくてしょうがない」

「鯨解体用の包丁でちょうどってとこですね」

進藤教授の漏らした言葉を継いで助教授の植村が言った。

ざっくりと開いた傷口と言ってしまえば単純だが、その大きさは通常の大人の体ほどある。人間ならば跡形もなく、吹っ飛んでしまうほどの破壊力を持つ砲弾を一発とはいえまともに受け、そのエネルギーをあまねく吸収したのだ。ふくらはぎの表面を覆う皮膚は裂け、黄色い皮下脂肪が、家屋の内側を覆う断熱材のような厚さでめくれあがっている。その下には、肉と筋肉組織がかき回されたようになっている。出血はすでに治まりかけてはいたが、赤い血のクレーター湖といった様相だった。縁に飛び散るように黒く輝いているのは、砲弾の破片だろう。そのいくつかはヒジキのように太い脛毛にも付着している。

進藤は、おもむろにそこに手をのばした。この巨体にこの傷の大きさだ。自分の腕だって、巨大な人間のサイズからすればピンセットよりまだ小さいくらいだ。すべてが今までの常識は通用しないのだ。そう考えれば、作業ははるかに楽なものだった。本来なら顕微鏡で見なければならないような毛細血管や神経組織さえも、はっきりと肉眼で確認できるのだ。それに幸い砲弾は重要な血管や組織は破壊していないようだ。

進藤は傷口のクレーターの内側に付着した砲弾の破片をラテックスのゴム手袋をはめた手で取り除き始めた。植村がすぐにそれに倣《なら》った。いくつかの破片は肉にめりこんでおり、それを取り除く際に肉の湿った音が鈍い音をたてた。

「郷田さん。砲弾の弾頭は残っていますかね」

目で見える範囲の破片を取り除いたところで、進藤が聞いた。

「鉄鋼弾ですからね。おそらくこの中に……」

進藤の頭部をすっぽり覆ったヘルメットが、こっくりと前に一度動いた。

「溜まった血液を抜かないといけないな」

通常の手術では、体内に溜まった血液を除去するのにサンクションが用いられるが、そんなものはない。

「掻《か》きだすか」

進藤は無造作に言った。

「なんか適当なものあるか」

植村が言うと、背後に控えていた助手の一人が、大ぶりのビーカーを差しだした。

「こんなもんで、どうでしょうか」

進藤はヘルメットのガラス越しに見ると、「しょうがないな」と言い、身ぶりで助手に作業を命じた。

「ついでに血液サンプルを取ったらいかがですか」

平野のハスキーな声が響いた。

「そうしようか。じゃ植村君、血液の排出が終わるまでに細胞サンプルを採取してくれるか」

「細胞ですね」

「それから唾液《だえき》もな」

スタッフはそれぞれの役割に応じて作業を始めた。血液を掻きだし、平野が次々に試験管に入れていく。植村をはじめとする数人が、メスを片手に周囲の肉を削ぎ、それをコッヘルに投げ入れる。治療というよりも、最初に植村が言ったように、巨大な鯨の解体作業のような光景だった。

「なんか、チクチクするとですが。大丈夫ですか」

はるか遠くから虎之助が声をかけた。図体がでかくとも、麻酔もしないままに肉をこそげ落としているのだ。痛みを感じるのは当然だろう。

「治療ばしとるけん。ちぃと我慢ばしやい。動くんじゃなかぞ」

郷田がすかさず答えた。

やがてクレーターに溜まった血液はすっかりと掻きだされ、その底に円形の鉄の塊が姿を現わした。尖塔形《せんとうけい》の弾頭は肉に深く突き刺さっているに違いない。

「オーケー。そのくらいでいいだろう。どうだサンプルは取れたか」

状況を確認した進藤がスタッフに声をかけた。

「血液サンプルは試験管全部に取りましたから千ccになりますね」

平野が答えた。

「肉のサンプルは、そうですね、ざっと五百グラム」

スタッフの一人が、赤い肉が載せられたいくつかのコッヘルを見て言った。

「よし、それじゃいよいよ弾頭摘出だが……」進藤は何事か考えていたが、郷田の方に向き直ると、「そのナイフ借りられますか」と聞いた。

「はぁ、それはもちろん」

怪訝そうな返事をした郷田に向かって進藤は言う。

「やっぱりこんなもんじゃ役に立ちゃしませんな。体に合わせたものでないと」

その手にはメスが握られている。

「えっ。こ、このナイフでやるんですか」

「それしかないでしょ」

進藤は軽くため息をつき、二度三度と首を振った。

それもそうだと、新しいジャングルナイフを差しだした郷田の手からそれを受け取ると、進藤は傷口の縁に膝をつき、いよいよ弾頭の摘出にかかった。

「大丈夫ですか。消毒もしておりませんが」

郷田が背後から心配そうな口調で声をかけた。

「大丈夫でしょう。こんな体をしてるんですから。黴菌《ばいきん》がはいったって蚊に刺されたようなもんですよ。それに摘出がすんだらハイポで消毒しておきますから」

ことなげに言い放つと、進藤はジャングルナイフを突き刺した。

「あ、い、た、あ」

虎之助の叫び声が聞こえたかと思うと、大地震が起きたかのように足元が大きく揺れた。思わず器具を放りだし尻餅をつく者もいた。悲惨を極めたのは、弾頭を摘出するために傷口に上半身をうずめていた進藤教授である。足元が大きく揺れたせいで、前のめりに肉のクレーターの中に滑りこむような形で頭から突っこんだ。

「馬鹿たれ、動くんじゃなか」

腰が抜けたような情けない格好で尻餅をついた郷田が叫んだ。

「動くなちゅうて、あんた。もう少し痛くないようにできんとですか。ずーっと我慢ばしちよりましたけど、麻酔も何にも効いとりゃせんじゃなかですか。これじゃまるで生体解剖じゃなかですか」

進藤が血まみれになった顔を上げた。ヘルメットの透明な部分がぬめりを帯びた虎之助の血液で覆われている。

「大丈夫ですか、先生」

平野が慌ててかけより、女性らしい仕草ですかさずそれを乾いた布で拭いにかかる。

「まいったな。少しの間だから我慢してくれ。麻酔をかけてやりたいのは山々だが、こう図体が大きいと、なまじの量じゃ効きゃしないよ。頼むよ」

「すんましぇん」

どこか納得がいかないというふうではあったが、それでも殊勝に詫びる虎之助の声が響く。

「もう一度だ」

ふたたびかがみこもうとした進藤に向かって、植村が聞いた。

「先生、縫合はどうします。こんなでかい傷、普通の糸じゃようできませんが」

振り返った進藤は、植村の手に握られた糸がセットされた縫合針をチラリと見た。

「そんなもんじゃ無理に決まってんだろう。畳屋から針と糸を借りてこい」

12

政府の対応がはっきりと決まらないうちにも、自衛隊はこれから起きるであろう様々な事態に備えて、着々と必要と思われる機器や人員の準備を進めていた。巨人が暴れだす可能性がまずない以上、次にやらなければならないのは、どう面倒をみるか、つまり通常の人間と同じ生活を送らせる環境を提供することだった。もちろん不測の事態に備えて、近隣にある習志野、練馬などの基地から装甲車を手配し、封鎖地域一帯の警備は厳重にした。しかし、それよりも虎之助に提供する食事や、前線基地の施設の充実にもてる力のほとんどが注がれていた。

西の空に日が沈みかけ、長い一日が終わろうとしていた。治療が終了するまでに随分な時間がかかったが、医師団が虎之助の足から降り、自衛隊の協力の下での実況見分が終わると、海岸には打って変わった静寂が訪れた。

「郷田しゃん」

その雰囲気を察したかのように、虎之助が前線基地のテントの前にいる郷田に向かって言った。

「なんか」

「あのぉ。弾ば取れたと思うたら、腹ば減りまして」

虎之助は不精髭《は》の生えた口許に照れたような笑いを浮かべた。

「腹が減った？」

「考えてみたら、昨夜から何にも食うてないもんで……」

「森下」郷田は背後に控えた副官を振り返る。「管理支援隊は来ているな」

「はっ。浄水装置十基。野外炊事車五台が昼に到着しております」

副官の森下が機敏な口調で返答する。

「そうか。野外炊事車は一度に二百人分の食料が確保できるんだったな」

「その通りであります」

「よし。その内の三台を使って、ただちに準備を始めろ」

「でも二佐。夕食でしたら、すでに用意してありますが」

「俺たちの分じゃない。虎之助の食事を作るんだ」

「虎之助の、でありますか」

「そうだ。聞いた通り、昨夜から何も食っていないそうだ」

「はぁ」

「人間も動物も、ひもじくなると神経がいらだつからな。何も食わせないでいたんじゃ、不測の行動にでないとも限らん」

「すぐに準備します」

「それから補給士を呼んで、食料の補充を十分に受けられるよう手配しておけ」

「はっ」

それからが大変だった。問題になったのが食器である。野外炊事車は、一度に二百人分の食事を用意することができるが、当然のことながらそれを一度に盛りつける器などありはしない。そこで、用意されたのが工事現場で使われる青いビニールシートだった。衛生面で言えば問題がないわけではなかったが、そんなことを言ってはいられない。給水車に接続したホースから水を勢いよく放出し、表面を洗い流す。そこに巨大な釜から炊きあがったばかりの白米が自衛隊員たちの手によって盛りつけられると、たちまちのうちに白い山ができあがっていった。自衛隊員たちが野戦時に口にする携行食糧はもちろん、野外炊事車から供給される食事は、基地内で供給されるものと同様に、バラエティに富んだものなのだが、非常時であるだけに、まともな副菜などが供給されるはずはなかった。最も簡単で短時間にできる手間がかからない食事となれば、選択肢はおのずと狭まるというものだ。カレーライス。それが夜になって初めて虎之助に供給される食事のメニューだった。大釜で温められたレトルトパックから大

山と盛られ、ほのかな湯気《ゆげ》を上げる白米の上に、大釜で温められたレトルトパックから大鍋に移されたカレールーが、ぶちまけられていく。缶詰の福神漬が添えられたのが、せめてもの心遣いというものだろう。

「けっこうさまになってるじゃないか」

腕組みをしながら、作業を見守っていた郷田が森下に言った。

「何がです」

「食器がなくとも、カレーだったらバナナの葉に盛りつけるのが本場の流儀というもんだ」

「工事現場で使うビニールシートですよ」

「それでも、それなりに雰囲気があるってもんさ」

「そうですかね」

「そうさ」

郷田は最初のシートの一枚に盛りつけが完了したところで、拡声器を口許に運び、「虎之

助。めしだ」と、叫んだ。

「申し訳なかです。ほう、カレーですか。そりゃ好物、好物。ではさっそく」

防風林の向こうから、巨大な腕が小山となったカレーライスに向かって伸びてきたが、何かを探すように山の上ではたと止まった。

「あの……。どげんして食べたらよかですかね」

虎之助が困惑した声をあげた。

「手」

「はぁ？」

「手で食うしかなかろうもん」

「手でですかぁ」

虎之助の手が口許に運ばれ、それで食べる仕草をする。

「カレーば手で食べるとはくさ、本式のマナーちゅうもんじゃろうが」

「それは聞いたことがありますばってん。わたしゃいつもは匙《さじ》ば使って……」

「あのなぁ、虎よ。どこん世界に、お前のごとでかか人間が使えるスプーンがあるとや」

「それはそうですが」

「いいから、しのごの言わんと、手で食わんかい。これだってお国の税金ぞ」

「分かりましたよ。手でいただきますよ」虎之助は郷田に背を向けた。

「それならそれで手ば、きれーいに洗わんとね」海岸に向かって立ちあがりかけると、「なんば言うとるとか、わしだって税金ばちゃーんと払うとるばい」捨て台詞《ぜりふ》を吐いた。

「何か言うたとや」

もちろんその言葉は郷田の耳にもはっきりと聞こえた。反射的に飛んだ鋭い一喝《いっかつ》に、

「いえ何でもなかです。ありがたく手でいただきますばい」

虎之助は、険のある口調で叫ぶと立ちあがり、海岸で手を洗い始めた。


「こんばんは、夜のニュース・レビューの時間です」

夜十時になると、主だった民放テレビは一斉にレギュラーの報道番組の時間を迎えた。中でも東京の中央テレビの『ニュース・レビュー』は、激烈な報道番組時間帯にあって常に視聴率二十パーセント以上を稼ぎだす看板番組だった。他局のそれと比べて内容にさしたる違いがあるとは思えないにもかかわらず、図抜けた視聴率を稼ぎだしているのは、メイン・キャスターの米原泰久《よねはらやすひさ》のキャラクターによるところが大きかった。洗練された都会的風貌に加え、軽薄さを感じさせるような軽妙な語り口が視聴者の、特に女性層からの圧倒的支持を受けたのだ。そしてもう一人。その脇を固める女性キャスターの神崎美江《かんざきみえ》の、どこか垢抜けない容姿も視聴率の鍵を握る女性視聴者に好感をもたれていた。

「すでに報道されている通り、まったく信じがたいことが起きました」

芝居がかった深刻な表情を浮かべてはいるが、いつもの軽い口調だけはどうにもならない米原が話し始めた。

「今朝ほどから世界の報道は、この事件で一色になりました。世界中のあらゆるメディアが特別番組を組み、リアル・タイムでこの前代未聞の怪事件を報じております。今夜のニュース・レビューは時間を大幅に延長して深夜一時まで、この事件を中心にお送りします。それではまず、神崎美江から」

神崎の上半身がアップになった。

「今朝早く千葉県九十九里浜の海岸に、とてつもない巨人が打ちあげられているとの通報が千葉県警に寄せられました」

画面が切り替わると、虎之助が目を覚ます前に海岸に横たわる姿を、上空から捉えたものが映しだされた。その映像をバックに神崎の淡々とした声がニュースを読みあげていく。

「県警署員が現場に急行したところ、身長およそ百メートルの巨人が海岸に横たわっているのが確認され、さらに、この巨人が動きだしたことから大騒ぎとなりました。高村総理は巨人が暴れ、破壊行為におよぶ危険性もあるとして、ただちに自衛隊の出動を指示。航空自衛隊百里基地からスクランブル発進したF－15イーグル戦闘機が威嚇射撃を敢行、侵入を食い止めましたが、現場周辺は一時大変な緊張状態に陥りました。その後この巨人が我々と同じ日本語を喋り、意思の疎通が可能ということが判明、住所、氏名も判明いたしましたが、該当する住所には同姓同名の人物が別に存在しており、しかもその人物は、巨人とはまったく違う風貌、職業で、事件の謎は深まるばかりです」

「しかし何で我々が、化け物の世話をせにゃならんのですか」

霞が関の合同庁舎にある厚生省では、長い会議が続いていた。今朝の事務次官会議での決定に従い、所轄官庁として当面の対応を早急にたてなければならない必要に迫られていた。やらなければならないことは山ほどあるには違いなかったが、誰もがその対処の仕方、いやどこからこの問題に着手すればいいのか、その糸口すら考えもつかなかった。前例と、法律に基づいてこの国を運営してきた官僚たちにとって、それは最も不得手とする領域の仕事だったに違いない。すべてのことがここに集まる官僚の全員が初めて経験することで、答えというものもなければ、国内はおろか世界のどこを見渡しても、こんな事態のモデルとなりうるケースなどありはしなかったのである。そしてこれまでならば初めて直面するケースには問題を学習、研究する時間というものが、あらかじめ与えられたのだろうが、今回ばかりは違っていた。対処しなければならない事態はすでに現実のものとして目の前にあり、時間はなきに等しいものだった。

「まったくですな。私も納得がいきません」

ともすると、ゆき詰まりそうになる場の雰囲気に音をあげるような叫びに、もう一人の官僚が同調の声をあげた。

「安全性が確認できるまでの当面の間とはいえですよ、厚生に仕事を押しつけるなんて、詭弁をろうするにもほどがあります。本来なら自治省が対応の前面に立つのが筋ってもんじゃないですか」

「こうした前例のない事態に対しては、もっと慎重に検討を重ね、各省庁との調整を十二分にやったうえで決めるのが筋ってもんでしょう」

オールバックの髪をかきむしるようにしながら、大げさな仕草で背もたれに体を預ける。

「そうですよ。だいたい新薬の認可にしてもです。通常七年から十年。いや十年経っても認可を下ろさないほど、我々は慎重にやってるんです。それをたった一度、それも一時間に満たない次官会議で、当面の間とはいえ所轄官庁を決めてしまうなんて乱暴過ぎますよ」

言葉の主は、さも能力を疑うとばかりに次官の方を見た。

「失礼します」

二度のノックのあとに、レストランの出前が夕食を載せたカートを押して入ってきた。

「分かってる。分かってるよ」非難めいた部下の言葉に、西島はいささかムッとした表情を浮かべると、「だけどな、しょうがねえだろう。全省庁の次官が集まった会議で、ぜーんぶ決められちまったことなんだから。多勢に無勢だよ。特にこんな前例のないことはな、その場の流れで決められちまうんだ。病原菌の有無がクリアになるまでと言われりゃしょうがないだろう。第一、総理が自治体じゃなく、国が先頭に立って対処に当たれって言ってるんだから。とにかく安全の確認さえできれば、所轄を自治に持っていくのは難しくはない。それまでの我慢だ」

楕円形のテーブルにずらりと並んだ官僚たちの背後から、カレーを盛りつけた皿が配られていく。それを覆ったラップの隙間から、空腹の胃袋を刺激するスパイスの香りがほのかに漂い始める。

「次官、これを」

若い官僚が部屋に入ってくると、西島に一枚のメモを手渡した。

「何てこった」

その短いメモを一読するなり、西島はそのメモをグシャリと握り潰した。

「何か」

その西島の仕草に官僚たちの目が一斉に注がれた。

「先ほど総理が記者会見を行なったそうだ。その席で明朝、今後の政府の対応策を国民に発表すると明言したんだと」

「明日の朝ですか」

「そうだ。今後の対応組織の概要を含めてな」

「じゃあ、今夜じゅうに我々内部の対応を、すべて確定しろとおっしゃるんですか」

「そうだ」

「そりゃ無茶だ」

「無茶は承知のうえだ。とにかく今夜じゅうに決めなければならないのだ」

数人が漏らす深いため息とともに、重い沈黙が会議室に流れた。

「とにかく腹が減っていては、できる仕事もできなくなる。飯を食いながら話を始めよう」

重苦しい空気を払拭しようとするかのように、打って変わった明るい声をあげると、西島はカレーライスを覆っていたラップを取りさった。スプーンを摑むと、

「その後現場はどうなってるんだ。何か動きがあったかもしれんな。テレビをつけてくれ」

最初のひと口をほおばりながら命じた。

『まったく、こんな事が現実に起こるものなんでしょうかね。悪い夢を見ているとしか思えないんですが』

米原の軽薄な声が聞こえてきた。事の重大さを伝えているわりに明るい声は、心の奥底では事態を楽しんでいるに違いない。

『さて、この事件は世界各国でもトップ・ニュースで報じられております』

画面が変わって神崎が大映しになった。

『夜が明けたアメリカ東海岸では、ニューヨーク・タイムズ、ワシントン・ポストの二大クオリティ紙が両方とも一面トップで、それぞれ二ページ、三ページの特集を組み、最大級の

報道をしています。テレビ・メディアはCNNが事件直後から、ほぼ連続的に巨人出現のニュースを流し続け、ABC、NBC、CBSの三大ネットワークも特集番組を組み、これに続く形で事件を報じています。事件の第一報は現地時間のちょうどプライム・タイムに報じられ、視聴率はCNNで最高六十五パーセント、深夜を通じてこれまでの平均が四十五パーセントという信じがたい数字を記録するという関心の高さを示しています』

「CNN一局だけの平均で四十五パーセントだって？　すげえな」官僚の一人が、カレーを呑みこみながら言った。「こいつぁ変な対応策を打てば、また何を言われるか分かったもんじゃねえ」

画面はふたたび米原に変わった。

『では、現在のアメリカ東海岸の状況をニューヨークにいる石原正樹《いしはらまさき》から伝えてもらいます』

クライスラー・ビルを背景にした、摩天楼の一室からいかにもニューヨーク特派員といった風情のレジメンタル・ストライプのネクタイにグレーのスーツを着こんだ記者が画面に現われた。

『ニューヨークはいま朝の十時を二十分ほど回ったところです。先ほど神崎さんが言われたように、こちらのメディアは新聞、テレビ、ラジオともに、すべてが九十九里浜に現われた巨人の話題でもちきり、ニューヨーカーの話題もまたこれ一色という感があります。巨人の正体はなにか。有識者のコメントを交じえ様々な報道がなされていますが、いずれも事件の発生が太平洋を隔てた海の向こうの日本、公式に発表される情報が乏しいということに加え、これまでの常識では考えられない前代未聞の怪事件ということもあって、いずれも戸惑いの色を隠しおおせないものに終始しています。典型的なコメントをひとつ紹介しておきましょう。「悪い夢を見ているとしか思えない」。これは今朝のニューヨーク・タイムズに寄せられたカリフォルニア大学バークレー校のノーベル生物学賞受賞者、アラン・チェイス氏のコメントですが、生物学の世界的権威と言われる人にしてこの発言です。一般大衆の中には困ったことに巨人は宇宙から来た使者だとか、神の出現といったように、ややオカルトがかって捉える人たちもおり、混迷の度合いに拍車をかけております。まあ確かに我々人類がこれまで経験したことのない事件ですので、あらゆる推測が成り立ちます。いかなる推測も確かに一概に否定はできないのですが、メディアもこうした説が出てくることは先刻承知していると見え、NASAや国防総省が該当するような現象、宇宙からの飛来物は一切観測されていないとのコメントを寄せております。こうした状況をふまえて、先ほどホワイト・ハウスから次のような大統領声明がありました。「アメリカ合衆国は、日本に出現した巨人について、重大な関心を払っており、今後の推移を注意深く見守る。幸い巨人とは意思の疎通が可能であり、当面の危機はないと認識しているが、彼がどこから来た何者であるのか。その正体が明らかにならない限り、日本政府と緊密な連絡を取り、情報の収集にあたる。もし日本政府から、医学、生物、防疫の専門家の派遣要請があれば、ただちに派遣する用意がある』というものです』

「冗談じゃない。アメリカが出てこなくたって、我々で対処してみせるさ」

彼らの本能のひとつとも言うべき縄張り意識に触れたとみえて、先ほどまでは厄介事を抱えこんだと言っていた官僚が反射的に叫んだ。

「いや、どうせなら、あいつを持っていってくれたほうがなんぼ楽かも知れない」

「そうさ、あいつをこれから飼わなければならないとなれば、こいつぁ厄介だぞ」

「食事は。住む家は。その土地の手当は。アメリカなら広い土地があって用地にはこと欠かんだろうが、日本じゃそうはいかん。それにただ飯を食らうでくのぼうのために、大変な金を使って、世話をしなきゃならないんだぞ」

まだ喋り続けているニューヨーク特派員の声に重なって、官僚たちの喧々囂々《けんけんごうごう》の議論が、再燃しかけた。

『それではふたたび九十九里浜の現場から、林徳太郎《はやしとくたろう》がお伝えします』

画面に現われた米原が言うと、自衛隊が設けた検問所を背景にハンディ・ライトに照らしだされた記者が浮かびあがった。自衛隊のジープや装甲車の間に武装した隊員の姿も見える。

会議室に居並ぶ官僚たちの言葉がやみ、画面に一同の視線が集まった。

『九十九里浜の現場です。すでに巨人が出現してから十六時間以上が経過しました。状況は安定しているものの、自衛隊は朝からの厳戒態勢を解いてはおらず、現場に通ずる道路は半径三キロに亘ってご覧の通りすべて封鎖され、我々報道陣も近づくことはできません』

カメラは記者の姿から、はるか遠くの海岸方向にパンする。黒い闇の中に、白銀の光が灯っている部分があった。烏賊《いか》釣り船の漁火《いさりび》。あるいはナイターが行なわれているかのような光。それは自衛隊の投光器が虎之助を照らしだしている光だった。

『今日の午後、医師団が出現直後に巨人が自衛隊機の威嚇《いかく》射撃で受けた傷の治療を行ないました。先ほどこの治療について自衛隊、それから直接治療にあたった医師団の記者会見がありました。それによると傷は人間ほどの大きさということでしたが、巨人の体の大きさからすれば、それでも軽傷、全治までおよそ十日ということです。医師団は治療の際に細胞、血液をサンプルとして採取しており、ただちにこの分析に入るとのことです』

「いっそのこと、ひと思いに殺《や》っちまえばよかったんだ」

ここでもまた、官僚の一人が忌々《いまいま》しげに低い声を漏らした。どうしても考えがそこにいくらしい。

「そうもいかんさ。テレビが中継している前じゃ公開処刑、いや虐殺するようなもんだからな。同じ怪物でもキングギドラのようなやつなら話は別だったんだろうがな」

西島が溜息混じりに言った。

13

「しかしあれですね、カレーはやっぱりもう少し辛かとがよかですね」

虎之助は、電信柱のような指でシートの上に山盛りになったカレーを不器用に丸め、それを口に運びながら言った。そのたびにスパイスの刺激的な匂いが、あたりに弾ける。

「レストランじゃなかけんね。我慢ばしやい」

郷田がおう盛な食欲に呆れながら、気のない返事をする。

「分かっちょります。分かっちょります」

近くで虎之助の食事を見ている郷田の耳には、虎之助がカレーをほおばるたびに、咀嚼《そしやく》される音、荒い鼻息、そして食道から胃に落ちていく湿った粘膜の音さえもが生々しく聞こえてくる。

動物の本能――。その言葉に圧倒的なリアリティを感じるとともに、妙な感動を郷田は覚えた。

「あの……」

虎之助が手を止めると郷田を見た。

「なんね」

「ソースばかけていただけますか」

「ソース？」

「はあ、カレーちゅうとば、ソースば上からこう、どばーっとかけませんことには、なんか食った気がせんとです。その、育ちが育ちですけん」

虎之助は不精髭が生えた顔いっぱいに、照れたような笑いを浮かべた。

「しょうがねえ奴だなぁ」郷田は、今まで感じていた感動にも似た気持ちから一気に覚めたといった観でうしろを振り向くと、副官の森下に向かって言った。「おい。ソースはあるか」

「はっ、見てまいります」

歯切れのいい言葉で森下が答えた。

「味見ばせんと、いきなりソースばかけるのは失礼かと思いまして。一応ちぃと味見ばしてからと」

「味見をしてからかける方がもっと失礼やなかか」

「はあ、何か言ったとですか」

「いいや、たいしたことじゃなか。まあ食いんしゃい。ソースば探しちょるけん」

「はい」

ふたたび虎之助の手が動き始めた。

ひとつめのめしの山はあっという間になくなりつつあった。大体が、この巨人がどれくらいの量を平らげるものか、郷田には見当がつかなかった。身長にして普通の人間の六十倍。しかし食事の量となれば、単純にその比率を適用するわけにもいかないだろう。たとえば相撲取りやレスラーなどは身長は普通の人間とそう変わりなくとも、食事の量は、二倍三倍はざらに摂る。

「まだ、腹はくちくならんとや」

「はあ、まだまだ入ります」

虎之助は次の山に手を伸ばし始める。この勢いだと山ふたつ。四百人分は軽くいきそうだ。

「あのぉ、隊長さん」

ふたつ目の山の最初のひとかきを口に入れた状態で虎之助が言った。

「なんね」

「明日の朝のことですが、おきゅうとの食いたかごたるです」

「おきゅうとをや?」

「はあ。わたしゃ、生まれてこのかた毎朝おきゅうとば欠かしたことのなかとです。なにしろ生粋《きっすい》の博多っ子ですけん。おきゅうとばつけていただけたら、あとはなぁんもいりませんけん」

「あのなぁ」郷田は二度三度と首を振ると、「ここは千葉ぞ。千葉でおきゅうとなんかつくっとるわけのなかろうもん」

「まあ、そう言えばそうですけどねえ。やっぱだめですかね」

「ようそんだけ食って、朝飯のことなんか思いつくもんたい。だいたいこんなに食ったら……」

その時、郷田の頭上で、鈍い音が鳴り響いた。遠くから聞こえるジェット機の爆音か。しかしそれは連続音ではなく、質量のある何か。そう、巨大な岩が不気味な音をたてながら転がり始めたかのような、ある種の予兆を漂わせる匂いに満ちている音だった。

「雷かな」

背後で森下がポツリと漏らした。

そのように聞こえないこともなかった。音の聞こえてくる角度は確かにその推測を裏づけるようなものであるような気がした。

郷田は、反射的に周囲の空を見渡した。大嵐の直後、昼間の早い時間こそ、大気中の塵《ちり》が吹き飛ばされ、抜けるような青い空だったが、夜ともなると周辺の都市から吐きだされた汚れた空気が梅雨期の熱によって熟成され、白く輝く星も心なしかおぼろげに見える。しかし、雷の到来を告げる閃光《せんこう》は見えず、予兆を匂わすような雲の欠片《かけら》も見えなかった。

しかし、雷がやってくるとなれば、ことはかなり面倒になる。この大男を雨、風から守る手立てが何ひとつとしてないのだ。

「まずいな。森下、すぐに前線本部に行って天気図を確認してくれ。雨が降ると厄介だ」

郷田が命じた直後、二度目の腹の底に響くような鈍い音がした。

「えっ？」

今度は音の出所がはっきりと分かった。確かに頭上から聞こえはするが、その源は、郷田の目の前に壁のようにそそり立つ、虎之助から聞こえてくるのだ。

気がついて虎之助を見ると、ひっきりなしにカレーライスを口に運んでいた虎之助の手が止まっている。郷田のいる位置があまりに近く、虎之助の顔の表情を見るには、角度があるのではっきりとは分からないが、どこか困惑の表情が見てとれ、投光器の光を反射して光る目がせわしなく左右に動き、落ち着きを失っているのが分かる。

「どうかしたのか。虎之助」

表情の変化を見てとった郷田が拡声器を口にあてると、慌てて言った。

「あ、ら。あ、れ？」

鼻から荒い息を漏らしながら、うわずった声を漏らすと、てのひらに載せていたシートを乱暴に地面に置いた。

瞬間、半分ほど残っているカレーライスが地面に散らばり、飯粒とルーが飛沫《しぶき》となって郷田の衣服を汚した。

「なんばしよっと。飯ば粗末にすると……」

郷田の言葉など聞こえないかのように、虎之助が立ちあがった。地下足袋を履いた足が地面を踏み締めた瞬間、大きな地響きがし、巨大なビルが天に向かって伸び始めたかのように、虎之助の体が目の前に立ちはだかった。

凄まじいばかりの迫力に圧倒され、郷田は尻餅をついた。心臓が激しく鼓動を打ち、不用意に虎之助が動きだしでもすれば、足元にいる自分など、わけもなく踏みつぶされてしまうであろう死の恐怖に襲われた。従順だった猛獣が、何かの拍子に牙を剝く一瞬。野生の本能の存在。以前どこかで見たか聞いたかしたフレーズが、郷田の脳裏をよぎった。

「どげんした。どげんしたとや、虎之助！」

砂に塗《まみ》れた拡声器をひっ摑むと、郷田は必死の形相で叫んだ。

『あっ、何か動きがあったようです』

カメラ目線で現場近くの封鎖線からレポートを送っていた記者の声が、緊張を帯びる。自衛隊員たちがジープに、そして装甲車に血相を変えて駆け寄る。何事か叫ぶ現場の声に混じって、無線機から漏れてくる音声が重なってただならぬ緊張を漂わせる。装甲車のエンジンがかかる。数人の自衛官がジープの中から小銃を取りだすのをカメラがとらえる。

『どうしたんでしょうか。装甲車のエンジンがかかりました。小銃を手に持ち、慌てて走りだす隊員もいます』

「何だ。何が始まった」

会議室で食事を摂っていた官僚たちの手が止まり、すべての視線がテレビのモニターに釘づけになった。

最高のシーンに出くわしたとばかりに、興奮した口調で話す記者の声をバックに、カメラが大きく振られると、先ほど放映された虎之助を照らしだしていた投光器の光が画面いっぱいに映しだされ、ズームされていく。

『大変です。いま巨人が、巨人が立ちあがりました。いったい何があったのでしょうか。先ほど、今朝の威嚇射撃で受けた傷の治療が終了し、食事をしているとの情報が入ったばかりです。事態は安定しているとのことでしたが、何が起きたのでしょうか』

ぐっとズーム・アップされたカメラのフォーカスが短い距離を行き来し、白い光の中に立ちあがった虎之助の姿を捉えた。膝下ほどの高さにある投光器が、虎之助の顔を下方からおぼろげに浮かびあがらせた。きつい陰影に隈取《くまど》られた顔は、ただでさえも不気味なものだ。ましてや人の形をしてはいるというものの、化け物のような巨人である。ブラウン管に大写しになった虎之助の顔は、改めて恐怖を抱かせるに十分だった。

『あっと。装甲車が、動き始めました。ハッチから上半身を乗りだした自衛隊員が、機関砲を操作しております』

カメラがめまぐるしく動き、助手が向けたハンディ・ライトの光の中に照らされた装甲車を映しだす。

『機関砲の砲身が巨人に向けられました』

「どげんした。どげんしたとや、虎之助！」

あとずさりする郷田の腰がひける。

虎之助にも聞こえているはずだったが、一向に反応する気配がない。

立ちあがる動作は素早かったが、気のせいか動きが少しばかり緩慢になっている。半ば白目を剝いたように見える目だけが、せわしなく動く。気もそぞろ……そんな形容がぴったりくる様相である。

「大隊長、なんか様子が変です」

森下が狼狽《ろうばい》した声をあげた。

「ど、どうしたんだ」

虎之助の目が一点に固定されたかと思うと、先ほど治療を終えたばかりの左足が大きく踏みだされた。膨大な重量を吸収した右足の下の砂が大きく盛りあがり、左足が地面に接した瞬間大きな音をたてた。

地響きとともに、自分たちが立っている足元の地面が揺れたように感じたのは、郷田の気のせいだったのだろうか。もはやそれすらも感じている余裕など、郷田にはなかった。

ものなら……。

――何があったのだろう。なんとかしなければ。もしもこのまま虎之助が暴走でもしよう

「大隊長。どうしますか」逃げながら考えていた郷田の耳に森下の切羽詰まった声が聞こえる。「威嚇射撃を行ないますか」

「だめだ」森下の提案はもっともだったが、郷田は反射的に言った。「体はでかくとも、あれは人間だ。我々と同じ日本人だ」

郷田は拡声器のマイクをひっ摑むと声の限りに叫んだ。

「虎之助。止まれ、止まるんだ」

『たっ、大変です。巨人が！　巨人が北の方角に向けて動き始めました。この行動が自衛隊も予期していなかったことは、この封鎖地点の状況からも明らかです。一歩、二歩……あーっと、大きく防風林をひと跨ぎして内陸部へ侵入を開始しました』

厚生省の会議室のテレビから、記者の絶叫する声が高く響いた。

「おいおい、冗談じゃねえぞ。何が始まるんだ」

「ほら見ろ。こんなの俺たちが管轄してどうしろってんだよ」

「やっぱり相手にできんのは、自衛隊しかないじゃないですか、自衛隊しか」

得体の知れない相手の処遇に頭を痛めていただけに、言葉の端に期待が込められていた。

「いっそのこと、ミサイルの一発で吹っ飛ばしゃ、管轄がどうのこうのもなくなっちまうんだが」

官僚の一人が、一同の誰もが頭の中で考えていたことを言葉にした。

「そうだ。だいたい最初に自衛隊が威嚇射撃なんて、あまっちょろいことをやるからいかんのだ」

場の雰囲気がにわかに熱を帯び、それは殺気を感じさせるものへと変わっていった。

官僚の一人が突如立ちあがると興奮した声をあげた。

「何やってんだ。さっさと撃て。けりをつけろ」

前線本部のテントの中は、混乱の極みにあった。机の上に並べられた電話、設置された無線機、外部と通信する自衛隊員たちの怒号にも似た言葉が飛び交い、ちゃちなスピーカーからの音声がそれに混じった。

『観測機から前線本部。目標は現在北に向かって前進中』

「前線本部了解」

『指令室。目標は北上中』

「状況の詳細を報告せよ。いったい何が起きたのか」

『分からない。現在状況把握に努めている』

「分からないじゃ、しょうがないだろう。誰かいないのか」

テントの入り口を覆った防水布が勢いよく開くと、防護服に身を包んだ郷田が森下をともなって作戦室に飛びこんできた。現場指揮官に対する敬礼があってしかるべきところだが、この期《ご》におよんでそんな悠長な儀式にうつつを抜かす余裕のある隊員など、一人もいなかった。

郷田の手がマスクに伸びると、荒々しい手つきでそれを脱ぎ捨てた。

「大隊長、司令です」

無線機に向かっていた隊員がマイクを差しのべた。

郷田は顔を忙しく二度三度と振りながら、大きな深呼吸をし、「郷田です」鷲掴みにしながら言った。

『いったいどうしたんだ。何があった』

「分かりません。治療を終えて夕食を摂っていたのですが、突然立ちあがったかと思うと防風林を越えて北上を始めました」

『まさか、暴れだすんじゃないだろうな』

スピーカーを通じて聞こえてくる声に緊張の色が浮かんでいる。

「それはないと思います。司令、奴はあんな図体をしていることを除けば、我々が日常触れあっている一般人と何ひとつ変わるところはありません。間違っても危害を加えるような行動をとる奴じゃありません」

　郷田は落ち着いた口調で断言した。無線の向こうにいる司令官が、何を考え、いかなる行動に出ようとしているか容易に推測できた。万が一にでも虎之助が破壊行為にでて、一般人、あるいはその財産に危害をおよぼすようなことにでもなれば、当面事態の管理に当たっている自衛隊への非難は避けられないものになるだろう。防ぐ手立てはただひとつ、攻撃しかない。しかしこの一日、直接虎之助と向かいあい、接した郷田にとって、それはありうべからざる選択だった。

『どうして、断言できる』司令の口調に少しばかり険が宿った。『現実に何ひとつ説明なしに暴走を始めているではないか』

「いや、これには何か理由《わけ》があります。我々にも話せない何かが」

『どんな理由があるかは分からんが、奴の暴走を食い止めるのが先決だ』

「食い止めるといっても」

『ただちに威嚇射撃を始めろ』

「しかし、それは」

『それで正気に戻ればよし。だが、効果のないときは……』

「効果のないときは……」

　答えの分かりきった質問を、郷田はあえてした。

『展開中の全部隊に告ぐ』装甲車の密閉された狭い空間に、郷田の緊張した声が流れた。『これより自由判断で火器の使用を許可する。目的はあくまでも虎之助の暴走を阻止するための威嚇射撃である。繰り返す、威嚇射撃だ。絶対に虎之助に命中させてはならん』

「聞いたか」

装甲車の狭い運転席から外の様子を窺っていた運転手がインターコムに向かって言った。装甲車のルーフに腰かけ、機関砲を握り締めていた射撃手にも指令は耳を覆ったレシーバーを通じて聞こえていた。

「聞こえた」

「奴が北上しているということは、我々が一番最初に遭遇する地点にいる」運転手は地図を見ながら言った。「口火を切るのは俺たちだ」

「どうやらそういうことだな」

射撃手は返事をしながら機関砲の遊底を引き、最初の一弾をチャンバーに送りこんだ。弾丸は、曳光弾《えいこうだん》が混合されており、虎之助に向かって発射すれば、オレンジ色の光を放ちながらその前を横切っていくことになるだろう。闇の中に光る高速のラインに気がつかないわけがない。いかに大きな図体をしているとはいえ、光が意図するところは明白だ。

射撃手はそう思った。

装甲車は海岸線に向かい停車しており、周囲には水田と畑が広がっている。ところどころにある街路灯が、海岸線に沿って延びる防風林を黒いシルエットとして浮かびあがらせている。

南の方向を見ると上空に赤い点滅光が見え、徐々にこちらに向かって近づいてくる。ヘリの爆音がかすかに聞こえ始めると、一定のリズムで大地を踏み締める不気味な足音が鼓膜《こまく》を震わせた。

——来た！

射撃手はその方角にぐいと機関砲を向けた。影になった虎之助の姿が圧倒的な存在感をもって見えてくる。

——でかい！

初めて目《ま》の当たりにする巨体に、気圧《けお》されそうになりながらも射撃手は狙いを定めた。

「来たぞ！」

車内から運転手が叫んだ。

「分かっている」

身を低くし、照星と照準を合わせる。影は確実に、驚くほどのスピードで近づいてくる。

「第六小隊。目標を確認。これより威嚇射撃を行なう」

室内から前線本部に向かって報告を行なう、運転手の声が聞こえる。

射撃手の指がトリガーにかかった時、もうひとつのヘリの爆音が飛びこんできた。それはまったく意外な方向からやってきた。射撃手の背後、内陸の方角から高度約五十メートル。低空で進入してきたヘリは、瞬く間に装甲車の頭上を通過し、虎之助の迫りくる方角へと飛びさっていく。

——照準よし。

「何だ！」

運転手も確認したらしい。

「前線本部、前線本部」慌てた口調で運転手が郷田を呼びだした。「目標の進入コースにヘリが入った。このままでは威嚇射撃ができない。すぐ退去させたし」

「馬鹿野郎め。これじゃ威嚇射撃なんかできやしねえぞ」

罵《ののし》りの言葉を吐く射撃手の首の角度が、見る見るうちに仰角を大きくしていった。

『どうしたというのでしょうか。先ほどまでおとなしく食事を摂り、自衛隊とのコミュニケーションもうまくいっていたとの情報が入っていた矢先であります。突如巨人が北上を始めました。現場で対処に当たっている自衛隊は、このような事態を迎えるとは想定していなかったのでありましょう。多くの自衛隊車両、装甲車が慌てふためき、右往左往しているのが夜間の上空からでも確認できます』

ヘリは報道を続けるテレビ局のものだった。

自衛隊が威嚇射撃の指令をだす間に、虎之助は封鎖地域とされていた現場から半径三キロの範囲を越えつつあった。その範囲ぎりぎりを飛びながら、虎視眈々《こしたんたん》と虎之助の姿を捉えようとしていた報道のヘリがチャンスを逃すはずはなかった。わずかばかりの位置関係など誤差のうちとばかりに、虎之助に向けて突撃取材を始めたのだ。

強烈なランディング・ライトが、スポットライトを浴びせるかのように点灯され、虎之助の姿は機上のカメラを通じて、全国の茶の間にリアル・タイムで流され始めた。

『ご覧いただけますでしょうか。こうして巨人の顔を間近に見ておりますと、何か明確な目的が、意思が、感じられます』

絶叫する記者が言うように、ランディング・ライトに青白く照らされた虎之助の顔には、ただならぬ気配が漂っていた。目の前で眩い光に照らされているというのに、一点をみつめたまま動かない瞳。強烈な光のせいで瞳孔《どうこう》が小さく収縮し、脂汗《あぶらあせ》なのか、梅雨の夜の湿気のせいなのかは分からぬが、ぬめりを帯びたように光る額が、一層不気味な印象を与えた。

「テレビ局か！」前線指揮所のテレビモニターで、その様子を見た郷田が忌々しげに叫んだ。「あの馬鹿野郎ども、どういうつもりだ」

「立ち入り禁止区域のちょうど境界あたりです。どうします。抗議して退去させますか」

「もう遅い。境界を突破されると、威嚇射撃ができる部隊は展開していない」

郷田は歯を食いしばりながら、言葉を吐くと、一瞬の間を置いてから、

「森下。百里を呼びだせ。スクランブルを要請しろ」

　怒鳴りつけるように命じた。


「いいぞ。この時間までヘリを飛ばしていたのはうちだけだ。独占中継だ」

中央テレビの調整室で、背後の壁に並んだ他局のモニターを見ながら、ディレクターが興奮を抑えきれずに言った。

　ふたたび正面のモニターに目を向けると、ヘリからの映像の中で大写しになった虎之助の口許が大きく動き、何事かを叫んでいるのが分かった。

『おおっと。巨人が喋りました。こちらに向かって何事かを喋ったようです。残念ながらヘリの爆音のせいで、聞き取れませんでしたが、何事かを喋ったことは間違いありません』

記者の声が、その映像にかぶさって流れてくる。

「畜生め。なんと言ったんだ」

　虎之助の言葉を彼らが聞くことができたなら、この後数分を経ずして起きた放送史に残る前代未聞の椿事《ちんじ》は、回避できたのかも知れない。

「しぇからしか。来るなぁ。ついて来るんじゃなかぁ」

虎之助はそう叫んでいたのである。

もちろん聞こえたところでこの大事件を目の前にして、ハイエナのようなマスコミがただちに「はいそうですか」と引き下がることはありえないことなのだが、それでもなにがしかの心構えというものができていたかもしれない。

しかし一連の虎之助の行動を暴走と判断し、阻止すべく動き始めた自衛隊と同様に、事態の一部始終を息を呑んで見つめる世界の目となって報じるマスコミにとって、これから起きること、いやすでに始まっているこの事態は、またとない報道の機会にほかならなかったのである。

たとえそれが、破壊をともない、結果として負傷者、死者がでようとも、映像の価値を増しさえすれ、決して価値をおとしめることになりはしないのだ。

人の不幸は蜜の味。悲劇が大きければ大きいほど、ヴァリューは増すのだ。

ディレクターの指示が飛び、緊張感と慌ただしさが充満する室内に、間の抜けた電話の着信音が鳴った。「はい。調整室」膨大な数のスイッチが並んだコントロール・ボードの前に坐っていた若い男が、目の前のモニターから目を離すことなく叫んだ。

「はい……はい。分かりました」相手の用件を聞き終える間もなく、受話器をたたきつけた。

「ディレクター。系列局のテレビ関東の中継車から絵がとれるそうです」

「何？　ほんとかそれ」

「繋ぎますか」

「もちろん。何番だ」

ディレクターの顔が、内側から発光したかのように明るくなった。

「四番に入ります」

「オーケー、すぐ入れろ」

コントロール・パネルが操作され、新たな映像がモニターのひとつに映しだされた。

距離をおいて迫ってくる虎之助の姿。夜の闇の中では周囲の状況は不鮮明だが、シルエットになった木々や高圧線、中継を続けるヘリから当てられたランディング・ライトの光に、虎之助の顔だけが鮮明に浮かびあがっている。むしろ周囲の状況がおぼろげにしか見えない分だけ、虎之助の異様さが際立ち、ローアングルから捉えられた映像は、上空からの映像とは違い、何よりも巨大さが一目瞭然に分かる。

「いいぞ。この絵を使おう。最高だ」

ディレクターの声が弾んだ。

それは突然にやってきた。

体内の片隅に生じた小さな異変が始まりだった。

治療は確かに乱暴で、耐えられないというほどではないにせよ、痛みがともなうものだった。それでも一応医師と呼ばれる人間たちの治療が終わり、人心地つくと次に感じたのは猛烈な空腹感だった。いったい自分に何が起きたのか、現実は到底理解しがたいものだったが、いくら考えても答えなど見いだせるはずはなかった。

治療の際に覚えた痛み、そして治療が終わった安堵の気持ちが、人間として当然覚える欲求を感じさせる働きをしたのかも知れない。

温かい食べ物というのは、気持ちを落ち着かせる働きをするものだ。ましてやターメリックの刺激的な香りは否が応でも食欲を刺激する。箸やスプーンこそなかったが、郷田の言うようにもともとカレーは手摑みで食べるのが正しいと言われてみれば、さして抵抗があるわけでもない。

とにかく昨夜から、何ひとつ口に入れてはいないのだ。

虎之助はむさぼるように、山と盛られたカレーを口に入れていった。食べる間だけは自分のおかれたわけの分からない状況を忘れることができ、少しばかり幸せな気持ちになれた。

しかし……である。

最初に感じたのは、胃のあたりにふつりと沸きあがった痛み、というよりは重苦しいような奇妙な感覚だった。空腹の状態で急に食べ物が入れば胃袋がびっくりするのも当たり前、じきによくなるに違いない。

胃の中に食べ物が落ちていくにつれ、かすかに感じていた痛みは緩やかにだが、下方に向かって移動し、徐々に遠ざかっていくように感じた。

さらにひと口、もうひと口。虎之助がふたたびカレーを口の中に運びこむことに集中し始めた時、変化が起きた。小さなハツカネズミだと思っていたものが実はハリネズミで、それが腸の中で一斉に刺《とげ》を逆立てたかのような激痛が下腹部から沸きあがった。腸と胃の繋ぎ目が急激に収縮したような気がした。たったいま放りこんだ食物を片っ端から食べ、急速に成長したかのように、不快な重量をともないながら爆発的に大きくなっていく。

身体の中で何が起こりつつあるか、何の説明もいらなかった。健康な人間ならば誰しもが、最低一日に一度覚えるであろう当然の生理的欲求。考えてみれば、今日一日それを果たしてはいないのだ。

肛門の括約筋《かつやくきん》が収縮し、不快な激痛が脳天にむけて駆けあがる。少しでも動いて力が分散すれば、内側から突破しようとする過激な圧力に、わけもなく打ち破られてしまうことは間違いない。それがどんな悲惨な、いや屈辱的な事態に陥るか、結末は火を見るより明らかだった。

虎之助は肉体のもてる力をわずかばかりの一点に集中し、必死に堪えた。力を一点に集中するということは、同時にそこに全神経が集中するということだ。力を入れれば入れるほど、押し寄せる圧力はさらに増し、体内で大男たちがスクラムを組んで打ち破ろうとしているかのような恐怖に襲われた。圧力と痛みが頂点に達しそうな瞬間、腸管を転がる空気の音とともに、第一の波が去った。

——いかん。

虎之助の思考は、欲求の解放、ただそれしかなかった。最初の危機は乗り越えたが、次に来る波に耐えられる自信はなかった。

——何とかしなければ……。

しかし、虎之助は欲求を果たすことができる施設が、いま自分がいる世界のどこにも存在しないことに気がついた。

——どうすればいいんだ。

虎之助はパニックに陥りつつあった。一刻の猶予もままならない事態にもかかわらず、目的を果たす場所がどこにもない。その現実が虎之助の心理の中で半ば強迫観念となり、すぐにでも新たな波が押し寄せてくるような恐怖に襲われた。

——一度目はどうにか耐えられたが、二回目は……。

もはや居ても立ってもいられなくなった虎之助は、手にしていたカレーをシートごと放り投げると立ち上がった。

郷田が何か叫ぶ声が聞こえたが、そんなことはもうどうでもよかった。

虎之助の頭の中にあるのは、排泄《はいせつ》への欲求。それだけだった。

人気のない所で欲求を果たすしかない。

周囲を見渡し、なるべく明かりのない、つまり人気のないと思われる地点を探した。内陸の方向には町があり、煌々《こうこう》と輝く光の密集がある。黒い闇の空間で、最も大きなものは海であり、他に目ぼしい空間は、海岸線を北に向かった方向にあった。

虎之助は判断すると、躊躇することなく北に向かって歩き始めた。

一歩、二歩……。

駆けだしたいところだったが、それが刺激となって第二の波が押し寄せればアウトである。肉体への刺激、衝撃を最小限に抑えるべく、虎之助はゆっくりと歩を進めた。

暗くてよく分からないが、踏み締めるほどに足元がヌルリとわずかに動くところから察すると、水田地帯を歩いているらしい。闇の中のところどころに煌《きら》めいていた赤い点滅光の動きが激しくなり、風に乗ってパトカーや消防車のサイレンの音が聞こえてくる。

何も言わずに歩き始めたことで、この世界の人間たちが慌てふためいているのは分かってはいたが、何を話したところで、彼らにはどうすることもできないことを虎之助は知っていた。

早いとこ用を済ませて、元に戻る。説明はそれからだ。

虎之助は、前方にある広い闇の空間を目指して、歩を速めた。

頭上からヘリの爆音がしたかと思うと、強烈な光が正面から当たった。ヘリはわずか上でライトを顔面に当てると、旋回を始めた。

「来るな。来るんじゃやなか」

人間ならば、誰もが行なう行為とはいえ、他人の目の前で排泄することができるのは、その道に目覚めた極めて限られた好事家《こうずか》ぐらいのものだ。いや彼らとて、そうした行為は同好の士が集《つど》う密室の中でのことであって、いくら何でも公衆の面前ではしやしない。

——せっかく隠れてしようとしているのに、こいつらときたら。

虎之助は、いらだちふたたびヘリに向かって叫ぼうとした。

その時、第二の波が虎之助を襲った。

「あ、い、いかん」

瞬間、神経のすべてが肉体の一点に集中し、虎之助の思考プログラムがロックした。ロックしたというよりは、猛烈な勢いで、手順の変更が行なわれ優先順位が入れ替わった。

羞恥心、道徳心……公共の中で生きていくためのすべての制約よりも、生理的欲求の解放が虎之助の全神経、思考を支配した。

虎之助は両手を激しく動かし、臍《へそ》のあたりで合わせると、ベルトを外しにかかった。

せっぱ詰まった時には、この一瞬が危ないのだ。解放を決意した瞬間、いやもうできると分かった一瞬、脳が決意し、肉体に時を告げる一瞬が危ないのだ。わずかな時間のタイム・ラグ、タイミングのずれが、ともすると悲惨な結果を生むことが少なくない。万が一にでも間違いが起きようものなら。排便という行為を誰かに見られるよりも、はるかに屈辱的で始末に困ることになる。

それに比べれば、ヘリコプターに乗った何人かに見られることぐらい、何でもない。

虎之助はそう思った。行為の一部始終を細大漏らさず全国に実況中継を行なっているテレビカメラがあることを知らずに。

「な、なんだ。何をするつもりだ」

地上中継車からの画像が映しだされたモニターを見ていた、ディレクターの眉間に縦皺がよった。

上空を舞うヘリのランディング・ライトに映しだされた虎之助の姿が停止したかと思うと、忙しげな動作で両腕が上がり、それが前で合わさった。

虎之助はヘリに背を向けた。手の中で何が行なわれているのか、光を避けようとしているのか、モニターに映しだされた角度からでは確認できなかった。

「ヘリを回せ。手元を映せ。奴は何をしようとしてるんだ。これじゃ何が何だか分からんぞ」

ディレクターがヘッド・セットに付属したマイクに向かって叫んだ瞬間、腰のあたりの衣服が大きく広がったかと思うと、下方に向かって大きく動いた。

ヘリのランディング・ライトの光が白く照らしだす中に、光を反射した肌色の部分が大写しになった。桃のような質感を持つ肉塊《にくかい》、中央にその種のような色をした一点があり、それがむずりと動いたかと思うと……。

14

「うーん。まあそう落ちこむことはなか。誰でもするこったい。なぁ虎よ、元気ば出しやい」

「落ちこむことはなかちゅうてくさ、野グソばするところを全国に、あんた全国に実況中継ばされたとですよ。こげん情けなかこたぁなかでしょうが」

郷田に背を向け、海岸にへたりこんでいた虎之助は振り向きざまに声を荒らげた。照明に浮かびあがった両の目が潤み、キラリと光った。

「いや、まぁ、気持ちは分かるばってん、お前もなぁんも言わんで動き始めたりするけん、そりゃ誰でん何が始まろうかと思うやろうが」

「ばってん、なぁんもテレビで中継ばするこたぁなかでっしょ」

語気を強めながら向き直った虎之助だが、歯切れが悪いのは、心のどこかにばつの悪さがあるからに違いない。

「だいたいなぁんの断りもなしにって言いおりますが、『これからクソばしまぁーす』なんて、大衆の面前で恥ずかしゅうてよう言わんでっしょうが、普通」

「そりゃそうかも知らんが。まぁ、あれだ、映す方だって映そうと思ったわけじゃなか。たまたまそうなってしまったわけで……。まあ、食い物が体に入ればどうなるか、考えていなかったわしらにも責任はあるとたい。何にせよ、次からは対策ば考えるけん」

「大隊長、第三中隊が本部前に集合しております」

海岸に出てきた副官の森下が、郷田の背後から報告をした。

「よし、分かった」

郷田は、虎之助の顔をもう一度見上げると、身を翻《ひるがえ》し前線本部のあるテントに向かった。

防風林を抜けたところに設けられたテントでは、カーキ色の戦闘服に身を固めた隊員達が慌ただしく出入りしていた。その様子は相変わらずだったが、虎之助が動き始めた際に見られた緊張とは別の雰囲気に包まれていた。テントの前には、周囲の喧騒とは隔離されたかのようにひっそりと待機をしている自衛隊員たちの姿がある。

「敬礼！」整列していた男たちの前にでていた指揮官が歯切れよく言った。「第三中隊淵田《ふちだ》二尉以下三十名、まいりました」

郷田は答礼をする。

「ご苦労。諸君らに集合してもらったのは他でもない。実は、非常に言いにくいのであるが……」

これから命じることを考えると、郷田の口調が歯切れの悪いものになった。

「まさか大隊長……。あれ、片づけろってんじゃないでしょうね」

郷田の先を制するように言った淵田の言葉に、三十人の沈黙がさらに深いものになった。

郷田が何を命じようとしているのか、集まった三十人の隊員たちに説明など必要なかった。

何しろすべての隊員の手には、スコップや鋤《すき》が握られており、状況を考えれば、これから告げられる命令がなんであるのか馬鹿でも分かりそうなものだった。

「まぁ、その……」

命令を発する際には明確に、威厳と確信を持って。指揮官としては当然の心がまえというものだが、この命令ばかりはいささか勝手が違う。ふたたび口ごもる郷田に「そうなんすか」中隊長は追い打ちをかけるように問いかけた。

「うーん、あのまんまってわけにはいかんしなぁ」

隊員達の顔がこわばった。

いくつかの重そうな物体が地面に転がる音がした。

「オラぁ辞める。自衛隊辞める」

一人の隊員がボソリとつぶやいた。

「俺も」

「馬鹿言ってんじゃねぇよ。そんなことぁできるかよ」

「おう、みんな行こうぜ」

不貞腐《ふてくさ》れた声が次々に起こると、隊員たちはその場を離れかけた。

「待て、貴様ら、何言ってるんだ。これは命令だぞ」

隊員達の造反を制するのは、本来淵田の役割なのだろうが、微動だにしないで正面を見据えたままでいる直属指揮官に代わって言ったのは森下だった。

「トラックの免許は取らしてもらったしね。いくら就職が厳しくとも、他人のクソの始末するくらいなら、他にいい仕事はなんぼでもあんだよね」

隊員の一人が振り向きざまに捨て台詞を吐いた。

「何だ、貴様。我々がいるのはこうした時のために……」

森下が気色《けしき》ばんだ声をあげたその時、

「やめぇ。もういい」郷田が制した。「もういい。考えてみれば諸君の言葉ももっともだ。確かに我々がそこまで面倒をみる必要もあるまい」

「しかし、それじゃ誰が」

「これから毎日起こることだからな。ちゃんとルールを決めておくべきだろう。自分でしたものは、自分で始末する。それが一番だ」

郷田はそう言うと、海岸の方向に向かって引き返した。


「大隊長、地図です」

自衛隊のヘリ、ＨＳ－１の後部座席に坐る郷田に、森下が一枚の地図を差しだした。五十センチ四方の五万分の一の地図の上に、赤いサインペンで囲まれたエリアが書き記してある。

「よし、虎之助。ここから北西二キロの所に、休耕地がある。そこへ自分が排泄したものを持っていって埋めるんだ。先導するからついてこい」

地図を前部座席に坐るパイロットに手渡すと、郷田はマイクに向かって言った。

「持っていけって言ったって……。どげんするとですか」

ランディング・ライトの光に目を細めながら、虎之助は聞き返した。

「穴ば掘って埋めればよか」

「穴ば掘れって、道具がなかですもん。犬じゃあるめえし、どげんして掘るとですか」

「ヘルメットがあるやろう。ヘルメットが」

「ヘルメット？　これば使うとですか」

「そうたい。本当ならスコップか何かありゃよかばってんが、お前が使うようなでかかもん、あろうはずがなかろうもん。この際使えるもんはそれしかなか」

「ばってん、これは仕事道具で」

「それを使う仕事はなかろうが」

虎之助はひょこりと肩をすくめると、砂浜に転がったままになっていたヘルメットを取りあげた。

「よし、じゃあ目的地まで先導してくれ」

ヘリが地図上に記されたエリアに到着するまで、ものの数分しかからなかった。規制エリアが拡大された上空には報道のヘリの姿はなく、郷田が乗りこむヘリのほかには、作業の様子を本部や関係各所へ伝えるためのカメラを積みこんだ、自衛隊の観測ヘリが舞っているだけだった。もっとも、前代未聞の実況中継を行なってしまったテレビ局にしてみれば、いかにニュース・ヴァリューがあろうとも、これから始まる作業をふたたび中継しようなどとは思わなかったに違いない。

作業は、二機のヘリの爆音が絶え間なく鳴り響く闇の中で、静かに始まった。闇の中にサーチライトに照らされた虎之助の姿がポッカリと浮かびあがり、どこか厳粛な雰囲気を漂わせるような光景だった。

指定された休耕地につくと、虎之助はおもむろにヘルメットを使って穴を掘り始めた。ホバーリングした郷田の乗るヘリのサーチライトが虎之助の手元を照らし、少し離れた所から観測機が作業の一部始終を映しだしていく。身をかがめた虎之助の腕が上下するたびに、この数年手入れされることのなかった休耕地の地面が、猛烈な勢いで掘り返されていく。壮観な光景だった。ほぼ一昼夜に亘って降り注いだ記録的な豪雨をたっぷりと吸いこんでやわらかくなった地面だとはいえ、その勢いは見るものの想像をはるかに越えていた。

ヘルメットがひとたび地面に潜りこむと、小山のように盛りあがった土が掻きだされ、巨大な穴が空く。みるみる間に露天掘りの鉱山のような黒い空間が出来上がっていくのだ。

「凄い……。ブルドーザー五十台でも、ああはいきませんよ」

その光景から視線を逸《そ》らすことなく森下が、かすれた声をあげた。喉仏のあたりが大きく上下するのが分かった。

郷田も視線を逸らすことなく小さくうなずいた。

「凄い」

「大隊長、師団長がお待ちになっています」

猛烈なダウンフォースが止み、徐々に低くなっていくタービンの唸りを聞きながら、ヘリから降りたった郷田に一人の隊員が駆け寄ると、声を大きくして言った。

「師団長が？」

前線本部のテントの前には、ヘリの到着を知った師団長の稲垣の姿があった。

「これは師団長、わざわざどうも」

郷田は大股で歩みでると、稲垣に向かって敬礼をした。

「いやあ、ご苦労、ご苦労」答礼を返した稲垣の視線が角度を変えた。「あれか。実際に見るとでかいなぁ」

防風林の向こうに突きでた虎之助を見上げながら、稲垣は感嘆の声をあげた。

「ええ、本当に」

「あのー、郷田しゃん。こげん汚れた手ばどこで洗えばよかですかね」

頭上から虎之助の声が聞こえた。

「どっか、そのへんの海ん中でも洗ろうときやい」

すかさず森下が差しだした拡声器を手にすると、郷田は無造作に答えた。

「まるで猛獣使いだね」

その短いやり取りを聞いていた稲垣が冗談めかした。

「よしてくださいよ。ところで師団長自らとは何か……」

「いや、特にどうだというわけではないのだ。前線の視察と言えば聞こえはいいが、実のところは、人類始まって以来の化け物の出現ということになると、ちょっと実物を見ておきたくてな」

飾らない性格であるらしく、稲垣は正直に言った。

「まったく大変なもんが現われたもんです」

「すでにこっちにも連絡があったかとは思うが、あれの面倒は当面厚生省がみていくことになるそうだ」

「そのようですな」

「相当もめたらしいがな」稲垣は苦笑を浮かべる。「明日には当面の対応組織の原案が厚生省からでるらしい。もっとも組織が決まっても、すぐに動きだすというわけでもないのだが。何事も初めてのことで大変だとは思うが、ひとつよろしく頼むよ」

「当面の所轄官庁が厚生省だとしても、我々が完全に手を引くわけにはいかんでしょうからね。食事ひとつとっても一回に六百人分ですよ。そんな大人数の食事を一時期に料理しようとすれば、我々の装備に頼らざるをえないでしょうし。それに食うだけ食ったらさっきのようなこともありますし」

「始末はうまくいったのか」

「現場から北西に二キロのところに休耕地がありましたので。とりあえずはそこに埋めました。病原菌の危険性の問題はありますが、まさか放置するわけにもいかんでしょうからね」

「それはしょうがないだろう。しかしまいったよ。なんたって全国完全中継だもんなぁ」

稲垣は頭に手をやり、込みあげるものをごまかすかのように大仰《おおぎょう》な声をあげた。

「まったくです。虎之助もそれで随分と落ちこみましてねぇ」

「そりゃそうだわな。見せられるほうもたまらんが、見せるほうもなあ。俺たちだっていきなりあん時にトイレ開けられたら」

「……ですな。そこでちょっと考えたのですが、昔海軍が戦艦大和を建造する際に、人の目から大和を隠すために、棕櫚《しゅろ》の簾《すだれ》をつくってドックの中が見えないようにしたという話があったように記憶しているのですが」

「なるほど、棕櫚ねえ」

「あれほどの体を隠す棕櫚をすぐに集めるのは難しいでしょうから、それに取って代わる何かを使って囲いを造れば当面露天掘りのトイレで排泄の問題は何とかなると思います」

「囲いだけなら建設部隊を動員すれば、造るのもそう長くはかからんだろう」

「と思いますが」

「が、何だ？」

次を言いよどんだ郷田に稲垣が聞いた。

「いや、飯を食わせたり排泄の面倒をみたりすることなんか、問題のうちに入りませんよ。彼の住まいをどうするか、衣類は……。住まいにしたって、ただの空間というわけにはいかんでしょう。照明も必要なら風呂だって、エアコンだっているでしょう。そうなればパワー・ラインはもちろん、下水処理設備だって確保しなければなりません。あれだけでかい人間の住む施設となれば、何もかもオーダーメイド。それなりの強度をもったものが必要になります。ダムひとつ造るのと同じくらい、いやそれ以上の費用がかかるかもしれません。彼一人のためにね。そのコストをどう捻出するのか。それを考えるのは政府ということになるんでしょうが、大変なことですよ」

それを考えるのは自分たちでないことは分かっていたが、郷田は海岸のほうに視線を移すと茫然とした面持ちで言った。

しかし、この時すでに事態は郷田が考えもしなかった方向に向かって急速に展開し始めていたのである。それはネガティヴな方向ではなく、当事者になった誰もが思いもよらなかったポジティヴな方向に向かって……。

15

――これじゃまるで〝ウォーリーを探せ〟をやっているようなものだわ。

その行為はジグソーパズルの中に間違って紛れこんだ一枚を探すような様相になりつつあった。

電子顕微鏡の中にはいつもの見慣れた世界が広がっていた。赤血球と白血球が複雑に入り組み、幾何学的な模様を織りなしている。何度、目を凝らして見てみても、通常の血液サンプルと変わりなく、何の異常も見いだすことはできなかった。異常がないことがむしろ異常と言うべきなのかも知れなかった。平野が目にしているサンプルは、虎之助の傷の治療に当たった際に採取した血液で、当然、異常があってしかるべきものだったからである。

――あの人の血液が、私たちのものとまったく一緒のものだっていうの。そんな馬鹿なはずはないわ。

平野は顕微鏡から顔を上げると、二度三度と目をしばたたかせながら考えると、何度繰り返したか分からない行為をふたたび始めようとした。

「どうかね」

教授の進藤がその背後から声をかけた。

「ええ、それが……」平野は顕微鏡から顔を上げると、納得のいかない表情を浮かべ振り向いた。「血液を調べているんですが、赤血球が一平方ミリあたり四百八十万、白血球が六千二百。赤血球も白血球も通常の健康体の人間のものと寸分も違わないんです」

「大きさもかね」

「ええ」平野は、机の上にきちんと置かれた数枚のシートを手にすると、それをめくった。「血液だけじゃありません。採取した細胞も、何もかもが普通の人間と大きさも形状も変わらないんです」

「ちょっと失礼」

椅子をわずかにずらしスペースを空けた平野の横で、進藤は顕微鏡を覗いた。

「外観はあのとおり人間そのものですから、ある程度は似通ったものだろうとは予想していたのですが、ここまで一緒となると……」

　平野は続けた。

「なるほど。こいつは驚いたな」

「細胞も血液も、私自身が何度かサンプルを作り直して確認しました。血液サンプル中の赤血球、白血球の形状、細胞標本の中の毛細血管の形状、大きさにいたるまですべてが同じなのです」

「すると、あの巨人は何らかの後天的な突然変異で、あんな大きさになったとでもいうのかな」

「それはどうでしょう。彼が住んでいるはずの住所には、同姓同名の別の人物が住んでいるわけでしょう。もし彼が百パーセント正しいことを言っているとすると、少なくとも後天的な要因でこうなったとは……」

「言えない、か。するとどうして」

「それは分かりませんわ。でも」

　平野の形のいい口許がわずかに緩むと、奇麗に揃った前歯が白く光った。

「でも、なんか面白そう」

「面白そうか。平野君らしいね」

　進藤の口許がほころんだ時、ドアがノックされ助手の木村が入ってきた。

「ああ、木村君。待ってたわ。どうだった、血液検査の結果は」

「失礼します」

平野は立ちあがると助手に聞いた。

「それが……先生、とっても不思議なんです」

木村は困惑していた。

「不思議？」

「赤血球、白血球の数、サイズ、形状、どれをとっても通常の人間と同じで……」

「それは私も確認したわ」

「ですが、その、タイプがないんです」

「タイプがないって、何が？」

平野と進藤の視線が合った。

「血液型です。その、正確にはタイプがないっていうよりは、何て言ったらいいんでしょうか、オールマイティって言った方が当たっているかも知れません」

「すべての血液型に適合するっていう意味？　すべての適合試験について言えるわけ？」

「八十通りの試験をやりましたが、すべてにおいてそうなんです」

木村は、手にしたチャートを差しだした。

引っ摑むようにして手にすると、忙しく目を走らせた進藤は、「何てこった」とうめいた。

「君、全員をすぐに集めてくれたまえ」チャートを平野に渡しながら慌てた口調で命じた。

「先生、どうかなさったんですか」

平野は怪訝な表情を浮かべた。

「この件に関しては一切他言してはならん。箝口令《かんこうれい》を敷く」

打って変わった厳しい口調で進藤は言った。

16

霞が関にある厚生省の玄関前は、各局のテレビ中継車やカメラ・クルー、新聞や週刊誌をはじめとするメディアに携わる人間たちでごった返していた。一台の黒塗りのセンチュリーが滑りこんでくると、運転手が降りるよりも先に後部座席が開き、初老にしては脂ぎった男が居ずまいをただしながら降りたった。

黒髪はポマードでオールバックに固められ、不敵な面構《つらがま》えの中にある三白眼《さんぱくがん》は生死を賭けた戦いの場に挑むかのように据わっている。小柄だが筋肉の塊のような体、幅広の肩を怒らせて、記者たちをかき分けながら、庁舎に続くアプローチを、大股で進んだ。

「何だ何だ」

目ざとくその姿を認めた記者の一人が声をあげた。

「ありゃ原田じゃねえか」

「やっぱり来たか。おおかた千葉県選出議員としてお得意のパフォーマンスってとこなんだろうが、穴埋め記事程度には使えるかもしれんな」

記者たちの間に短い会話が交わされる間もなく、カメラのストロボが目まぐるしく瞬いた。

それを合図に、数人の記者が原田の周りに人垣を作った。

「原田さん。こんな深夜に何事ですか」

「まさか陣中見舞いってわけでもないでしょうが」

記者たちの能天気な問いかけに、原田は三白眼の白い部分をやや大きくした。

「あなた方は、そうやって無責任に報道するだけで、憂うるものは何もないのだろうが、私には千葉県選出の衆議院議員として、県民の生活を守る責任というものがあるのです」

芝居がかったドスの利いた声でフレーズをひとつひとつ区切るように言った。

「何か具体的なアクションを起こすためにこちらに……」

「それはここで諸君に話すことではなく、直接厚生大臣、および厚生次官に申し上げることだ」

大声で言い放つと、太い腕をぐいと前に突きだし人垣をかき分けて庁舎の中に入っていった。

厚生省の会議室では、虎之助の今後の対応を決める会議が大詰めを迎えようとしていた。煙草の煙が渦巻く部屋で、楕円形のテーブルを囲む官僚達にも疲労の色が濃く浮かび、多くはネクタイを緩め、ぐったりと椅子の背もたれに体を預けていた。

「それでは今泉君、発表事項を読んでくれるかね」

上座に坐った次官の西島の言葉が、長い会議の終わりが近いことを告げた。

「はい」若い官僚が厚いドキュメンツを手にすると、歯切れのいい口調でそれを読みあげ始めた。

「上田虎之助の今後の対応は、安全性が確認できるまでの緊急措置として省内に巨人対策室、かっこ、仮称、かっこ閉じる、を設置し、石橋忠男《いしばしただお》、防疫を担当する生活衛生局長が同対策室長を兼任する。同室は他に社会・援護局四名、生活衛生局三名の人員を選出、専属し、他に省内各局からも必要に応じて人員を随時派遣するものとする。また同室を設立するに当たっては、厚生省管轄外の業務も多岐に亘って発生することが十分に考えられることから、関係各省庁へも人員の派遣を要請する。とりあえず現在人員派遣の要請が想定される関係省庁は次の通りである。自治省、建設省、大蔵省、防衛庁、千葉県……」

発表原案が朗々と読みあげられるのを目を閉じて聞いていた西島の背後に忍び寄った職員

が、何事かをそっと耳打ちした。

「なに、原田代議士だぁ」西島はかっと目を見開くと不快感を露骨に表わして問い返した。

「この忙しい時に何が面会だ。あとにしてもらえ、あとに」

その時、会議室のドアがノックもなしに開いた。

「皆さん。深夜にわたるお勤めご苦労様です」

品性という言葉とはほど遠い胴間声《どうまごえ》が響いたかと思うと、仁王立ちになった原田の姿があった。

「これは原田先生。恐れ入ります」

いかに知性、品性ともに劣っているとはいえ、痩《や》せても枯れても国会議員である。一介の公僕が無視できる存在ではない。

西島は立ちあがると、嫌悪感をおくびにも出さず慇懃《いんぎん》な言葉を返した。

「次官。立ち聞きするつもりはなかったのだが、千葉から巨人対策室への人員派遣の要請をするということは、今後もあの怪物を千葉県に押しとどめておくというおつもりですかな」

開け放たれたままのドアの背後には、会議の結果を取材しようと廊下にまで押しかけてきた記者たちの姿が見える。そのいずれもが、この突然の乱入者と官僚のことの成りゆきに、興味津々《しんしん》といった体で、メモを片手に目を輝かせている。

「原田先生、こまりますなあ。公式の場で発表したことならともかく、それ以前に会議の内容についてお教えすることはできません。第一まだ大臣のお耳にも入れてはいないのですから」

「いや、次官。決まってからでは遅いのだ。千葉は首都圏のベッド・タウンとして日々発展を遂げていることは、皆さんご承知の通りだ」

「ほら、始まったぞ。原田得意のパフォーマンス」

「衆院選挙も近いですからね。今日は熱が入りますよ」

背後に控えた記者の間で激しく視線が飛び交い、ささやき声が洩れた。

「昔はひなびた漁村と農村が点在するだけだった外房も、宅地の開発が進み、かつての面影なぞいまいずこ。住民の数も、住宅の密度も昔とは比較にならないほど上がっているのです。そこに降って湧いたこの騒ぎ。我が県民は恐怖におののき、正常な生活すら営めない危機に瀕《ひん》しておるのです。すでに一部の民家や住人には実害すらおよんでおる」

「それは、十分に承知しております」

さすがに西島もうんざりした表情を浮かべ、原田の演説を遮りにかかった。

「あのような怪物を」原田はかまいもせずに演説を進める。「諸君は千葉のような人口密集地に置いておいていいとおっしゃるのか」

「あそこのどこが人口密集地だよ」

記者の集団の中から、笑いを堪えた低い声が漏れる。

「つい先ほど起きたことを考えてみるといい」原田は声の方をちらりと見たが、無視してさらに続けた。「あのようなことが毎日繰り返されれば、衛生面を取っても、河川への汚染、水源への汚染は避けられない。ひいては大規模な疫病の発生へとつながっていくだろうことは、その方面のプロフェッショナルである諸君らには容易に想像がつきそうなものではないか」

「分かっております、先生。ですから我々もこうして夜を徹して対策を協議しているわけで」

「うむ」

「ただこれだけは申し上げておきますが、いまの時点では巨人をどこかに移すというのは、ちょっと考えられないのではないかと思います」

「なに？」

原田の三白眼の黒目が小さくなった。

「と言いますのは、いまのところ巨人に対しての安全性が何ひとつとして確認されてはいないのです。人類が初めて目にした怪物です。かつて我々が経験したこともない害をおよぼすウイルスを持っていないとも限りません」

「確認にはどれくらいの時間が必要なんだ」

「それは何ともお答えいたしかねます。確認ができるまでと申し上げておきます」

「そんなあやふやなことでは……」

「仮に確認ができたとしてもです」原田がふたたび胴間声を張りあげようとしたのを、すかさず官僚らしい冷静な口調の西島の言葉が封じた。「巨人をどこに移したらいいのかということは、それからの問題です。それを決めるのは恐らく我々の組織ではないと思いますよ」

「と言うと」

「自治省が各地方自治体との調整を行なうことになるんじゃないですか」

「富士の裾野にある自衛隊の東富士演習場だとか、人間が普段住んでいない上に、立ち入りが制限されているところなどいくらでもあるじゃないか」

「そうは簡単にいかないんじゃないでしょうか」

「なぜだ？」

「仮に候補地を決めたところで、今度は受け入れる側の自治体の問題もあります。先生の地盤である千葉から出すと我々が決定しても、相手先の合意がないまま強制的に彼を動かすわけにはいきません。これはあくまでも私見というやつでして、先ほども申し上げたように、自治省が間に入って決めることになるかと思いますがね」

「君たちは何かというと、手続きがとか法律がとか言うが、かつてない異常事態が起きているのだ。もっとフレキシブルに対応することができんのか。だてに東大出て、官僚をやっているわけじゃないだろう」

もはやこうなると理屈も何もない。原田の言は支離滅裂な感情論そのものである。西島は嫌悪の色をむきだしにしたが、口調だけは丁重、かつ冷静に説明を続けた。

「もちろんいままでのような対応ではいけないということは、十分に承知しております。ですが受け入れ先が決まったとしても、問題は山積みです。場所を移動させるにしても、彼の体重はざっと百トンは下らないでしょう」

「それがどうした」

「あるいはそれ以上かもしれません。そんな重量の人間が、仮に御殿場《ごてんば》あたりまで歩いていったとしたら、路面が陥没《かんぼつ》するなどの被害が相当な箇所で発生するでしょう。そうなれば関東、あるいは京浜の交通は、その補修が済むまで、かなりの影響を受けないとも限りません」

「陸路がだめなら海路を使えばいいだろうが。それくらいの……」

「方法を論じるならば、いくらでもあります。ですが、それは彼の安全性が確認されてからのことです。とにかく、それまでは現在の場所から彼を移動させることはできません」

西島はきっぱりと言った。

短い沈黙があった。原田の三白眼の白目の面積が大きくなった。突然、原田は両の手でズボンの膝のあたりをわずかにたぐると、その場にひれ伏した。土下座である。

「西島君。諸君。この通り。すぐが無理なら三日でもいい。四日でもいい。とにかく一日も早く千葉県民の不安を解消してやっていただきたい。この原田孝造《こうぞう》、一生に一度のお願いです」

カメラマンのフラッシュが一斉に瞬いた。ストロボの点滅音、シャッターの音、フィルムを巻き取るモーター・ドライヴの音が、一体となって騒然とする一方で、記者たちの間では白けた会話が密やかに交わされた。

「まったく、原田の奴よくやるぜ」

「いまどきドサ回りの役者だってこんな臭い芝居しないぜ」

「もっともこの写真が紙面に載りゃあ……」

「何もせずともトップ当選間違いなしってとこだろうな」

「土下座ひとつで選挙費用を節約できりゃ、安いもんだよなぁ」

「とどのつまりは県民がどうのこうのってことじゃねえことは、確かなんだけどね」

「だけどいくら見え見えでも、そんなこたぁ書けねえしなあ」

「なんか白けんだよねえ」

「プライドっちゅうもんがないのかねえ」

「政治記者何年やってんだよ。そんなもんあったら、この国で政治家なんかやってられねぇんだよ。ねえからあんなふうに何年も続けてられんだよ」

「そりゃそうに違いないんだけどさ」

「だけど、そうは言ってもねえ。毎度のこととは言え、何か情けねえよなぁ、ほんと」

17

「鵜飼《うかい》でございます」

何度鳴ったのかは分からないが、受話器を取りあげた老夫人の声が不機嫌なものだったのは早朝、まだ夜が明けきらない時間のせいだろう。

寝乱れた髪をなでつけるように直しながら時計を見ると、四時を五分ばかり回ったところだった。

「こんな時間に申し訳ございません。社長に至急お知らせしなければならないことがございまして」

受話器の向こうから、早口で押し殺した男の声が聞こえた。

「失礼ですが、どちら様」

名前を名乗らない相手に、夫人の声がさらに不愉快そうになった。

「失礼はお許しください。名前は申し上げられないのです」

男の口調からは、ただならぬ気配が感じられる。

「少々お待ちくださいませ。起こしてまいります」

さすがに実業界に身をおく者の妻である。夫人は口調を改めると、たったいま抜けでてきた寝室に戻ると、鼾《いびき》をかいて熟睡している夫を起こしにかかった。

「あなた、あなた」

薄掛けの布団の上から二度三度と肩のあたりをゆすると、初老の男の鼾がやんだ。

「なんだ、時間か」

鵜飼は大きく寝返りをうち、サイド・テーブルの上に置かれた時計を見た。

「まだ、四時じゃないか」

「お電話です」

「電話？　誰だ、こんな時間に」

「それが、名前をおっしゃらないの」

「名前を言わない？」

鵜飼は納得がいかないふうだったが、ベッドから身を起こすとパジャマ姿のまま寝室を抜けだし、廊下の先にある電話を手に取った。

「鵜飼ですが」

声がいくぶんかすれたものになったのは、起き抜けのせいだろう。鵜飼は自分の名を名乗ると、二度ばかり咳払いをした。

「……ああ先生、これはどうも」

どうやら相手が身分を明らかにしたらしい。心配そうに背後に立っていた夫人に軽く目配せを送り、去るように命じた。

「それにしてもどうなさったんですか。こんな時間に……ええ、もちろん知ってますよ。昨日の朝からテレビもそのこと一色ですからな。えっ、何ですって。本当ですか」

最初は鷹揚《おうよう》な口調で答えていた鵜飼の口調が、突然変わった。

「もしかすると大変な宝の山になるかもしれませんな。で、先生。そのことを知っているのは……そうですか、進藤教授が箝口令を敷いた。と、いうことはせいぜいが十人程度ということになりますな。しかし厚生省には早々に報告なさるんでしょう？　明日にでも。そうですか」

鵜飼の目に不敵な光が宿った。ビジネスマンの本能が金の生る木のありかを嗅ぎつけたことを現わす兆候だった。

「いや、ありがとうございます、先生。かように貴重な情報を。このお礼は必ず」

重々しい口調で礼を言った鵜飼の指が回線を切ると、今度はその指がプッシュフォンの番号の上を迷うことなく滑っていく。長い呼びだし音のあとに相手が出た。

「鵜飼です。奥さん、こんな時間に申し訳ありませんな。至急の用件がありましてな。専務はご在宅ですか」

『これは、鵜飼社長でいらっしゃいますか。ただいま起こしてまいります。少々お待ちくださいませ』

受話器の向こうの口調が改まると、廊下を駆けるスリッパの音がした。

『高城《たかぎ》です』

ほどなくして、未明の電話に緊張した男の声が答えた。

「ああ、私だ。すまんがすぐに緊急の会議を開きたい。役員、それに研究所長の高寺《たかでら》君。それに企画室長の中峰《なかみね》君にも連絡してくれ」

『分かりました。すぐに招集いたします』

「どれくらいかかる」

『そうですね、いまから招集をかければ六時には』

「それでいい。私もすぐ会社に出る」

『何事ですか、社長』

高城は声を潜めて聞いた。

「わけはあとで話す。とにかく大変な情報が舞いこんできたのだ。わが社の将来を変えてしまうかもしれんほどのな」

鵜飼は静かに受話器を置いた。

「正確な数字は積算中ですが、我々の業界への波及効果ということでは、莫大《ばくだい》なものがあるということは確かです」

青山にある大手ゼネコンの南部《なんぶ》建設では、夜通しの会議が大詰めを迎えていた。

「まずあのパワーです」

説明をする加山《かやま》の銀縁眼鏡の奥の目が充血しているのは、徹夜の会議のせいだ。指の先で眼鏡のフレームをわずかに持ちあげ、話を続けた。

「あの男を建設作業員として用いることができれば、掘削《くっさく》、整地、それに中層階の建設ならば鉄骨の組み上げ作業にも使えると思います。そうなれば、工期が大幅に短縮できるだけでなく、機材への投資額、人件費も劇的に節約できるでしょう」

「しかし、もしもだ、うちが専属的にあの巨人を使うことができるとしてもだ、当然賃金に相当するものを彼、あるいは彼を管轄する誰かに払わなければならないことになる。それを支払ってでもメリットがあるのかね」

説明を受けている幹部の中の一人が言った。

「それは、おおいにあると思います。ニュースで伝えていたところでは、一回に六百人分の食事を平らげたと言っておりましたが、そうすると、一日に必要な食料は千八百人分。仮に二千人分だと仮定しても、あの作業能力からすれば、大型のゴルフ場の基礎造成工事や住宅地の建設に要する工期と人員の半分もかからないでしょう。十分にペイします」

「第一、管理が大変に楽になります。労務、工期、あらゆる管理がです。ご承知の通り、工期、労務の管理は、事業規模が大きくなればなるほど煩雑になるのは我々の業界の宿命ですが、彼一人を管理すればいいということになれば、革命的変化をもたらします」

「なにより、彼は建設現場で働いていたというじゃありませんか。その点から言えばまったくの素人というわけでもありません。即戦力として十分に期待できます」

加山のそばに坐っていたスタッフが説明を補足した。

「業界におよぼす波及効果ということでは、それだけではありません」

加山がふたたび口を開いた。

「彼が、我々の社会に害をおよぼさないということが分かった以上、彼の生活環境をどうするかという問題が持ちあがってきます」

「住居の問題だな」

役員の一人の言葉に加山は頷いた。

「政府も厚生省を核にした対応組織を発足させたばかりで、具体的な対応策は発表されてはおりませんが、当然この問題は真っ先に考えなければならないことです」

「百メートルの巨人が住む家となりゃあ、平屋だとしても最低百五十メートルの高さを持った建物が必要になる。こりゃ大変なプロジェクトになるな」

「それも器だけの問題ではありません。人間一人が日常生活を営むのです。最低限でも、下水、生活排水、空調、電気、こうしたものの設備は必要不可欠なものです。しかも、そのほとんどが既存規格のものでは対応できない、つまりオーダーメイドということになります」

「こりゃ大変なもんだ」

「下水処理施設はちょっとした町村規模のものが必要になるでしょうし、水道や給湯の設備にしても健康ランドどころの規模ではありません」

テーブルを囲んだ男たちの目に、ビジネスマンとしての本能の灯火が宿る。

加山はその反応に満足するとさらに続けた。

「それと、これは厚生省の今後の発表を待たねばなりませんが、もし万が一にでも、あの男が人類に害をおよぼすようなウイルスを持っているようなことがあれば、建物に隔離施設を完備しなければならなくなるでしょう。プレハブ小屋を建てるのでもなければ、体育館を建築するのともわけが違うのです」

「凄い。いったい、いくらのプロジェクトになるんだ」

「それは分かりません。ただダムひとつ以上の大がかりな巨大プロジェクトになることだけは確かです。おそらくはクリーン・ルーム並みの機密性が必要になる上に、設備にしても、これまでの産業用のものとは格段に規模が違ってきますからね」

「しかし、そんなものは一朝一夕にはできんぞ」

役員が疑問を口にした。

「もちろんそうです」

加山の口許が不敵にゆがんだ。

「かといって、住居が完成するまで、彼を野ざらしにしておくこともできますまい」

「つまり？」

「つまり、あの巨人の住居だけを考えても、仮設のものと、恒久的なもののふたつが必要になるということです」

「なるほど」

一同の間からどよめきが起き、役員の小鼻が大きく膨らんだ。その反応に満足した表情を浮かべた加山はさらに続ける。

「仮設のものといっても、本番のものが完成するまで使用に耐えうるものとなれば、相応のものになるでしょう。これひとつ取ってみても、受注金額は決して馬鹿にならないものになります。彼が我々の生活を脅かすようなウイルスをもっているとは限りませんが、もしそうだとしたら、恐らくは周辺の住民たちは一時避難、つまりそちらの人間たちにも仮設の住宅が必要になるでしょう」

「君。それは、すごいぞ」

「これはまさに我々の業界にとっては神風です。バブル崩壊以後、停滞している業界に吹いた神風です」

「公共事業の予算は減らせても、目の前に現われた危機を放ってはおけんからな」

「その通りです。ことこの件に関しては、政府も予算をつけ、必要に応じた事業費を投下しないわけにはいかない。彼が我々の生活に害をおよぼさない存在だと判明すれば、今度はその資金を少しでも回収すべく、我々の労働力として働いてもらう。つまり政府から彼をリースしてもらえば、どちらにしても我々には大きなメリットとなります」

「よし分かった」

役員は体を預けていた椅子から身を起こした。

「いずれにしても的確な情報をどこよりも早く入手し、必要な根回しを始めることだ。建設省とのパイプはいままで以上に強く。それから厚生省の官僚、厚生族と呼ばれる議員の中でも特に有力な人間を、至急ピックアップしてパイプを繋げることだ」

加山に向かって命じた。

「とにかくどちらに転んでも、大きな商いのチャンスであることは間違いない。あらゆる事態を想定して対処できるよう、各部とも準備を始めてくれ。トップ・プライオリティのプロジェクトだ」

その言葉が終わったとたん、全員が立ちあがった。

虎之助の出現をまたとないビジネス・チャンスと考えていたのは、建設業界だけではなかった。銀座の一画にある大手広告代理店『電波堂《でんぱどう》』でも白熱した会議が開かれていた。

「虎之助を広告媒体として用いた場合の価値は、いままでのいかなるスーパー・スターを用いたものよりも、破格の扱いとなるでしょう」

ピンクのシャツに派手な金茶のネクタイをした、加藤大喜《だいき》が話し始めた。

「まず衣類につけるワッペンの価格です。これは最も価格の高いF－1レーサーと対比して考えた場合のことですが、チーム・スポンサー・フィーで三億ですから、彼の場合ですと最低でも三億の価値はあるものと考えられます。いや場合によっては五億も可能かと思います」

「五億？」

テーブルの反対側に坐った白石雅彦が聞いた。

「F－1レーサーが広告媒体として登場するのは、テレビ、週刊誌や新聞等の紙媒体が主なところですが、それとてレースの中継やスポーツ紙、あるいはレースを中継しているテレビ等、メディアとしては極めて限られた範疇《はんちゅう》でのことです。しかし彼の場合は違います。これからの彼の一挙手一投足は、間違いなくありとあらゆるメディアで報じられることになります。ペーパー・メディアでは、全国紙、地方紙、スポーツ紙、週刊誌、月刊誌。これは男性誌、女性誌の区別なく同様に扱われるでしょう。テレビも同じです。一般のニュースから、ドキュメンタリー、科学番組、すべての番組がこぞって彼の日常を報じることになります。それも世界中のメディアがです。おそらく騒ぎがある程度沈静化しても報じられない日はないでしょう」

「なるほど。それなら五億でも安いくらいかも知れんな」

「胸のワッペンの話はあくまでも一例です。なにもネーミングを入れるのは胸だけじゃありませんからね。正面だけでもあの図体なら二十や三十は切り売りできます。いやそれだけじゃありません。背中や腕だって立派に売ることができます」

「さらに大きいのはコマーシャル出演です。現在国内の最高ギャラは、一本あたり七千万ですが、彼の場合は三億、いや五億でも買手はつくでしょう。何しろあの図体に、あのパワーですからね。黙っていても使いたいというクライアントはごまんといるはずです。特撮なしにネーム・ヴァリューのあるキャラクターを使って、これまで撮ろうとしても撮れなかったコマーシャルが作れるんですから、これもまたワールド・ワイドで売れますよ」

「特撮といえばタレントとしても有望かもしれんな」

「怪獣ものやSFものにはうってつけだからな」

「それこそハリウッドね。しかしあの図体じゃ移動が大変でしょう。それに施設の問題もありますし」

「ハリウッドだって黙っちゃいませんよ」

「何もアメリカで撮らなくたっていいじゃないか。日本で撮れば。連中ならそのくらいのことは平気でやるさ」

「イヴェント……。そうだテーマ・パークだって、放っちゃおかないぞ。奴を間近で見られるってことにでもなれば、それこそおとぎの国のお話が現実世界のものになる。かわいい熊さんと小さな子供が手をつないで遊ぶなんてのは夢物語だが、それこそガリバーと一緒に遊べるんだ。姿を見せるだけじゃなく、てのひらに何人か載せて持ちあげてやるだけでも大変な商売になるぞ」

「日本中、いや世界中から虎之助見たさに人が集まってくる」

「すごいな。次から次へと出てくる」

広告マンたちのアイデアは途切れるいとまがない。興奮が興奮を呼び、会議室は異常な熱気に包まれた。

「そうなるとだ」

一番の年かさの男が、その流れを引きとどめるかのように冷静な口調で言った。

「問題は、虎之助のステイタスだな」

「ステイタス？」

プレゼンターを務めていた加藤が問い返した。

「ステイタス。つまり身分というか立場というか……」

年かさの男は、テーブルの上に置いた煙草のパッケージの中から一本をとりだすと口にくわえて火をつけた。

「君たちが言っていることはもっともだ。確かに大変なビジネスを生む存在に違いはないが、奴の場合そのステイタス、つまり身分というか立場が、我々が使っているタレントやスポーツ選手とはまったく違うということだ」

「つまり……」

「つまり、一般人でもなければ動物でもない。ましてやタレントでもない」

熱を帯びていた部屋の雰囲気が急に冷めた。男はすうっと白い煙をひとつ吐くと続けた。

「今日の報道を見ている限りでは、虎之助は当分隔離に等しい状態に置かれるようだ。それは当然の措置というものだろう。突然ああいった怪物がなぜ出現したのか、その原因が分からないことに加え、万が一にでも未知の病原体を持っていたとしたら大変なことになるからな」

「つまり、当分は外部との接触は禁じられると」

「そういうことだ。少なくとも安全性が確認されるまでは、政府、もしくはしかるべき機関の管理下に置かれることになるだろう」

「そうなると、出演交渉やコマーシャル出演はかなり難しくなりますね」

その言葉に男は静かにうなずいた。

「そういうことになるな。しかしだ、彼がなにか病原体を保有していると分かった場合には君たちが話したことは文字通り絵に描いた餅になることは言うまでもないのだが、逆にそうでなかった場合、つまり安全性が立証された場合だが、その時管理している機関が彼をどう扱うか。そこを見極めんことには話にならんのだ」

「その点ならば十分に目はあると思いますが」

「ほう」

冷静な口調で答えた加藤に、男は白い煙をまたひとつ吐いた。

「管理する機関といっても、おそらくは政府の機関ですよね」

「おそらくな」

「とすればですよ。もしも彼を何もしないまま隔離しておくとなれば、生活のすべてにわたって保護をしていかなければならないことになり、これには莫大な金がかかります。住居、食事、それこそ桁《けた》外れの金を、ただ生かしておくだけに使わなければならないことになります」

男はにやりと不敵な笑いを浮かべると話し続けた。

「奴を生かしておくために投じられる金は税金でしょう。このご時世に、そんな馬鹿なことを政府が許すと思いますか。世論が許すと思いますか」

全員の顔にふたたび熱い光が蘇《よみがえ》り始めた。

「そんなことがあるはずがない。投じた金を回収させろ、自分が生活するだけの金は自分で稼げということになるはずです。絶対にそうなります」

男は断言した。

「その金を稼ぐ機会を我々が作るのです。最も効率的に投下した税金を回収する機会をね。そして、それを完全に仕切れる政府機関にアプローチするためには……」

二人の男の視線がぶつかり、目論見《もくろみ》がしっかりと絡《から》みあったことを象徴するような笑みが交わされた。

「面白い。やろうじゃないか」

各界の有力者の子弟を高い金を払いながら社員として飼っているのは、このような事態に役にたってもらうためだ。

十分にツケを払ってもらおうじゃないか。

18

首相官邸はいつもより早い朝を迎えていた。正確に言えばこのまる一日、昼間と変わらぬ人の出入りと、ごった返す報道陣とで夜と昼との区別がつかない様相を呈していた。

「驚いたね。もちろんこのことは、まだ外部には漏れてはいないんだろうね」

煉瓦《れんが》に覆われた官邸の一画。外部の喧騒《けんそう》など無縁であるかのように、静まり返った執務室で厚生大臣の山本を前に、首相の高村は感嘆の声をあげた。

「筑波の生物研で分析にあたったチームには、進藤教授から箝口令がでておりますし、厚生省内でもこのレポートを目にしたのは、いまのところ次官の西島君とその腹心のスタッフのごくわずかな人間たちだけです」

「そうか。で、一連の検査結果はいつごろでるんだね」

「防疫的な部分での検査は数日のうちに結果がでるようです。もっとも特に問題になるような病原体は発見されておりませんから、厚生省もこの点はかなり楽観的に考えております。自衛隊も今日中にはＣＢＲ戦装備の解除命令を出す予定です」

「いよいよ共存の可能性が高いわけだな」

「そういうことになりますな」

　高村は応接セットのソファーに体を深く沈めると、にやりと笑った。

「とんでもない厄介者が飛びこんできたと思ったが、こいつぁ福の神かもしれんね」

「厚生管轄と言われた時には、厄介な大荷物を背負わされたと思ったもんですが……」山本も笑いを返すと話を続ける。「話がこうも変わってくると、他派閥の連中が仕切るところへいかんで何よりでした」

「箝口令を敷いたとはいえ、人の口に戸は立てられん。本当のところが分かるまでいくらもかからんだろう。そうなれば連中も一枚嚙もうとするだろうが、そうなる前に早いところ態勢を固めておくんだね」

「今日の午前中に西島君が記者会見で今後の対応組織の概要を発表することになっておりましたが、午後に延期させ、原案にかなり手を加えて厚生主導がより明確に出るよう、変更させております」

「全タイプに適合する血液を持ち、これが人体に害をおよぼさないとなれば、君、これは薬事産業にとっては大変なことだよ」

「あの体ですからね。一日にいったいどれだけの血液が採取できるものか」

「エイズなんて厄介な病気がでてきてからは、採取血液の安全性を確かめるのに恐ろしく手間と暇がかかり、生産効率は下がるわ、コストは増大するわの一方だ。国産品ではまかなえない需要を満たすべく、輸入血液製剤を使ったあげくがあのありさまだ」

「あの巨人から毎日一定量の血液が採取可能となれば、彼の健康状態を集中管理しておけばいいだけですからね。これは効率があがりますよ。しかし……」

「しかし?」

「使用可能な血液を採取するためには、彼の健康状態を良好に保たなければならないわけですが、それを維持するためのコスト、つまり食事や住居などの日常の生活で恒常的に発生してくる費用があるわけです。民間企業に売却する採取血液の代金は、それに見あった額ということになるのでしょうが、どれだけの量が採取可能なのかは分かりません。それに、はたしてコスト的に見あうのかどうか」

「山本君。もっと頭を使いたまえ、頭を。君は昨夜のテレビを見ていなかったのかね」

高村は鼻で笑うと、視線を落とし、首を二度三度と小刻みに横に振った。

「見るには見ましたが、あまり思いだしたくない……」

山本は少し困惑しながら言いかけたが、

「何を言ってるんだね」

高村の言葉がそれを遮った。

「僕が言っているのはあの力のことだよ。ち、か、ら」

「力……ですか」

「そうだ、あの大きな穴をあっという間に掘りおった。ヘルメットの代わりにツルハシやスコップのような道具を持たせてみろ」

「建設業界にあの労働力を売ろうってわけですか」

「その通り。この財政難の時代に、あの大飯食らいにただ飯食わせておく金など、どこをはたいても出てくるわけがないじゃないか。住居だって我々が建設しなければならんし、管理する人件費だって馬鹿にならん」

山本の顔がぱっと輝いた。改革だとか刷新という行為に関しては、ことごとく無能な連中には違いないが、こと利権が生じるような話には、異常なほど鼻が利く連中でもある。その本能が働いたのだ。

「当分の間、『聡明会』の資金繰りには苦労しなくてすみそうですな」

「そういうことだ」

「いや、まったくお恥ずかしい。そういう使い道があの怪物にあったとは……気がつきませんでした。この山本、感服つかまつりました」

「そう大袈裟《おおげさ》に言うなよ。気がつかんのは何も君だけじゃないよ。世の中、どうしようもない大馬鹿者がおるもんでな」

高村は皮肉な笑いを口許に浮かべ、新聞をぽーんと山本のほうに放り投げた。

バサリと音をたててテーブルの上に落ちた新聞が、わずかに滑って止まった。スポーツ紙の一面に大きな写真とともに土下座する千葉県選出の議員、原田の姿が『原田土下座！』の文字とともに山本の目に飛びこんできた。


いつもと何ひとつ変わらない通勤風景が織りなされるなか、一台の街宣車がやってきたかと思うと、千葉駅前のロータリーに停車した。一人の男が姿を現わすと、後部に設けられた階段を使って屋根に登った。

「ご通勤、ご通学の皆さま。ご苦労様でございます。千葉県選出の衆議院議員、原田でございますっ！」

トレード・マークとなった三白眼で、周囲を睥睨《へいげい》しながらドスの利いた胴間声をあげた。

身分を名乗っていなければ、何かのアジ演説のような、知性とはほど遠い暴力的な迫力に満ちた大声である。勢いに引きつけられたのか、それとも何かといえば政治手腕よりも、奇行ともとれる言動がマスコミの話題になる原田本人の登場に、好奇心をかきたてられたのか、人だかりができると、原田の演説はたちまちのうちに佳境に入った。

「いいですか、皆さん。いまこの千葉は危機に瀕しておるのです。私は昨夜、今回の事態を担当しておる厚生省の幹部と会って、速やかにあの怪物を千葉から動かすよう申し入れを致しました。しかし厚生省幹部の回答は、安全性が確認できない限り、この千葉からあの化け物を動かすことはできない、そう言うのです」

原田はいったん言葉を区切ると周囲を見回した。聞かせどころ、見せどころは心得ているのだ。

「安全性が確認されない限りとは何事ですか、皆さん、それじゃ千葉の住民の安全は脅《おびや》かされたままでいいと言うのですか。冗談じゃねえ。隔離ってもんは人のいないところに動かして初めて効果があるもんで、千葉のような人口密集地でやるもんじゃねえんだ」

「そうだ」

「その通り」

原田の強い口調に、聴衆の中から賛同の声があがった。

「そしたら役人どもは、今度は動かそうにも道路があの体重をささえられねえなんて取ってつけたようなことを言いやがる」合の手に意を強くした原田のボルテージはますます上がる。

「まったくもって、ああ言えばこう言う口の減らねえ連中には違いねえんだが、考えてみると言うことをきかねえのも、ひとつは俺の力不足によるところが大きいんです。そう思うと皆さんに申し訳がなくって……わたしゃ頭を下げましたよ。土下座しました。だけど、あれは役人に頭を下げたんじゃねえ。私を信頼して、私を千葉県選出の衆議院議員として国会に送りだしてくださった皆さんに頭を下げたんです」

聴衆の間には、カメラを持ち、明らかにマスコミとおぼしき人間も見える。メモを取っているのは新聞記者だろう。原田はその姿を確認すると、いよいよ泣かせに入った。

「まったく私の力不足で……皆さまには、本当にご迷惑をかけます。申し訳ございません」

突然その場に四つんばいになると、額を屋根に擦《こす》りつけんばかりに土下座を始めた。

「ありゃ、また土下座だよ」

「よくやりますよね、ったく」

聴衆の中で原田の街頭演説を取材していた記者たちの間から、呆れ声があがった。しかし、こうしたドサ回りの役者でもやらないような、臭い芝居が選挙民には受けるのを、記者たちは知っていた。そうでもなければ、こんな知性とはほど遠い人間に、一票を投じるはずがない。

「私、原田も男でございます」長い土下座から立ち上がった原田が、ふたたび演説を始めた。

「こうなったら、この問題を一日でも早く解決すべく、力の限りを尽くす所存であります。総選挙も近いとの噂が流れる折りではありますが、私は一切の選挙運動を擲《なげう》ってでも、この問題に取り組む所存であります」

「心配すんな。おめえを落としゃしねえ」

「これでおめえを見捨てたら、それこそ千葉の恥だ」

「原田、がんばれ」

紛れこんだサクラの声かどうか、確認する術《すべ》などないのだが、威勢のいい声が飛び交った。

「何て奴だよ。ちゃっかり選挙運動までやっちまってるよ」

「こりゃ、またトップ当選だな」

「焼け太りってのは、こいつのためにある言葉だな」

記者たちは、すっかり呆れ返っていた。

19

九十九里浜にある前線本部のテントが、勢いよく開いた。

「あっ、先生。どうもご苦労様です」

入口に立った進藤の姿を認めた郷田が、軽い敬礼をしながら歩み寄った。

「いやいや、皆さんの方こそご苦労様です。いかがですかな、虎之助君の様子は」

軽く礼をしながら進藤は静かに聞いた。

「いまのところは特に変わったところは何も……」

「そうですか、傷のことに関しても何も言っておりませんか」

「昨夜も特に痛みを訴えることもありませんでしたし、歩行に障害をきたしている様子もありません。先生もご覧になりましたでしょう、昨夜のテレビは」

昨夜の騒動を暗に匂わせる言葉を吐いた。

「テレビですか。いや、昨夜からずっと研究室に籠《こも》りっきりで、今日もまっすぐここへ来たものですから……何かあったのですか」

「いや、ご覧になっていなかったなら、改めてお話しするようなことではないのです。とにかく不自由なく歩き回れることが、実証されたということで……」

郷田の口調が歯切れ悪くなった。

「動き回ったって……。昨日治療した時には、そこそこの傷のように思えたのですが」

意外な顔で、進藤の背後に立った平野が言う。

「あの体だからねえ。二十ミリ機関砲で受けた傷といえども、かすり傷程度ってことなのかな」

進藤が小首を傾げた。

「瀕死の重傷を負って寝たきりになられるよりは、はるかにマシにはちがいないんですが」

「そりゃそうですね」進藤は、郷田と背後の平野を交互に見た。「それじゃ傷の具合を見せて貰うことにしましょうか」

「分かりました」郷田は、すかさず副官の森下に向かって「防護服を用意してさしあげろ」と、命じた。

「いや、もう防護服は必要ありません」

「はぁ？」

「血液、細胞検査の結果、特に人体に害をおよぼすようなウイルスの類は、見当たらないことが分かったのです」

「いやそれはよかった。昨夜は随分あちこち歩き回られた上に、例の脱糞《だっぷん》騒動までありまして。このままだと、封鎖範囲をさらに拡大する必要がでてくるのでは、と心配していたところです」

昨夜の騒動を知らない、医師団はお互いの顔を見つめた。

「その……いろいろあったんですよ」

郷田は、慌てて言い、「それじゃお願い致します」先頭に立ってテントを出た。

防風林に入ると、海岸に打ち寄せる波の音が聞こえ、それが大きくなるにつれ木々の切れ間から、虎之助の巨大な背中が見えてきた。

「虎之助」

拡声器を使って郷田が呼んだ。

「先生方が傷の治療に見えたぞ」

「どうかね、傷の具合は」

郷田からマイクを受け取ると、進藤が聞いた。

「おかげさまで、すっかりよくなったようで。もう痛みもなぁんもありませんが」

二度、三度とうなずくと、進藤は郷田に向かって「傷を見たいのですが」と言った。

「分かりました」

郷田は、ふたたび拡声器のマイクを口許に当てた。

「虎之助。先生が傷を見たいとおっしゃっておる。足場を組んだ位置まで移動してくれるか」

「それはかまわんとですが。足場使うくらいなら、私のてのひらに載っていただければ、足の上にお運び申し上げますが」

「おう、そうしてくれ。その方が簡単だ」

「今日はあの変な服は着なくてもよかとですか」

「おお、あれはなしでよかとよ。それじゃ、さっそく診察ば始めてもらうけん、手ば出しやい」

　巨大なてのひらが一行の目の前に降りてきた。高さだけでも三メートルはゆうにある。すかさず地上にいた自衛隊員の一人が梯子をかける。一行はお互いの体を落下防止のためのザイルで固定し、森下を先頭に登り始めた。

　てのひらの上に出ると、掌紋《しょうもん》が幾何学的な模様を織りなし、その一本一本が日の光を反射して微妙な陰影を形作った。濡れた砂に覆われた砂丘を彷彿《ほうふつ》とさせるような幻想的な光景だった。

　一行がその光景に息を呑む間もなく、虎之助の腕がゆっくりと上昇を始める。それにつれて仰ぎ見る位置にあった虎之助の顔が急速に近づいてくる。

　一行が虎之助の鼻の位置にまで達する。

「どうも、こげん近くでお目にかかるのは初めてですね。あらためて、上田虎之助です。このたびは大変ご迷惑ばおかけいたします」

　虎之助は精一杯の愛想を振りまきながら、挨拶をした。

　繰り返す呼吸の音が、巨大な洞窟に空気が流れこみ、吹きだすような風の音となって一行の鼓膜を震わせた。そのたびに平野の長い髪が右に左に、海中で波にもまれる藻《も》のように怪しく揺れた。もしも虎之助がくしゃみでもすれば、てのひらの上の人間たちはひとたまりもなく吹き飛ばされ、地上に叩きつけられてしまうだろう。

「陸上自衛隊習志野第一連隊の郷田二佐だ。そしてこちらが国立生物研究所所長の進藤教授に、助手の平野さん。それに……」

　郷田が白衣を着た医師団を紹介していく。

「いやあ、奇麗か人ですね」

　平野を見つめる虎之助の目が細くなった。

「だろう。こげん奇麗か人に治療ばしてもらえて、お前は幸せもんたい」

「ほんなこつ、いつだったか現場で怪我をして五針縫った時の女医さんなんか、こぉーんなですよ。こぉーんな」

　虎之助の顔の筋肉がもさりと動くと、顔面いっぱいに皺が寄った。

「麻酔が効かんとは酒ば飲み過ぎるからだ言うてくさ、人が痛いと叫ぼうが、一向におかまいなしで、ズクズク縫いおりましたもんね。いやぁ、しかし別嬪ですな」

　大きな瞳に見据えられ、平野の顔に赤みが宿った。

「虎之助君、ちょっと傷を見たいんだがね。靴を脱いでくれるかね」

苦笑を浮かべた進藤が言った。

「あっ、はい。それじゃちょっと降ろしますから、適当なところに摑まっていてください」

虎之助の手が、ゆっくりと下がり、その部分が一番安定していると踏んだのだろう、太ももあたりに一行は降ろされた。

目の前の風景が一変した。先ほどまでの光景が濡れた砂丘ならば、作業ズボンのけばだった繊維が一面に広がるそこは、陽光に反射した繊維の先が金色に輝く刈り取ったばかりの麦畑である。

「それじゃ、地下足袋を脱ぎますから、しっかり摑まっていてください」

虎之助は、体を伸ばし、地下足袋を脱ぎにかかった。自衛隊員や医師団が摑まる繊維がその動きに合わせて大きくうねり、それがひとしきりしたところでふたたび虎之助の手が伸びてきた。

「載ってください」

股間に虎之助の手が差しこまれ、太ももと同じ高さになると、一行はそこに飛びのるようにして載り移る。

巨大なクレーンが振られるようにゆっくりと移動すると、止まった先は昨日治療したばかりの傷口の目の前だった。

「それじゃ、始めるとするか」

進藤の言葉に医師たちが、そこを覆ったガーゼを剝がしにかかる。消毒に用いたハイポが乾き、たっぷりとそれを吸って糊《のり》で固められたようになったガーゼをはがすたびにバリバリという音をたてた。

ミイラにした死体の布をはがすような作業がひとしきり続くと、その下から決して奇麗とはいいがたい粗雑さで縫い合わされた傷口が姿を現わした。

機関砲弾が破裂したために、弾けたようにえぐれた肉の周りには、すでに新しい肉が盛りあがり、うっすらと新しい皮膚が再生し始めている。

「これは……驚いたな」

傷口を見た瞬間、進藤は驚きの言葉を漏らした。

「普通の患者なら抜糸はおろか、ほぼ全快に近い状態です」

進藤の肩越しに平野が傷口を覗きこんだ。

「平野君、写真を撮っておいてくれたまえ」

小型カメラを取りだし、平野が角度を変えながら傷口の写真を撮り始める。

「驚きました。驚くべき回復力です」

助教授の植村が言った。

「昨日治療を行なった時には、そこそこの傷に見えたのですが」

郷田の言葉に進藤は、傷の一点を指差した。

「二十ミリバルカン砲の弾丸をまともに食らった上に、治療にしたってこの図体です。普通だったら考えられないほど、雑な縫い方をしたにもかかわらず、ここまで回復しています。見てください。傷がふさがっているばかりでなく、縫った糸の上にまで、うっすらと皮膚が再生しています」

赤茶けた色をしているハイポに塗《まみ》れた皮膚を、乱雑に縫いあわせた傷がある。小さな子供が、地図上にクレヨンで私鉄の記号を書いたようなその上に、新しい組織がかさぶたとなって盛りあがっている。

「これならもう抜糸してもいいだろう」

進藤は、植村に目で作業を命じた。

助手たちがすかさずハイポを、撒き散らし始めた。

「平野君、鋏《はさみ》とピンセット」

「ピンセット？」

平野のハスキーな声の語尾があがった。

「えっ？」

意味が分からないと言ったように聞き返した植村だったが、傷口に改めて目を転じると、気づいたようにつぶやいた。

「なるほど、ピンセットはいらないか」

ラテックスをはめた手を伸縮させながらうずくまると、無造作に畳糸のような太い糸を指先で持ちあげ鋏を入れた。野太い音をたてながら、二、三本の糸が切断されると、今度はそれを片手で摑み、抜きにかかる。しかし新しい組織に覆われた糸はびくともしない。

「だめだ、抜けやしない」

「やはり体がでかいぶん、回復が早いんでしょうか」

作業を腕組みをしながら見ていた郷田が言った。

進藤はその問いかけにしばらく考えていたが、「いや。そうとばかりは言えないかもしれません。この傷の回復力は体の大きさと比してもかなり……むしろ異常なほど早いと言えると思います」学者らしい真摯《しんし》な口調で言った。

「するとこの体の中に、傷の回復を早める特別な何かを持っていると言うのですか」

「採取した血液や細胞を、さらに精密に分析してみる必要があるでしょう」

「しかし、この男には驚かされることばかりです。全タイプ適合型血液といい、傷の異常な回復力といい……」

抜糸の作業を続けていた植村が不用意な言葉を吐いた。

「植村君!」

突如進藤の厳しい一喝が飛んだ。

「全適合型血液？」

「いや」郷田のいぶかし気な言葉に、進藤は戸惑いの色を浮かべると、慌てて話題を変えにかかった。「しかし、彼はいったい何者なんでしょうね」


「おや？」

窓ひとつない部屋の中には膨大な数の檻《おり》が整然と並んでいる。掃除がゆき届き、清潔に保たれている部屋ではあるが、小動物の糞尿と餌の匂いが鼻をつく。

筑波にある生物研究所の一画にある、動物実験室で、研究員の木下は驚きの声をあげた。

「中島先生、ちょっとこれを見てください」

白衣を着た講師が、足早に歩み寄った。

「どうした」

「いや、なんかおかしいんです。癌《がん》細胞を移植したマウスが活発に動き始めてるんです」

「うん？」

金縁眼鏡を持ちあげながら、注意深い視線を金網の中に走らせる中島の目前に、狭い空間の中で小刻みに息をするマウスの姿があった。小さく尖った鼻をひくつかせ、濡れたような赤い目がこちらを見つめている。

「このマウスは肝ガンの末期で、昨日のうちに昏睡状態に入っていたはずなんですが」

木下は記録を手に、不審そうな声をあげた。

「そんな、馬鹿な。何かの間違いだろう」

「いや間違いじゃありません」

「ちょっと見せてみろ」

中島は、木下の手からファイルを取った。

「五二二番です」

「五二二番ね……」

金縁眼鏡の下の目がせわしなく動き、記載された実験経過をなぞっていくと、最後のほうの一点で止まった。

「何だ、このGB血清一ミリグラム投与ってのは」

明らかに見慣れない物質が、このマウスに投与されたらしい。

「GBですか。さぁ」

木下は困惑した口調で言った。

その時である。スチール製の部屋のドアが開くと、白衣を着た年かさの男が入ってきた。

「あっ、高橋先生」

姿を現わしたのは助教授の高橋だった。

「何だ。何かあったのか」

高橋は悠然とした足取りで歩み寄った。

「どうも分からないんです。何かの間違いだと思うんですが、肝ガン末期のマウスの様子が変なんです」

「どれ」

覗きこむ三人の目の前で、相変わらずマウスは活発に動き回っている。

「すでに昨日の段階で昏睡状態に入っていて、ステるのは時間の問題だったやつなんですが」

ステるとは、医者の間では死亡するという意味で使われる言葉である。

怪訝な表情を浮かべた高橋だったが、

「処置記録には、GB血清一ミリグラム投与と記載があるのですが、先生、何か心当たりがありますか」

釈然としない中島の口調を聞いた瞬間、目の色が変わった。

「何だって」

反射的に出た高橋の言葉に、明らかに心の高ぶりを感じさせる気配があった。

「先生、何なんです」

「いや、何も……。私にも分からないが」

言いながらも、高橋の視線はそのマウスから逸れることはなかった。健康そのものといった様子で檻の中を動き回るマウスの動きを見逃すまいと、目は爛々《らんらん》と輝き、釘づけになっている。

「君、他のマウスはどうなんだ」

感情を抑えようとしても、ただならぬ気配は微妙な口調のはしに込められる。それを察知した木下が、記録ファイルをめくりながら、ずらりと並んだ檻の中のマウスを次々にチェックし始める。

「あれ、何だ。こいつら元気になっていやがる。この列は全部悪性腫瘍の細胞を移植されてステる寸前だったのに。なぜだ」

慌てて記録をチェックし始めた木下が、すっとんきょうな声をあげた。

「こいつら全部昨夜GB血清一ミリグラムを投与されてる」

「先生。これは、いったい……」

高橋には心当たりがあるのだろうと踏んだ中島が、興奮し始める。高橋にしても、込みあげてくる興奮を隠し通すのは難しかった。

「二人ともこのことは許可があるまで、一切口外してはならんよ。絶対にだ」

「先生！」

高橋は厳しい口調で命じると、真相を知ろうとする中島の声を振りきるように、ドアに向かって急ぎ足で歩いていった。

20

原色の光の洪水のような赤坂の街に、モノトーンに沈む一角がある。白く輝く水銀灯の光も吸いこんでしまっているかのような、高い黒板塀に囲まれた窓のない一軒家。広い玄関から洩れてくる明かりが、打ち水が撒かれた路上に反射している。それは生活臭のする家屋が放つ暖かさを感じさせるものからはほど遠く、逆にその前を通り過ぎることさえもはばかられるような冷たい光に満ちていた。

家の中庭に面した座敷では、向かいあって坐った二人の男が、注がれたばかりのビールを目の高さに掲げ、最初の一杯に口をつけようとしていた。小振りのグラスに入れられた金色の液体を、半分しか飲まなかったのは、これから交わされる会話がそれなりの意味を持つ何よりの証《あかし》だった。二人の背後に正坐している和服の女が、すかさずグラスを満たしにかかる。

「あとは私がやる」

贅肉《ぜいにく》のついた体を座椅子にもたせかけながら嗄《しゃが》れた声で下座に坐った男が言うと、心得たとばかりに二人の女は部屋を出ていく。深々と頭を下げた女の姿が、閉められた障子の向こう側に消えると同時に、上坐の男がゆっくりと話し始めた。

首相の高村だった。

「鵜飼さん。今日の話の趣旨は秘書の隅谷から大方のところは聞いてはいるが、あなたの目論見通りだとすれば、確かに途方もない利益に繋がるものには違いない。だが、少し早計に過ぎるんじゃないかね。厚生省もようやく対応組織を発表したばかりで、彼の血液分析も完全には終わっていないと聞いているが」

「総理、私とあなたの間ですから、率直に申し上げます」

鵜飼は東亜製薬の社長という財界人らしい折目正しさの一方で、高村への政治献金では常に上位にいる、つまり最大のスポンサーであることを暗に匂わせながら話し始めた。

「体は巨大でも、姿、形、それに話す言葉も我々と寸分の違いもありません。あの体内に流れている血液が、我々のものと同じだという可能性も非常に高いことは、十分に考えられるのです。仮にそうだとすれば、わが国の製薬事業が抱えている慢性的な血液不足の問題が一挙に解消されるだけでなく、血液製剤の元となる血液の品質の一元管理が可能となり、これまでに起きたような数々の悲劇が一挙に解消されることになるのです」

「なるほど」高村は政治家らしい用心深い目で鵜飼を見る。「で、そうだとすればだ、政府として製薬業界をどのように指導すべきなのかな。たとえば君のところ一社だけに彼の血液を供給するわけにもいかんだろう」

「かと言って、血液製剤の製造を国家事業として行なうというわけにもいかんでしょう。あれだけの体があるとはいえ、採取できる血液の量にはもちろん限度があります。希望各社に均等に血液を振り分けていたのでは、生産コストがかかり過ぎて、とても採算が合いません」

「いったい、どれくらいの血液が採取可能だと考えているのかね」

「我々の推定では彼の血液は最低百トンから百五十トンと考えております。コンスタントに一日二百リットルのドラム缶換算で三本、つまり六百リットルは採取可能かと……」

「六百リットル！　そりゃまた凄い量だね」

「それ以上かも知れません。ただ工場の生産処理能力から考えて、それくらいが妥当なところでしょう」

「それは君のところの生産処理能力だろう」高村は皮肉な笑いを口の端に浮かべる。「血液製剤を製造する能力を持っているのは、何も君のところだけではないじゃないか」

意地の悪い言葉を吐いた。

「その通りです。ですが総理、先ほど申し上げたとおり、製造を各社に分散していたのでは生産効率が下がり、コスト・アップするだけで、企業にとっても国民にとっても何のメリットも生じないことになるでしょう」

「なるほど。で、どうするのが政府、製薬業界、そして国民のために一番いい方法だと思うのかね」

実のところ、二人のいずれにも国民を憂うる気持ちなど微塵《みじん》もなかった。ただこうした言葉を使わなければ、会話が余りにも生々しくなるだけの話で、オブラートに包み論点をぼかしたまま話を続けたほうが、より本題を話しあうのに好都合なこともあるのだ。

「政府が民間一社に生産を一括委託するというのが、よろしいかと思います」

「そうなれば原料となる巨人の血液の採取量から販売価格にいたるまで、すべてが政府の管轄下に置かれるわけだが、それじゃ君たちにとっても、それほど旨味《うまみ》のある商売にはならんだろう」

「ですが総理、安全で効果の高い製品を、安価で安定供給するのが製薬会社の社会的使命というものですから」

鵜飼はしれっとした顔で言いきった。

「ほう、それであえて薄利であっても、彼の血液の一括精製に乗りだそうというのかね」

「その通りです」

ビールを口許に運んだ鵜飼から高村は視線を逸らさずに、この男はどこまであの巨人のことを知っているのかと思った。仮にも一国の政治の頂点に立つ男である。高村はすでに厚生省の高官を通じて、虎之助の血液分析の概要は耳にしていた。ところが、それは厚生省内部でもまだ極めて限られた高官しか知らないことで、厳しい情報統制が行なわれているはずだった。しかしどんな機密情報でも、漏洩《ろうえい》しないものなどありはしない。ましてやそれが大きな利益を生むものであればあるほど、そうであることを高村はよく知っていた。

「鵜飼君。君はどこまで知っているのだ」

高村は単刀直入に切りだした。

「率直に申し上げます。血液製剤の製造もさることながら、彼の血液の利用については、もっと他の薬品の製造にも使い道があるのではないかと考えております」

「他の製品への使い道？」

「私どもが得ております情報では、彼の血液はオールマイティ、つまり全血液型に適合するだけでなく、その他にも現在の医学の常識では考えられない作用を、極めてポジティヴな形で生物におよぼす可能性があると聞いております」

公的機関であろうとも、内部に特定の企業と深い繋がりを持つ人間がいるのは当たり前のことだ。人間はそもそもが聖人君子ではありえない。たとえ自分が機密情報を知っているからといって、とやかく言うような高村ではない。鵜飼は躊躇《ためら》うことなく持てるカードを、ひとつひとつ明らかにし始めた。

「血液製剤については他の製薬会社でも製造は可能としても、新薬、それも我々が夢と考えていたような薬の開発を我が社では現実のものとする可能性があります」

「なるほど、君の狙いはそれかね」

鵜飼に注がれていた高村の視線が、初めて外れた。不敵な笑いとともに、ふたたびグラスを口許に運ぶ。出がけに報告されたマウスの変化の一件が、脳裏に蘇った。

「その通りです」

「しかし、新薬の開発に成功してもだ、薬事審議会の審査をパスするのに大変な時間がかかるぞ。あの審査に大変な時間を要しているのは、君たちにとって、頭の痛い問題ではなかったのかね。ましてや今度はあの化け物から取った血液だ。いかに効果があろうとも、厚生省がそう簡単に新薬の認可を与えるとは思えんがね」

「それでいいのです」

「それでいい？」

高村に怪訝な表情が宿った。

「血液製剤の実用化の試験、追試は我々としても全力をあげて取り組みます。それだけでなく公正を期しながら、短期間でより多くのデータと実績を集めるために、外部の組織を登用することも考えております」

「ほう」

「つまり客観的データを集める上での臨床や実験データの整理を民間のコンサルティング会社に委託しようと考えております」

「随分と高いものにつきそうだな」

「その費用だけでも年間二十億のコンサルティング・フィーを用意するつもりです」

「二十億」

　グラスを持った高村の手が止まった。

「コンサルティング会社がその先の臨床機関、もしくは研究所にいくら払うかは我が社としてはデータの正確性を歪める恐れがありますので、一切関知しないということにしたいと考えております」

「丸投げか。コンサルティング会社にとっては随分といい話じゃないか」

　委託した研究機関から上がってくる実験データを取りまとめるだけで、かかったコストには一切東亜製薬は関知しないといっているのだ。

「コンサルティング会社は、サン・リサーチ・コンサルティング」

　高村の目が上目遣いにチラリと鵜飼を見て、すぐに落ちた。

「依頼時期は二ヵ月後あたりということになるのでしょうかね」

　鵜飼の問いかけにわずかに首を縦に振りながら、高村の頰のあたりの肉がこみあげるものを嚙みしめるように膨らんだ。それも道理、サン・リサーチ・コンサルティングは高村の血縁が経営に深くかかわる会社だった。

　政治家の血縁、あるいは支持者がかかわるコンサルティング会社ほど得体の知れない存在はない。湯水のように税金が投入される事業に介在しては、政治家の力を背景に事業をものにする。そこから得る成功報酬は、数パーセントにすぎないが、事業規模が大きければ決して馬鹿にできない額になる。いったん収益として会社に入った金は、やがて政治献金として、うしろに控える政治家の下に転がりこむ。つまり合法的なマネーロンダリングというわけである。

高村にしたところで、今回のケースは、これまでと扱うものこそ違うが、仕組み自体はよく使う手だ。むしろ民間企業のコンサルティングという分だけ、はるかに利ざやを抜くことが容易《たやす》くなる。

「しかし、もうひとつの可能性を考えれば二十億も高い金とは言えんだろう。夢の新薬の可能性を考えれば……」

満足げな笑いを浮かべ言いかけた高村を、鵜飼の冷静な口調が遮った。

「ことはそう単純ではありません」鵜飼の口から意外な言葉が返ってきた。「そちらの可能性については、少しばかり考え方が違います」

高村の前に鵜飼のビジネスマンの顔があった。

「薬の値段が原価に比して格段に高額なのは、開発に膨大な年月がかかり、それと比例して膨大な開発費がかかっているからです。ひとつの薬が収益をもたらすまでには、それこそ何年という年月がかかります。それも数ある開発プログラムの中には、その途中で断念するものも少なくないのです。そのコストもまた市場に出回る薬の収益から上げなければなりません。そこに収益を上げている薬に取って代わられるようなものが出てきては困るのです」

「しかし、それについてはまだ海のものとも山のものとも」

「だからこそ、その可能性の段階で芽を摘み取らなければならないのです」

ふたたび鵜飼の言葉が高村を遮った。

「つまり、彼の血液を使っての新薬の開発を凍結させようと」

鵜飼は無言のまま、大きく頷いた。

「鵜飼君」高村は、ゆっくりとグラスを置くと低い声で言った。「今日はなかなか楽しい話をさせてもらった。ところで、これからもう一人会わねばならない人がいるのだが、どうやら君の話に酔ってしまったようで、この席を動くのが少々億劫《おっくう》になってきた。このまま使わせてもらってもいいかな」

鵜飼は一瞬怪訝な表情を浮かべると、高村の目をじっと見つめた。

高村はまださほど杯を重ねてはいない。事実その目にまだ酔いの兆《きざ》しは見られない。しかし鵜飼も場数を踏んだ人間である。すべてを察した。

「もちろんです。私の申し上げたいことは、あまさずお話ししたつもりです。お忙しい身です。どうぞこのままお使いください」

丁重に頭を下げると座を辞した。

板張りの廊下を歩いていく足音が遠ざかるのを見計らったように、次の間へ続く襖《ふすま》が静かに開いた。

「よほど中枢に情報源を持っているようだな」

「そのようですな」

鵜飼に代わって席に着いたのは厚生大臣の山本だった。

「まぁいいさ。このような展開になるんだったら、余計な手間が省けるというものだ」

「しかし、サン・リサーチ・コンサルティングの名前が出てきた時には正直言って驚きました。あの会社と総理の関係を知っているのは、政界でも極めて少数の人間のはずです」

高村は使っていないお猪口《ちょこ》を山本に渡すと、すっかり冷えてしまった日本酒を注いでやった。

「東亜の社長をはる男だ。馬鹿にしたもんじゃないさ」

「失礼いたします」

女将《おかみ》の声がしたあと、障子が開いた。

「お酒はどういたしましょうか」

「おお、二、三本持ってきてくれ」

「かしこまりました」

「鵜飼君は何か言っていたかね」

「いいえ、何も」

「そうか、ありがとう。酒を頼むよ」

障子が閉まると、山本が口を開いた。

「気がつきましたかね」

「たとえ気がついたとしてもかまわんさ。しかしやるもんだ。コンサルティングの時期を二ヵ月後と言ってきたのも、医事コンサルティングはいまのサン・リサーチではできんからな。その間に準備を整えろということさ」

「なるほど。しかしスタッフを揃えるとなると、少々厄介ですな」

「そうでもないだろう。厚生省を辞めてぶらぶらしている人間、あるいは医学関係の機関を辞めたばかりの人間なら、役にたちそうなのもすぐに見つかるだろう。適当なのを当たってくれないか」

「心得ました」

「それから株だな」

「東亜製薬のですか」

「いや、東亜はまだ先だ。彼の血液を現在の薬事産業に使うという話が出ただけで、製薬関連の株価は間違いなく上がる」

山本の脳裏に、東亜製薬と同規模の有力企業の名前が浮かんだようだ。

「なるほど。集中して買いに走れば、あとあと何かあった時に面倒ですからな」

「大手の目ぼしいところは思惑で軒並み上がるだろう。いまのうちに広く仕込んでおこう」

「薄く広くというわけですね」

「それからゼネコンの株も同様にな。とにかく一社に買いを集中させないことだ。今回は業種さえ間違えなければ絶対にもうかる」

「ゼネコンですか」山本の顔に怪訝な影が宿った。

「私も、迂闊《うかつ》だった。我々はあの大男をとんでもない厄介者としか見ていなかったが、どうやら逆だったようだ。あいつの面倒をみることは、批判されている公共事業費の拡大をさらに拡大するのも止むなしの絶好の口実を生んでくれたのかもしれんな」

「あのまま、野宿をさせておくわけにはいかんでしょうからな。ましてや血液を提供しながら、労働力として使うとなれば、それに見あった人間的な施設の提供をせねばなりますまい」

「その通りだ。派閥の連中にも、今年は十分に餅代を与えてやれそうだ」

「総理、こりゃ今年の選挙は聡明会の資金は何の心配もありませんな」

「大変な米びつが転がりこんできたもんだ」

高村は一気に杯を干すと、威勢よく二度手を打った。

「おーい、女将。酒はまだか。芸者を入れてくれ」

21

「虎さん、なに考えてるの」

静かな夜だった。空に昇った満月の光が、白い帯となって穏やかな波間に反射している。そんな夜、砂浜に男女が二人となれば、ロマンティックな雰囲気にもなろうというものだが、百メートルの巨人と、人間の中でも小柄な部類に入る平野である。もとよりそんな雰囲気になろうはずもなかった。

声の方に視線を落とした虎之助の目に、白衣を着た平野がいた。

「平野さんですか。まだおったとですか」

虎之助が居住するエリアには、一般の立ち入りは厳しく制限されてはいたが、医師団のメンバーの往来は自由だった。

「さっきから、ずっとそこに腰を下ろしたままなんですもの」

虎之助は手をそっと砂浜に下ろした。少しななめになったてのひらの上に平野が登ると、静かに虎之助は顔のところまで持ちあげる。平野の長い髪が、かすかに起きた風に舞った。

「わぁ、奇麗」

夜の海を見た瞬間、平野の口から歓声がもれた。

「いい夜ですばい。これで酒でんありゃ、よか月見になるとですが」

「ほんとね」平野はクスリと笑う。「ずっと虎さんの背中を見ていたんだけど、なんか寂しそうだったから。もしかしてご家族のことを考えていたの」

平野は海を見ながら言った。

「それもあるとですが、いろいろですたい」

「そりゃそうでしょうね。人の一生にはいろいろなことが起こるものだけど、虎さんほどの大変な経験するなんて、あるはずがないもの」

「なして、こげなことになってしもうたもんか」

「不思議よね。世間じゃ、その謎を解明しようと大変な騒ぎになっているわ。それこそ上を下への大騒ぎ。もっともかく言う私も、その渦中にいる人間のひとりなんだけど」

「で、何か分かりそうですか」

「さあ、色々言う人がいるけれどね、これといった答えを得るのは随分と難しいんじゃないかしら。ほとんどの人たちが、虎さんが大きくなったのは、この世界に現われる寸前まで働いていた、養殖魚増産施設、そこで用いられたオゾンが何か関係しているんじゃないかって言ってるんだけど、それじゃ説明のつかないところがどうしても残るの」

「へえ、どのへんが」

「無機物……つまりヘルメットや服、靴、そうしたものまで大きくなるなんてどうしても考えられないの。虎さんが裸で現われでもしたら、オゾンのせいっていうのはそれなりの説明もつくんでしょうけどね」

「はあ……そげんですか」

「でもね、私が思うのは、みんなそのオゾンてところに、どうも捕らわれすぎているような感じがするんだな。科学者の端くれの私がこんなことを言うのもなんなんだけど、虎さんの出現は、理屈で考えちゃいけないもののような気がするの。つまりもっと夢をもって考えた方がいいんじゃないかと」

「夢、ですか」

「私、どっかで聞いたことがあるの」

「なにがですか」

「どこで聞いたかは忘れたけどね。人間には、その一瞬、一瞬であらゆる可能性に向かって分かれていく別の世界が無限に存在するんですって」

「別の人生?」

「つまりね、仮に虎さんが前の世界で入学試験を受けて、大学に入学したとするわよね」

「いやぁ、わたしゃ大学ばいっちょりませんけん」

「たとえばの話よ」照れる虎之助に平野は静かに笑った。「そこでもうひとつの世界があるってわけ。つまり入試に落ちた人生を辿《たど》っていく世界がね」

「なんだか、ようわかりましぇんが」

「つまりね、虎さんは元の世界じゃ建設作業員だったかもしれないけど、別の世界じゃ社長さんであったり、もしかしたら総理大臣になっていたりする世界がある」

「そげな、私が総理大臣なんて、大それたもんになっているわけがなかですよ」

「ううん。私ね、虎さんの言った住所に同姓同名の人がいて、その人が建設会社の社長さんって聞いた時に、もしかしたらこの説は正しいのかも知れない。そう思ったの」

「へえっ、そげな説があるとですか」

虎之助は感心した口調で平野を見た。

「説っていっても科学的に実証されたものでもなければ、誰が言ったものかも分からない。たぶんSF作家とか、そんな人たちが言ったものだと思うわ」平野は、穏やかな笑いとともに、虎之助を振り返った。「だけど、きっとその説は正しいと思うの。もしも別の人生を送る世界があるとすれば、そこにいる自分はいまの自分とサイズが違っていても、つまり虎さんと同じだったとしても何の不思議もないもの」

「そげんでしょうか」

「興味あるな、私」

「何がです」

「もし、別の世界があるとすれば、虎さんのいた世界では私が何になっていたか。確かに虎さんにとっては、いま置かれている境遇は大変なものには違いないんだけど、こんな不思議なことが現実に起こると、申し訳ないけど、とっても楽しくなるの」

平野の形のいい口許から白い歯が覗き、満月の明かりを反射してキラリと光った。

22

なだらかな丘陵地帯を走る街宣車の中で、原田は昼食の握り飯をほおばっていた。この日の朝、事務所を出る際に持参した握り飯はすっかり冷えきっていた。中に入れられた梅干しや塩鮭《しおざけ》が嚙みしめるたびに米の甘みと交じり、旨味《うまみ》が口の中に広がるにつれ、原田は今回の街宣活動の手ごたえをはっきりと感じていた。間違いなくこの活動は、年の暮れにでも行なわれると予想される総選挙に追い風となって働く。もはや、それは原田にとって確信以外の何物でもなかった。

窓の両側には畑が広がり、しばらくすると虎之助の排泄場所と急遽指定された地域にさしかかるはずだった。

「そろそろ例の場所だな」

原田は手にした小さな飯の塊を口に放りこむと、せわしなく咀嚼《そしゃく》しながらウーロン茶とともに胃の中に流しこんだ。

「そうです」

秘書の市村が答えた時、畑地の中を走る農道の先に、二十人ほどの人だかりがしているのが目に入った。

「止めろ。あそこで車を止めろ」

原田はそれを見るなり、狭い車内に響き渡るような胴間声を張りあげた。

街宣車は急激に減速し、その人だかりの前で止まった。人々の目が一斉に街宣車に注がれるが早いか、原田はそのがっしりとした体つきからは想像もつかないような素早さで、街宣車から飛びだしていく。政治家の本能というやつである。

「原田孝造でございます。このたびは大変なことで、心よりお見舞い申し上げます」

直立不動の姿勢で、膝につかんばかりの深さまで頭を下げた。

「ありゃ、先生。これはご苦労様でございます」

明らかに農民と分かる男たちが、農業機器メーカーのロゴマークがプリントされた野球帽を慌てて取り、頭を下げた。

「突然にあのような怪物が現われ、さぞや驚かれたことと思いますが、この原田、千葉から一刻も早く移動させるべく全力を尽くす所存です」

「いまも話していたんだが、ほれ、あそこはあいつの便所になっているとこでしてね。いくら休耕地だからって、臭いはするし、間違って田んぼをつぶされやしねえかと、あいつが来るたびにこっちは生きた心地がしないんです」

農民は、広大な丘陵地帯の一画を指差した。その先に明らかに急にしつらえられたと分かる建造物があった。それはビルの工事現場には必ず見られる足場のようで、簾《すだれ》状に張り巡らされたビニールシートが時おり風になびくのが、見る者に異様な印象をあたえた。

「そういえば何か臭うな」

「ここは、ほら、最初にあいつが野糞した時の場所で、あれが埋まってるとこですもん。さっきも厚生省だか何だかしらねえけど、役人が来てね。害はねえって言ってけえったけど、なんぼ害はねえって言っても、あんなもんに勝手に動き回られたんじゃ、おちおち畑仕事もできない」

「あーっ、そうでしょう、そうでしょう。分かります、よぉーく分かります。俺だってこの千葉で生まれ、千葉で育った人間だ。あんな化け物に郷土が荒らされるままになるのは我慢がならねえのは、皆さんと変わりがありません」

「先生。俺らは難しい政治のこたぁ何ひとつとして分からねえが、安心して農作業ができるようにしてくれりゃあ、それでいいんですよ」

原田はその言葉を聞くと、大きく首を縦に振った。

「そうだ。とにかくこの千葉からあいつを追いだしてくれ。それだけが俺たちの願いだ」

原田の両の目に光るものが現われた。感情移入が自由にできる。自由に涙を流せるのはいい役者としての条件のひとつだが、それは政治家にしてもおなじことである。都市部では嫌われても、こうした純朴な人間が多い地域では目に見える感情の高ぶりは大きな効果を発揮するのだ。

「分かります、分かります」原田の声が詰まった。「この原田、命に代えても皆さまのご期待に添えるよう、国会で頑張ります」

『国会』という言葉をことさら強調すると、原田はそのぶ厚い手で農民の一人一人の手を握り締めた。

「もう少しのご猶予《ゆうよ》を。もう少しの時間を原田にください」

「選挙のこたぁ心配することたぁねえ。俺たちはあんたに入れるから、精一杯がんばってくれ」

農民は口々に熱い言葉を返した。

「ありがとう、ありがとう」

握り締める手がなくなった時、少し離れたところに、うずくまるようにして畑の土を覗きこむ、一人の老婆の姿が目に入った。

年寄りを大事にする候補者。選挙の際のふりだけだが、絶大な効果を発揮するパフォーマンスのひとつである。それを見逃す原田ではなかった。すかさずそちらに向かって歩を進める。

「ばあちゃん。そんなに心配するな。俺も一生懸命がんばるから」

原田は打って変わった猫なで声で、背後から声をかけた。

「何もがんばらなくともいいさ」

「はぁ？」

予想外の言葉に原田の声がうわずった。

「何が臭いがするだよ。何が危なくて仕事にならねえだよ」

意味が分からず、原田は小首を傾げる。

「少し前までは、畑っちゅうのは、いつでもこういう臭いがしていたもんだ」

「ばあちゃん、何言ってるんだよ。いまは時代が違うぜ」

慌てた口調で息子らしい中年の男が、農民の輪の中からなだめるように言った。

「あれはなぁ。神さんが遣わしてくれたんだ。俺たちがいままで楽した分だけ罰をあてるのが本当だろうに、最初からもう一度やり直すチャンスをあたえてくれたんだよ。ありがてえこった」

「先生。母はもう年で、こっちの方が少しボケてきてまして」

息子が輪の中から歩み寄ると、老婆の背をそっと押した。

「ばあちゃん、さ、さ……」

「正平。俺はボケてなんかいねえぞ」突如矍鑠《かくしゃく》とした声が息子を一喝した。「おめえが小さな頃のことも、何もかもちゃんと覚えているぞ」

「ばあちゃん」

「見てみろ、この土を」老婆は、いきなり足元の土をつかみとった。「黒々として養分をタップリと含んだいい土だ。この間までの化学肥料を使い続けて、ガリガリに痩せた土とは比べものになんねえほどいい土だ。ほれ見てみろ、あんなにミミズが湧いて」

黒い土のあちらこちらに深い肌色をした、濡れた物体が点在している。おそらく子供の指ほどはあるだろう。

それを満足気に見つめていた老婆は、手にしていた土を口に含んだ。

「いい土だ……。本当にいい土だ。ここで作る野菜は違うぞ。野菜の味がする昔の野菜が穫れるぞ」

黒くなった歯をむきだしにして笑った。

「ば、ばあさん……。そんな、き、きた……」

精一杯の愛想笑いを浮かべていた原田の頬の筋肉がこわばった。その原田の袖に、秘書の市村の腕が伸びた。

「代議士。そろそろ」

原田を街宣車に導いた。

「先生、ひとつよろしくお願いします」

「選挙のことは心配いらねえ。がんばってください」

背後から農民の声援が飛ぶ。両腕をまるで万歳でもするかのように突きだして、それに応える原田を乗せた街宣車は、静かに次の目的地へと走りだした。

「何か薄気味悪いばあさんだったな。この科学の時代に下肥《しもごえ》の臭いはねえだろう」

農民の影が見えなくなったところで、原田は言った。

「でも先生。あのばあさんの言うことが本当だとしたら、巨人が畑で用をたしてくれるだけで、最高級の土ができるってんですから、肥料代はただ。考えてみりゃ農民にとっても悪い話じゃないんじゃないですか」

「馬鹿言え。あのな、いまの農家はな、土にまみれてなんてことは極力したがらねえんだよ。ましてや下肥の臭いがしたりしたらもうだめさ。おめえもいずれは代議士になりてえんだろう？　田舎を選挙区にして出るつもりなら、そのくらいのこたぁ覚えとくんだな。それより、次はどこだ。いよいよあいつのいる街か」

「そうです」

恐縮する秘書が答えたのとほぼ同時に、街宣車は農道から幅の広い国道へとさしかかった。途端に対向二車線の道路の片側を埋め尽くした車のせいで、街宣車は動かなくなった。車の列はこれから向かおうとする街へのもので、車高の高い街宣車からでも、列の先は見えない。

「何だ、この渋滞は」

「今日は平日なんですけどねぇ。海水浴にはまだ少し早いし」

原田の問いかけに、秘書が困惑して答えた。

渋滞は遅々として進まない。いらだちながら車の列を見ているうちに、原田は奇妙なことに気がついた。街宣車から見るかぎり、前後の車のいずれもが乗用車なのだ。トラックやバスといった業務用車両は一台として、視界の中には入ってこないのだ。

渋滞する国道の歩道を、こちらに向かって歩いてくる二人の警官が姿を現わした。その内の一人が拡声器を肩にかけているところを見ると、どうやら交通整理の警官らしい。

「衆議院議員の原田孝造である」

原田は警官が街宣車のかたわらに来たところで、窓を開けると身を乗りだした。

「あっ、これは原田先生。ご苦労様です」

二人の警官が敬礼した。

「何だ、何か事故でもあったのか」

「違いますよ。これはみんな巨人見物に出かける人たちなんですよ」

「巨人見物？」

「ええ」警官はうんざりした声をだした。「今朝がた政府が巨人の安全宣言をしましてね。立ち入り禁止区域を、海岸から一キロまでに縮小したとたん、この有り様です。だいたいあのアクアラインがですよ。大渋滞でにっちもさっちもいかないんですから。いや、もう凄いの何のって」

　確かに凄いことになっていた。何しろ原田を乗せた街宣車が、二キロばかり先にある街の中心地に到達するまで、それから二時間もの時間を費やさねばならなかった。

　そこで繰り広げられていた光景は、まさに原田の想像をはるかに越えていた。

　街に入る寸前から、にわか作りの駐車場が出現し、地元の人間が粗末なパイプ椅子に腰を下ろして番をしている。そのいずれもが一回五千円という法外な値段にもかかわらず、満車ときている。街に入ると混雑はさらにひどくなり、メイン・ストリートは言うにおよばず、裏通りも人、人、人でごった返しているのだ。いやはや、初詣の明治神宮でもこれほど人間の密度は濃くはないだろう。

　途方にくれているかと思った商店街は、どの店もありったけの販売ワゴンを店頭に出し、商売に余念がない。和菓子屋の軒先《のきさき》には、サラシの布に明らかに手書きと分かる文字で『ガリバー饅頭《まんじゅう》』の文字が墨痕《ぼっこん》鮮やかに書かれ、人の形をしているどころか、ただの饅頭を山のように積み、それがまた見ている先から売れていくのだ。

　写真屋の軒先では、大きなボードに三十枚ほどの写真がサンプルとしてディスプレイされ、その前で店主と思われる貧相な男が、これ以上はないといった笑いを浮かべながら、

「虎之助さんの生写真が十枚ワンセットで二千円。地元ならではの写真ばかりでございま

す。まだどこの雑誌、新聞でも報じられていない写真を厳選して販売しております」

声の限りに叫んでいる。

これもまた飛ぶように売れ、店内のミニラボ機械はフル稼働状態で、急遽駆けつけたメーカーの営業マンが、電話に向かって大声を張りあげている。

「紙がたりねえんだよ、紙が。何でもいいから、ひと月分、いや二ヵ月分ぐらい持ってきてくれ。そういますぐだよ。それからフィルムと使いきりカメラも積めるだけ積んで持ってきてくれ。何、販売限度額？　そんなもなぁどうでもいい。とにかく言う通りにしてくれ。はあ？　便が今日は終わってる？　おめえ、馬鹿じゃねえの。そんならおめえが持ってこい」

もはや完全なパニック状態である。

通りもまた、大変な騒ぎである。突如複数の太鼓《たいこ》の音が鳴り響いたかと思うと、坊主頭に白装束《しろしょうぞく》といった奇妙な一団が、車道を闊歩《かっぽ》し始めた。見れば『摩羅教《まらきょう》』の文字が書かれた幟《のぼり》を先頭の男が手にしている。

「ついに神は地に降りたち、そのお姿を我々の前に現わされた。皆の者、我に続き地にひれ伏し、神をあがめ奉れよ。されば願いは聞き入れられ、至福の時が約束されるであろう」

どうも一昨日の夜に、はからずも全世界に中継された虎之助の脱糞の際に、大写しになったイチモツを見たところから発生した男根崇拝宗教であるらしい。

そして驚くことに、この人出に目をつけたのは、商店街の人間たちばかりではなかった。

普段は商売とは無縁の一般家庭の人々までもが、一斉に商いを始めたのだ。

「いま、虎之助さんは海岸に腰を下ろしておりますので、封鎖地点に行かれても姿は見えません。うちの二階からでしたら、頭の方はご覧になれます。料金もお一人様一時間千円。お茶のフリーサービスがついてのご奉仕価格です」

これがまた、面白いように人が入るのだ。位置的に二階から海岸を望むことができない家では、梯子《はしご》をかけ屋根に直接登らせるという暴挙に出る始末。まさに天井桟敷《てんじょうさじき》である。

町全体が沸きかえり、異常な熱気に包まれていた。

「渋滞で車が動かねえんなら、ここでやっちまってもいいだろう」

すでに予定の時間は随分と経過している。原田は、マイクを手に後部のデッキに立った。

「皆さん。原田でございます。皆さまのお陰で、衆議院で働かせていただいております、原田でございます。このたびの巨人出現にともなうご災難の数々、心よりお見舞い申し上げます」

街宣車の屋根に取りつけられたスピーカーから、原田の胴間声が流れると、一瞬人々の動きが止まった。その反応に満足したのか、原田はさらに声を張りあげる。

「地元の皆さまのご不安、ご苦労を思うと、千葉県選出の衆議院議員として、一刻も早くあの巨人をしかるべき場所に移し、以前のように平和におすごしいただけるよう、全力をあげ、問題の解決にあたらねばと決意を新たにする次第です」

溢れ返らんばかりになった人々の目が、原田に集まっている。街宣車の上から見ていると、店頭で応対に追われていた人間も、店の中にいた人たちまでもが表に飛びだし、演説に熱心に耳を傾けている。少なくとも原田にはそう思えた。

「皆さまの切実なお気持ち、この原田、よぉーく分かります」原田は胸を大きくそらし、演説を続けた。「私はきたる選挙を擲ってでも、この問題の解決にあたる覚悟でございます。どうか皆さま、ひとつ大船に乗ったつもりで」

「なに馬鹿なこと言っているんだよ」

野次の類には慣れっこの原田だったが、さすがに単なる野次の類ではないらしいことを感じた。声のする方向を見た瞬間、自分を見つめる人々の視線が異様に厳しいのに原田は気がついた。

「誰も困ってなんかいねえよ」

「えっ?」

「この人出を見て、わかんねえか」

「こんだけの人が集まるなんて、海水浴のシーズンだってあるもんか」

「そうだ。このままこの人出が続きゃあ、いままでの何倍もの稼ぎになんだろうが」

「それだけじゃねえ。巨人見たさに観光客が集まりゃ、ホテルやなんだで大手の資本がここへやって来る。そしたらおめえ、土地も上がって資産も増えるし、働き場所も増えるっちゅうことだろ」

「いいことだらけじゃねえか」

明らかに地元の人間と分かる人々が、街宣車に乗る原田の下に集まり、口々に抗議の声をあげた。

「いや、しかし現実に」

原田のいかつい顔に困惑の色が浮かんだ。

「現実になんだよ」

なかの二人がついに街宣車の階段を登り、原田に詰め寄った。

「虎之助さんをよそにもっていくって？　馬鹿こくんじゃねぇよ」

「やい、原田。おめえが国会でなんぼ恥をさらそうが、俺たちの知ったこっちゃねえが、せっかく神様が恵んでくれた金の生る木を、どっかへ持っていくっちゅう話をすんなら、俺たちだって黙っちゃいねえぞ」

「おめえを国会議員にしといても、俺たちの生活はなぁんも変わりゃしねえが、虎之助様は客を呼んで、俺たちの生活の面倒をみてくれる」

「原田よ。もし虎之助様が、どこかにいってしまうようなことがあったら」

「は、はい」

もはや虎之助は様づけ、国会議員は呼び捨てである。詰め寄る人々の勢いに押された原田には、先ほどの威勢はどこへやら、たじたじの体で、ひたすら恐縮するばかりである。

「そんときゃおめえを落とす。なぁ、みんな」

「おお！」

「誰がおまえなんかに票をやるもんか」

「そうだ、そうだ」

罵声《ばせい》にも近い叫び声が、商店街のあちらこちらで沸きあがった。

「は、はい。この原田、命に代えましても」

「おめえの命なんかどうでもいいんだよ。頭下げる暇があったら、さっさと東京へ戻って、このまま虎之助様をここへ置いておく算段をするんだ」

「さっさと行け」

街宣車の窓ガラスに饅頭が投げつけられ、ドスンと鈍い音がした。それが引きがねとなって罵声とともに、手当たり次第に物が投げつけられる。

「分かりました。分かりましたから、物を投げるのやめて……」

立ち去ろうにも、渋滞する車の列は進まない。罵声を浴びせられ続けた原田が街を脱出できたのは、それから一時間半ばかりあとのことだった。

23

収拾のつかない大騒ぎになっていたのは、原田がいた街ばかりではなかった。霞が関にある厚生省の巨人対策室も、押し寄せる問い合わせに職員同士が会話を交わす間もないほど忙殺されていた。虎之助の出現から一週間も経った頃になると、その存在に対してネガティヴな見方をする人間は皆無に等しかった。虎之助の出現した町の繁栄が、すべての不安を払拭し、またとない大商いの機会の到来を万人に認識せしめたのである。この世を動かす経済論理が不安に勝ったのだった。

『虎之助の住居建設計画、具体化へ』
『政府、用地選定に本格調査着手』
『住居だけでも一千億円の大プロジェクト決定』
『政府虎之助の血液検査を民間シンクタンクへ分析依頼』
『東通広告代理権取得へ動く。競合他社も追随。激烈な争奪戦勃発』
『村興しにと虎之助誘致の自治体続々』
『建設、製薬株連日の暴騰』
『日経平均株価連日記録更新』

人の欲と思惑に社会は一色になり、ありとあらゆる企業が規模の大小を問わず、少しでもその恩恵にあずかろうと狂奔した。強大な波のうねりはこの事態を統轄する立場にある官庁が集中する霞が関に怒濤《どとう》のごとく押し寄せた。

権力のある場には当然のように利権が生ずる。当初担当省庁を決めるに当たって、醜い押しつけあいを繰り広げた官僚たちも、虎之助の安全性が確認されると、厚生省主導の暫定《ざんてい》態勢を早急に改めるべきという意見が、巻き起こった。

官僚たちが管轄権の確保に狂奔するのも頷けないことではない。これだけの巨大な利権が生ずる事業となれば、この機に乗じて天下り先となる特殊法人の四つや五つ作りだすことはわけもないことだ。ありがたいことにこの国の民は、そうした仕組みにさほどの関心は払わない。たとえそのからくりを知り、怒りを覚えたにしても、怒りをどこに持っていけばよいか知っている人間などいやしないのだ。自分たちが払った税金が誰のために、どう使われようがとんと無関心。もはや飼い慣らされた家畜である。

「生かさず殺さず」とはよくぞ言ったものである。手綱《たづな》を緩めすぎても、締めすぎても大衆は文句を言い、そしてつけあがる。この微妙な塩梅《あんばい》が大事なのだ。江戸時代に民百姓から年貢を取りたてるがごとく、税金を絞り取ってきた、この国の官僚たちはそのことをよく知っていた。

法の名の下に権力を振るい、金を巻きあげる。金の使い道は自分たちの匙加減《さじかげん》ひとつ。それも社会や国民の役にたつようにと見せかけて、実は自分たちの利益になることを、ちゃんと計算して使う。もはやこれではマフィアと同じである。

民衆によって選ばれた政治家もまた一緒だった。

「いやいや大変な騒ぎですな。総理の狙い通り、株は連日のストップ高。怖いくらいに儲かって」

脂の浮いた額をてからせながら、はじけんばかりの笑顔で厚生大臣の山本は言った。

「だが君、儲けすぎはいかんよ、儲けすぎは。めだたんように広く浅く買って、腹八分目、いやこういう時には六分目くらいで止めておくんだ」

首相の高村は口調こそ慎重だったが、こみあげる笑いを堪えているせいで、目じりの端に深い皺を作っていた。

「しかしこの様子だと、建設、製薬株ともまだまだ上がりますよ。腹六分目だっていっているかどうか」

「そろそろ総選挙も近い。早いところ現金に替えておいたほうがいいだろう。腹六分目までいっているかどうか分からんとはいっても、十分に儲けたはずだし『欲の深鷹爪抜けた』と言ってな。投資は額に見あった儲けで止めておいて、間違いはない」

「何ですか、その『欲の深鷹爪抜けた』ってのは」

「私のばあさんの口癖でな、欲の深い鷹が分不相応な大きな物を摑んで飛ぼうとしたら、爪が抜けちまうってことさ」

「なるほど」

「派閥の連中にも、そろそろ売りにでるよう指示をしておく」

「しかし、総理も太っ腹ですな」

山本は大きく頷くと、声を落とした。

「私のような者でしたら、一人でこっそり買いまくり、儲けを選挙資金や餅代として派閥の連中に渡し、大いに恩を売るところですがねえ」

「皆に渡すほどの利益を得ようとすれば、それだけ投資する額も大きなものになる。株式市場に出ていく金の流れも一箇所から太くなり、見る人が見れば不自然さがいやでも目につくものだ」

「なるほど。金の流れのもとが分散すれば、どれが源流か分からなくなるってわけですな」

「ところで、他省庁の連中はどうだ。私のところにも随分と雑音が聞こえてくるが」

「おっしゃる通り、特に自治、建設、農水から対応組織の早期見直しの声があがっておりまして、いずれは何かの形で一枚嚙ませないわけにはいかないだろうと思います」

「しかたないだろう。彼らにとっても、新たな利権を手にするチャンスだ。いくら他派閥だとはいえ、同じ政党の人間、我々だけで利権を独占したのでは今後のこともある。なるべく早い時期に組織の見直しを行ない、彼等にも分け前をあたえてやれ」

「それに例の原田が、また騒いでおりまして」

「原田か」

高村の眉の間に深い皺が寄った。

「そういうわけで、早急に対応組織を見直すようにと、大臣から指示がありまして。いえ、この件につきましては総理からも指示があったと聞いております。ついては明朝九時から全省合同の会議を開きたいのですが。いかがですかな。そうですか、結構です。それでは」

西島は電話を切ると、次官室の広い部屋の中央に置かれた応接セットで、神妙な顔をして坐る原田の方に、ゆっくりと重い腰を上げた。

「どうもお待たせいたしました」

革張りのソファーに身を沈めながらの西島の言葉には、丁重な中にもぞんざいな響きがあった。

「いや、この忙しい時に申し訳ない」

原田はすっかり恐縮した様子で、情けない声をあげた。

「しかし、先生御自《おんみずか》らお訪ねになるとは、何事ですかな。おっしゃってくだされば、こちらから議員会館にでもどこにでも出向きましたのに」

「なにを西島君。お願いごとをするほうから出向く、これは常識というものだよ」

西島の顔に警戒の色が浮かんだ。

「お願い、ですか。先生が、私に?」

原田はうつむき加減の頭を小さく縦に振った。上目遣いに西島を見る三白眼の白い部分の面積が大きくなった。

「はて、何でしょうか」

大方のところは推測がついたが、面倒はごめんだとばかりに西島はとぼけた返事をした。

「いや、他でもない。いま君が話していた虎之助の件なんだがね」

「はい」

「このまま、なんとか千葉に置いておく方向で検討してくれんかね」

「私の口からは何とも申し上げかねますな。彼の住居の問題を含め、今後の対策については現行の厚生主体の対応組織から、各省共同で組織を組み直すよう、大臣からご指示があったばかりです。いまの電話もそのことについて大槻建設次官と話していたものなんですよ」

「そうはいっても君。厚生主導で進むことに変わりはないんだろう」

「どうですかねえ。我々主導で進めたのは、彼の安全性が確認できるまで、という前提のことですからね。こと住居の用地選定や、それに関連することになりますと、我々よりもそれこそ先生の地元の千葉県と、自治省主導となる公算が大きいんじゃないですか」

「しかし、環境の問題とかを考えれば」

「第一、総理がそのようにお考えなんじゃないですか」

面倒な話は、ディシジョン・メーカーとして、相手よりも格上の人間の存在を匂わせるに限る。

「総理が？」

「あっ、ご存じありませんでしたか。そもそも先生、虎之助の千葉居住については反対なさってたんじゃなかったんですか。だいぶ派手に運動もおやりになっていたように伺っておりますが」

「う、うん。それが、その……」

原田は痛いところを衝《つ》かれたとばかりに口ごもった。

「とにかく私ごときが口を挟むことでなくなっていることは確かです。どうですか、総理と直接お話になっては。それが一番いいと思いますよ」

「それがなぁ、会ってくれなくてなぁ。頼むよ西島君。何とかならんかね」

哀願するような声とともにすり寄ってくる原田に、西島は簡単に言い放った。

「何ともなりません」

その言葉に取りつくしまも何もありはしなかった。

24

それからひと月後、九十九里浜の広大な浜に、緊張した顔で直立不動の姿勢をとる虎之助の姿があった。梅雨が明けた真夏の空からは、まだ角度の低い太陽から強く透明な光が差しこみ、地上に長く巨大な影を作った。浜辺には仮設テントが列を作り、背後に張られた紅白の垂れ幕が、時おり海を渡ってくる夏の風にゆっくりと舞った。

真夏にもかかわらずダーク・スーツを着こんだ男たちの集団に混じって、制服に身を固めた自衛隊員の姿も見える。浜と防風林を分けるコンクリートの塀の上には、テレビカメラがずらりと並び、その周囲には膨大な数のカメラが砲列を作っている。こちらは浜に設置されたテントの周囲にいる人間たちとは違い、服装も原色のモザイク模様といった感じで、髪の毛の色も様々だった。世界中のプレスが、この千葉の田舎に集結しているのだ。長閑《のどか》な房総の浜辺には、誰がどう見てもそぐわないものだった。

規則的に打ち寄せる波のリズムを伴奏に、浜を背景にして一定の間隔をおいて立つレポーターたちが、一斉に喋りだした。

「間もなく巨人、上田虎之助氏の国家公務員特別職任命式が始まります。式次第は、すでにマスコミ各社に書面で手渡されております。それによりますと……」

式の開始まで三十分もあるというのに、先に中継を開始したところが、視聴率を確保できるとばかりに、いささか演技がかったシリアスな口調で代わり映えのしない内容を繰り返す。

黒塗りの車が到着するたびに、中からはスーツ姿の男たちが姿を現わし、係員の先導で浜のテントの中へと消えてゆく。レポーターがその人物を紹介していく。要人の葬儀に参列した会葬者を紹介するがごとくの光景が、延々と繰り返された。おおよそ人の葬儀、結婚式はもちろんのこと、『式』と名のつく中継ほど、見ていて退屈なものはない。派手なアクションもなければ、式そのものに人を引きつけるような見せ場というものが、そもそもありはしないからだ。

今回の場合もその例に漏れず、式は主賓として招かれた総理の挨拶から始まり、関係各所の長があらかじめ用意された文面を淡々と読みあげるだけのもので、クライマックスは巨人対策会議議長による任命書の授与のワンシーンだけと言ってもいいだろう。

痩せぎすの体に緩めのスーツを着こみ、銀縁眼鏡をかけたいかにも官僚然とした男が壇上に姿を現わした。白髪が混じった髪をオールバックになでつけたその男は、壇上に上がるなり背後に立った若い男から一枚の紙を受け取った。

「上田虎之助殿」

男はカメラの砲列の焦点が、自分に集まっていることを意識したせいか、それとも居並ぶ要人たちを前にした緊張のせいか、声が震えている。

「貴君を国家公務員特別職に任命する。貴君の職務の内容は次の通りである。
一、国家民間の事業を問わず、巨人対策会議の命ずる建設事業に従事し、事業のすみやかなる遂行に貢献すること。
一、医学界、および医薬品業界の発展のため、貴君の血液を定期的に巨人対策会議の定める機関に提供すること。
一、その他巨人対策会議が認可した事業に貢献すること。
これら職務の遂行と引き換えに、しかるべき住居と、食料、及び生活に付随する適切なる便宜を日本国は報酬として貴君にあたえるものとする。以上。

平成十四年八月一日。巨人対策会議議長、東海林《しょうじ》重夫《しげお》」

それが虎之助に下された日本国政府からの辞令だった。

25

赤壁——山あいに沈む夕日が、虎之助の巨大な背中に映える光景は、郷田の脳裏にそんな言葉を連想させた。この一ヵ月半、虎之助と寝食をともにした郷田にとって、見慣れたはずの光景には違いなかったが、見るたびに新鮮な感動を覚え、思わず時が経つのも忘れて見入ってしまうのだった。

その姿を目にすると、本当に神がこの地上に舞い降り、すぐそこに存在する、そびえ立つ壁の威圧感とは別に、そんな感動さえ覚えるのだった。しかしその姿を見るのも今日が最後だ。明日の朝からは自衛隊に代わり、政府が新たに発足させた巨人対策会議が虎之助の面倒をみていくことになるのだ。そう思うと、夕日を浴びて茜色《あかねいろ》に染まる虎之助のうしろ姿は一層感慨深いものに見えた。

「虎之助よ」

郷田は砂浜に腰かけた虎之助の足元に歩み寄ると、声をかけた。

「……郷田しゃん」

遠く水平線を見つめていた虎之助の視線が、足元に立つ郷田に注がれた。

「何を考えとうや」

「いろんなことです。こうして海ばこう、視界の中いっぱいにして見とりますと、こげんになった身体《からだ》ももとのように小さくなったように感じるとです」

虎之助は視線を遠くにやると、話を続けた。

「頭の中に浮かぶとは、好子のこととか、三人の子供のこととか、仕事のこと、仲間のこと、じぇんぶ私がもといた世界、私が普通の体の大きさだった頃のことですたい。あん頃は楽しかったぁ。普通の体だった頃は、自分がどんだけ幸せか、そんなこたぁ、ちいとも考えもしまっしぇんでした。しかしですね、いったん自分がこんな体に、この世界でただ一人、こげな体になってしまうと、当たり前に暮らしていた時代が、とてつもなく幸せなものに感じるとです。人間ちゃあ、不思議なもんですばい。昔から学のある人は失ってから、その物の大切さ、有り難さが初めて分かるちゃあよう言うとったもんですが、本当にそのとおりですばい。情けなかあ。帰りたかです。たとえもとの貧乏暮らしでも、普通の生活に戻りたかとです」

「それについては、偉い学者さんが、それこそ世界中の学者さんが、お前の身に何が起きたのか、原因を必死になって解明しようと努力ば続けとるばい」

瞬間、虎之助の脳裏に、平野と夜の砂浜で交わした会話が浮かんだ。

「ばってん、そげなこと簡単には分かろうはずがなかでっしょ。こげに、人間が大きくなったことなど一度だってなかったことですもん。どげん偉か先生《しえんしえい》が集まっても、そう簡単には分かるはずがなかでっしょう」

確かにその通りだった。虎之助がかつての世界で最後にいた状況。つまり巨大な変電施設のある工事現場で落雷があり、高電圧の電気のスパークとあいまって強烈な磁場が発生し、異次元にトリップした。それが現在最も有力視されている原因なのだが、それも推測の域を出ず、誰も解明したものなどいやしないのだ。それどころか、理論的解明の目処《めど》さえたってはいない。つまりいまの科学をもってしても、虎之助をもとの世界に戻すどころか、現存する社会の人間と同じサイズに戻すことさえも絶望的なのだ。むしろ科学的な現象の解明よりも、平野の夢のある推測の方が、ずっと説得力がある。

はかばかしくない原因解明の現状を思うと、郷田にはさらになぐさめにもならない言葉を続ける気はなかった。

「そう弱音を吐くな」

そのまま沈黙するのは、虎之助の言葉を肯定することである。郷田は考えがまとまらないまま話し始めた。

「どんな現象がお前の身にあったとしても、一度起きたことはまたいつか起きることもあるさ。とにかくいろいろあったごたるが、よかったな、身の振り方が決まって。これで少しは落ち着くだろう」

「ほんなこつ郷田さんにはお世話になりまして。お礼の言葉もなかとです」

虎之助はゆっくりと頭を下げた。

「俺はなぁんもしとらんばい。お前とは明日の朝で一応お別れすることになるが、ちょくちょく顔ば出すけん」

「ありがとうございます」

「正直なところ、これからも大変なことの連続になるとは思う。辛かこともあるかもしれんが、これも運命ちゅうもんたい。人間、どげんあがいたところで、現実から逃れられるもんじゃなか。わしもな、いまは平和な国の自衛隊ちゅう職についとるがくさ、昔でいうなら兵隊たい。いったんことがあれば、国のために命ば捧げる覚悟ばできちょる。もっとも、本当にそうなった時には、泣いたり叫んだりするかもしれん。だが、そうなったらそうなったで、わしの運命ちゅうもんたい。人間ちゅうのは、どうあがいたところで、そこから逃げられるもんじゃなか。気ぃばしっかり持って、がんばりやい。博多の男じゃなかか」

郷田を見つめる虎之助の瞳に光るものが見えた。

「俺もちょくちょく訪ねていくから」

「ありがとうございます。国家公務員特別職、上田虎之助。精一杯がんばります」

振り絞るような虎之助の声が潮騒の波間に吸いこまれていった。

虎之助の働きは目覚ましいものだった。

居住地となった九十九里浜からそう遠くない遊休地には、仮設住宅が建てられ、その隣では住居の本工事が始まった。土台基礎工事を自らの手で行なうと、それから先は巨人対策会議から土木工事現場での肉体労働に虎之助は派遣されることになった。

巨大なツルハシ、スコップが作られ、朝になるとそれを肩に担いだ虎之助はヘリコプターの先導で現場へとでかけた。新調された作業服は、この世に出現した際に着ていたものとは違い、背中、肩、胸、腕……ありとあらゆるところに、スポンサー名が大きく描かれたものへと変わっていた。レーサーのようなと言えば聞こえはいいが、どちらかといえば大漁旗を服にしたといった方が当たっているほどの毒々しさだった。何しろ一番高い値で落札された背中に描かれた会社名はサラ金のもので、胸はコンピュータメーカー。そして煙草会社や航空会社、ゲームメーカーや家電メーカーといったアンバランスさで、まさに動く広告塔にほかならない。

こんなことになったのも広告代理店が、オリンピックと同じようにオフィシャル・スポンサーシップという制度を採用し、一業種一スポンサー、権利を獲得した企業は、虎之助の肖像を規定の追加料金で自由に使えるということにしたせいだ。入札は激烈を極めだつ場所は、予想通り高額のものとなった。高い広告料金を払った限りは、最大限の効果を狙うという企業論理の結果、色は派手に、字は大きく、全体の統一感がとれなくなってしまったのである。

趣味の悪い印半纏《しるしばんてん》。知識人の間ではそんな悪口をたたく輩《やから》も少なくはなかったが、虎之助はその衣服を着て黙々と働いた。

文字通り身の置き場のない巨人。生活の一切を国から面倒みてもらっているという引け目が、虎之助を肉体労働に熱中させせた。凄まじい勢いでツルハシで土を掘り、一定量が溜まったところで今度はそれをスコップで掬《すく》いあげ、並んで待機するトラックに移し代える。大型トラックの荷台は、三回ほどの盛りつけでいっぱいになり、すぐに次のトラックへの積載作業へと進む。

大型の重機を使っても、所詮は人間が操作する機械の能率はたかが知れている。しかもキャタピラを履いた重機の移動は時間がかかる。その点、虎之助の作業には機械を使う無駄というものが一切ない。作業現場の能率は当初の予想をはるかに超え、あまりの効果から、巨人対策会議に寄せられる作業依頼は、年単位でのウエイティングを要する量になった。

そして採血。

労働が終わり、夕食を済ませたころになると、週に一度決まって白衣を着た一団が現われ、特別に作成された針を虎之助の腕の静脈に差しこんだ。まるで消防士がホースを構えるような格好で差しこむ針は、家庭用のホースほどの太さのチューブが接続され、停車した車の中に置かれたドラム缶のようなタンクの中に吸いこまれていく。製薬関係の事業に関していえば、いまだ研究段階の域を出てはいなかったが、一方で着々と将来の量産化に向けて準備がなされていることは明らかだった。

週末の二日は休養日に充てられてはいたが、虎之助は休まることはなかった。

テレビでは、天気予報と同様に、ニュース番組の最後で『今日の虎之助さんの作業予定』というコーナーを設け、行動を伝えた。おかげで作業にでかけているウイーク・デイには見られなくとも、週末に九十九里に来れば確実に虎之助を見られるということが知れ渡り、土日のいずれもが、押しかける見物人で周囲は早朝からパニック状態に陥った。

週末二日間の集客力でいえば、東京ディズニーランド以上の混雑となり、遠く海外からも『おとぎの国ツアー』と銘打ったツアーが企画され、観光バスと乗用車が列をなして押しかける有り様だった。

いままで夏の海水浴シーズン程度しか、観光客がやってくることがなかった、この地域の人々にとって、前世紀半ばのアメリカはカリフォルニアで起きたゴールドラッシュもかくやと思わせるような事態となっていた。

虎之助の住居の建設が本格化するや、大手のホテルチェーンやデベロッパーが周囲の土地の用地買収に動き、一大観光拠点とすべく蠢《うごめ》き始めた。土地の値段は暴騰し、建設景気を見込んで、建設株を中心に株価は上昇の一途《いっと》をたどった。虎之助景気の到来である。

日本中の、いや世界中の企業が、虎之助のパワーに、存在に着目し、そこから派生するビジネスをものにしようと狂奔した。一般企業だけではない。使用権を一括管理する政府もまた、その使用に関しては貪欲《どんよく》だった。

「総理。この杉田、今回というものは総理の慧眼《けいがん》に心底感服つかまつりました」

赤坂の料亭『大神楽《だいかぐら》』で、民共党幹事長を務める杉田が高村に杯《さかずき》を勧めながら、酔った声をあげた。すでにだいぶ杯を重ねた高村の顔には赤みが差してはいたが、座椅子に深くもたせかけた上半身をわずかに持ちあげると、杉田の差しだす酒を受け、一気に飲み干した。すかさず若い芸者が空になった杯を満たす。今度はそれに口をつけることなく高村の手が、芸者の腰のあたり、帯の下にかかる。

「おかげで、この年末に予定されている総選挙では、わが党の勝利は間違いないでしょう。いやぁ、これで日本の政治も当分は安泰というものです」

杉田の声が、ますます大きさを増していく。

「まったく今回の総理のご配慮。やはり一国の首長ともなりますと、肝っ玉の大きさ、度量が違うというものです。総理の二期目就任も間違いないでしょう」

農林水産大臣の田所が相槌をうった。

「神風ですな。あの化け物がこんなに金になるとは、誰も考えもしませんでしたからな」

「杉田君、壁に耳あり、めったなことは言うもんじゃない」

高村はまんざらでもないという表情をしながらも、諫《いさ》めるように言った。

「大丈夫ですよ、隣の席なんかに聞こえやしませんって」

「そうかな。ほら、ここにも耳の大きなウサギちゃんがいるじゃないか」

高村は芸者『兎《うさぎ》』の腰に回した手に力を込めると、ぐいと引き寄せ、もうひとつの手で耳をそっと引っぱった。

「あら総理、いけませんわ。まだそんなに飲んでらっしゃらないくせに、酔ったふりなんかなさって」

「いや、つい気持ちよくなって口が滑りましたわい」杉田は禿げあがった頭を二度ばかりピタピタと叩き、嬌声《きょうせい》をあげた芸者に向かって命じる。「ほれ、兎、総理にもっと酒を勧めんか」

「はいはい」

兎がしなだれかかるように体を密着させると、高村に酌をした。

「当面の懸案事項といえば、秋に予定されている東京サミットだけですな」

「そうだな。アメリカもイギリスも経済はさほど悪くないのに、我が国の経済は下降線をたどる一方で、一時はどうなることかと思ったが、虎之助景気で一気に挽回。何の憂いもなくサミットに臨めるというもんだ」

「サミットが成功裏に終われば、暮れの総選挙にはまたとない追い風になります。まさに虎之助様々というところですな」

杉田は豪快に笑った。

「ときに総理」厚生大臣の山本が、場の雰囲気とは打って変わって落ち着いた声で切りだした。「その東京サミットなのですが」

「うん」

「各国元首の歓迎セレモニーに、いままでにない趣向をこらしてはいかがかと思いまして」

「ほう、山本君、何か考えがあるのかね」

高村は兎をまさぐる手を休めずに聞いた。

「虎之助を?」

「ほら、ガリバー旅行記ですよ。小人の兵隊がガリバーの股下を行進するシーンがあったでしょう」

「なるほど。虎之助の股下行進か。うん、そいつぁいいぞ。うん、それは絵になる」

田所が興奮した声をあげた。

「しかしいくら絵になるからといっても、国家元首を股下行進なんかさせるわけにはいかんよ。そんなことをしたら、また日本の傲慢さの表われだとかなんとか、物議をかもしだすことになるに決まってる。案の善し悪しは別として、外務大臣としては賛成しかねる」

田村が外務大臣らしい慎重さで異議を唱える。

「もちろん各国元首が通るんじゃないさ」

山本がすかさず言った。

「じゃあ誰が」

「ガリバー旅行記にあるように、儀仗兵《ぎじょうへい》を行進させるのです」

「自衛隊かね」

「つまりこうです。いままでの慣例では各国元首が迎賓館に到着したところで、国歌吹奏、そして儀仗兵の栄誉礼を受けることになっておりますが、それはそのまま執り行ないます」

居並ぶ閣僚たちは興味深げに山本の話に耳を傾けている。

「ガリバーの登場はそのあとです。各国の元首が揃ったところで、ガリバー、つまり虎之助が迎賓館前に登場し、通りを跨ぎます。そこをくぐって自衛隊の軍楽隊がマーチを奏でながら行進を始め、続いて高校生、中学生、そして小学生のマーチングバンドが行進し、迎賓館前の広場でマスゲームを行なう」

「マスゲーム？　なんだかどっかの国みたいだが……まあ、それでも実現できれば素晴らしい光景には違いない」

田所が言った。

「素晴らしい光景ですとも」山本の口調に一層の熱がこもる。「まさしく富み栄え、平和な国、日本を象徴する光景になりますとも」

「大臣って、イベント屋さんの才能もおありになるのね。想像しただけで楽しくなるようなアイデア」

兎がねっとりとした視線を送る。

「面白いじゃないか。どうだね、諸君らに異存がなければ、今回のサミットの歓迎式典の目玉として実現に向けて検討してみては」

高村が兎の言葉に触発されたように言った。

「異存はありませんが」田村は大きく首を縦に振ると、山本の方を見た。「歓迎式典に彼を出すと言うのなら、まさかあの作業服のままというわけにはいくまい。それに相応《ふさわ》しい服を作ってやらねばならんし、マスゲームをやるならやるで、しかるべき学校を選び練習をさせなければならんが、時間的に間に合うものかね」

「服のことなら冬服を準備しなければならないこともあって、二度目の採寸は済ませてあります。マスゲームについては、得意な学校がありますからね」

「得意な学校って、あの宗教系の学校のことか」こともなく言いきった山本に、田村がふたたび顔をしかめた。「まずいんじゃないか、日本ではともかく、アメリカじゃ、あの教団はあまり評判よくないからな」

「大丈夫でしょう。アメリカの式典にカソリックの聖歌隊が出てきたって、誰も文句なんか言いやしません、それと同じことです」

無茶苦茶な論理のすり替えだが、山本は勢いのままに言い放つと、

「あとは、スケジュールの調整だが、それはどうなんだ。確か虎之助の労働スケジュールは随分先まで埋まっていると聞いたが」

建設大臣の白石に向かって聞いた。

「ええ、正直言って、もう一年先までビッシリと埋まっています。秋のサミットに使うとなれば、調整が必要になりますね」

「仮にも、先進国の元首の前に出すんだ。汚い格好のままというわけにはいかんだろう。準備期間として一週間程度は空けてもらわないとな」

「一週間ですか。まあ、何とかならないわけではないでしょうが」

「何とかしてくれ。それから迎賓館の前に虎之助を連れだすとなれば、移動の方法も決めなければならんな」

「それだけじゃないですよ。あの巨体ですからね。東京の地下は地下鉄が走り、空洞になっているところも少なくありません。とくに幹線道路の下はね。そうなればルートだって事前調査を周到にやらないと、思わぬ災害を生まないとも限りません」

「それにともなう交通規制も必要になりますな」

田村が白石の言葉を補足した。ここで話し合われていることは、単なる思いつきの類できることではなく、大きな組織の管理の下、周到な準備があって初めて可能になる案件に相違なかった。しかし、すでに実現に向けて前に進むこと以外に考えられない山本の中では、そうした不安要素はことごとく排除された。

「そうか。そうなると、こんなところで油を売っている暇はないな。すぐにでも準備を始めなければ」

勢いよく席から立ちあがった。

「総理、この件はこの山本に一任ください。きっと歴史に残る素晴らしいオープニング・セレモニーにしてご覧にいれますよ」

26

「なんですって、十月の第二週は虎之助を使えないって言うんですか」

茨城県と栃木県の県境にあるダム工事現場の事務所で、現場監督の荒木は大きな声をあげた。

プレハブのパネルの壁にその声が響き、事務机に向かっていた職員の手が止まると、一斉に声の方を振り返った。

「そんな大きな声を出さんでくれ」総責任者の松井がすかさずなだめる。「何でもサミットの歓迎式典に、彼を引っぱりだすんだそうだ。お国の行事となれば仕方がないさ」

「仕方がないって、本社の人間は気楽でいいですな。現場がどれだけ大変か、ちっとも分かっちゃいない」

「スケジュールのことなら心配することはない。巨人対策会議でも、今回はお国の都合でなったこと、一週間の使用延長は認めてくれるそうだ。工事のほうはオン・スケジュール。うまくいってるんだ。そう問題はなかろう」

「正直言いまして、工事のスケジュールは虎之助のがんばりがありましてね。実のところ予定より三日ほど進んでいるんで、心配はしていないんです。ただ十月の第二週といえば、虎之助が谷の両面を大きく切り開く作業が、ちょうど終了するあたりでしてね。両斜面の土砂がかなりむきだしになっているはずなんです」

「虎之助を使って、ブロックやコンクリート材で斜面の補強工事に入るのか」

「ここの所は一気にやらないと、天候が悪化したりすれば思わぬ災害を引き起こす可能性がでてきます」

「弱ったな。かといって工事をいまから遅らせると、虎之助の使用期限が切れてしまう」

「それについ最近分かったのですが、事前のボーリング調査にも表われなかった軟弱地盤が、山の中腹にあることが分かりまして」

「何？　そんなことは初めて聞くが」

「虎之助がすんでのところで食い止め、大事には至りませんでしたし、このまま彼がいれば補強工事には支障ないと考えておりましたので」

「だいぶやばいのか」

「何しろ、こんな工法は初めてのことですからね。確かに工事費用のコスト削減には虎之助の働きは大きく寄与していますが、そのぶん工事のほとんどが手探り状態なのです」

「すると途中で虎之助が一週間抜けるのは、問題があるというのだな」

「そうは言っても天候次第、それもよほどの大雨がこなければ、何とかいけないことはないとは思うのですが」

　松井は少し考えているふうだった。

「いずれにしても、今回の指示に対して我々にノーという答えはないのだ。何しろ虎之助の住居の建設も、形の上ではゼネコン三社の共同受注、つまりジョイント・ヴェンチャー《JV》の形態をとってはいるが、元請けは我が社だ。今後の彼の使用を円滑に認めてもらうためにも、ここで国と余計な摩擦を起こすわけにはいかんのだ」

　そう言うと机の上に広げたファイルを音をたてて閉じた。

「それは分かりますが」

　何か言いかけた荒木に向かって、

「君の言わんとしていることは分かるが、これはもう本社の決定事項なんだ。どうすることもできない」

　松井はそう言い切ると窓の外を見た。深い谷の間で、ひたすらツルハシをふり降ろす虎之助の姿が見えた。屈強な上半身が上下するたびに、額に浮かんだ汗が飛び散り、夏の終わりの日差しの中で虹色に光りながら落ちていく。

　むきだしになった谷の斜面には、多くの作業員たちが張りつき補強工事に余念がない。

「よう働くなあ」

斜面の最上部で作業員の一人が手を休めると、虎之助に向かって言った。ちょうど男が立つ位置が、虎之助の頭と同じ高さで声はよく通った。

「もともと汗ばかくのが好きで、この仕事に入ったもんですから」

虎之助はツルハシをふるう手を休めると、大きく腰を伸ばしながら言葉を返した。

「それにしてもよう働く。わしらも汗ばかくのは好きなごたるが、どうしてなかなか、そこまで根《こん》が続くもんじゃなか」

「あれ、とっつぁん、九州ですか」

言葉の端に聞きなれた訛りがある。

「おお。わしは飯塚たい。あんた博多のボンだそうだな」

「いやぁ、ボンちゅうわけでもなかですが。それにしてもなして飯塚の人がこげん栃木の山ん中の現場におるとですか。出稼ぎちゅうわけですか」

「もとはといえば飯塚の炭坑で働いていたばってんが、山ぁだめんなって、それからは全国の現場ば渡って歩きよるばい。ほれ、こいつもそうたい」

白い歯を見せて笑う、たくましい男を顎で指した。

男はヘルメットに手をやり、ペコリとお辞儀をしたが、すぐ真顔になって言った。

「じゃっどん、このあたりの土はどうも気に入らんたい。こりゃ、ちいとばかりたちの悪か土のごたるような気がして」

「ああ、わしもそれば気になっとるとたい」

「そげにあぶなか土ですか、このあたりは」

虎之助は聞き返した。

「ああ、こげん天気のいい日は心配なかろうが、大雨でん降りゃあ、ちいとばかり厄介なことになるとたい」年かさの男は土をひとすくいすると、指先で弄《もてあそ》びながら言った。「じゃっどん、そげんことは、わしらの心配することじゃなか。監督やもっと偉い人たちも知っちょることやけん。そげんことよりもほれ、一服つけるがよか。わしらもひと休みするけん」

足元に置かれた物入れから数個のグレープフルーツを取りだすと、中のひとつを虎之助に放ってよこした。

「おめえさんには、小さすぎて物足りめえが」

「いやあ、仁丹《じんたん》と同じです。うまかですよ、ホントに」

男が言うように、口の中に丸のまま入れたグレープフルーツは仄《ほの》かな香りがするくらいで、何の足しにもなるものではなかったが、それでも虎之助には男たちの好意がうれしかった。

「実は私のおやじも炭坑夫でしてね。私が生まれる前までは山におったとですよ」

「おお、そうね」

虎之助の言葉に、男は目を細めて言った。

「博多に出てきてからは、ずっと土木作業ばやって生計ば立てちょりまして、わしで二代目、筋金入りの土木作業員ちゅうことになります。もっともこげな大掛かりな工事現場で穴ば掘るがごたる働くのは初めてのことで、穴ば掘るっちゅうと、もっぱらあったかいほうばっかりで」

「そりゃあおめえ、誰でんあったかい穴のほうがいいに決まっとるばい」

男たちの間に淫猥《いんわい》な笑いが広がった。

「好子ばどげんしちょるとやろうか……」

笑いがひとしきりしたところで、虎之助はふと空を見上げ、つぶやいた。一人ポツリと言ったつもりだったが、そのつぶやきは男たちの耳にも届いた。

「本当になぁ。もとの世界に帰りたかろうなぁ」

「なんで、またこげんことになったもんか」

「前は色々と考えもしたとですが、何がどうなったもんか見当もつきまっしぇん。もっとも今でん大学の偉い先生方が色々と調査して考えても、何がどうなったものか、ちいとも分からん言うとるぐらいですけん、私なんかが考えて分かるもんでもないでっしょうが。そう思って最近ではあんまり考えんようにしとるとです。ツルハシ握ってスコップで土ば掘っくり返して汗ば流せば、その間だけは前の世界にいた時となぁんも変わりのなかとですし。それに……」

「それに？」

虎之助は背後を振り返ると、そこからだいぶ離れたところにある現場事務所の方を見た。プレハブの事務所の駐車場には、自衛隊の給水車と炊事車両が停車している。

「こげん化け物みたいな体になっても、お国は見捨てるどころかどこに行くにも、あげんに自衛隊の人たちば用意してくれて、温かい飯ば食わしてくれるとです。それに何やら家まで建ててもらえるちゅうことで、まったくありがたいことだと思うちょります。恩返しっちゅうわけでもなかですが、わしにできるちゅうたら、これぐらいのことしかありませんけん」

男たちの間にしんみりとした空気が流れた。それを払拭《ふっしょく》するかのように、虎之助はツルハシを手にすると、気合のこもった声をあげた。

「さぁ、こうしちゃいられんばい。もうひと仕事。気ぃば入れていくたい！」

27

さらにひと月の時が流れた。ダムの工事現場となっている深い谷の両側は、深く削り取られ、広大な斜面の土がむきだしになっている。斜面のところどころには、虎之助の手によって運びあげられた、補強のためのブロックや建設資材が置かれ、工事の次の段階が始まるのを待っている。

この日、斜面の一番高いところにある広場には、工事関係者の多くが集まっていた。

「虎之助君。本当によくやってくれた」

集合した男たちの前に松井が進みでると、ほぼ同じ高さのところに頭部がつきだした虎之助に向かって言った。

「はい」

「君の働きのおかげで、工事は予定通りに進んでいる。君が東京サミット歓迎式典に行っている間にも我々の作業は続いているわけだが、どうか心おきなく務めを果たしてほしい」

「はい」

「今回の歓迎式典は君が主役だ」

「はい」

「世界中が君に注目している。我々は君と仕事をできたことを心から光栄に思う。歓迎式典では是非ともがんばってくれたまえ」

「上田虎之助、行ってまいります」

虎之助は直立不動の姿勢から、三十度の角度で上体を傾けると、まるで出征兵士のような礼をした。

「がんばれよ」

「しっかりやってこい」

「テレビ見てっからよ」

居並ぶ男たちの間から、歓声があがった。その声にかぶさるように、遠くにヘリの爆音が聞こえてきた。深い山の狭い空に姿を見せたヘリは、自衛隊のものだった。ヘリは谷の上空でくるりと旋回すると、高度を下げながら虎之助の上空でホバーリングの態勢に入り、男たちがいる広場の片隅に着陸した。

ローターがまだ完全に止まらないうちに、ひとりの自衛隊員が降りたつ。

「郷田しゃん」

ヘリから降りたったのは郷田だった。国防色の戦闘服に身を包み、レイバンのサングラスをかけた郷田の姿。三ヵ月ぶりの再会だった。

「おまえ、しばらく見んうちに、また大きくなったんじゃねえか」

「そげん馬鹿なことはなかとですよ」

「それにしても、元気そうで何よりだ」

「郷田しゃんも」

異常な状況を当事者として経験した人間同士には、奇妙な連帯意識が生まれるものである。二人が同じサイズであったなら、おそらくはひしと抱きあって再会を喜びあっただろうが、もちろんそうはいかない。しばらくお互いの目を見つめあったあと、郷田が口を開いた。

「虎之助。今日はこれからお前を先導して千葉港まで行く。そこからはタンカーで東京湾を横断して、横浜のドックで風呂に入れちゃるけん」

「ほんとうですか」

「いままではシャワーと言っても、放水してもらうだけやったろうが、今日は違うぞ。ドックを湯でいっぱいにしてゆっくり浸らしちゃるけん」

虎之助の顔がぱっと輝いた。考えてみれば四ヵ月ぶりの風呂である。作業で汚れた体を洗うにも郷田が言ったように放水を浴びせかけられるだけ、それも周囲の環境におよぼす影響に配慮して三日に一度という頻度である。体全体をくまなく覆う湯の感触。考えるだけで全体の筋肉が弛緩してくるような錯覚を虎之助は覚えた。

ふたたびヘリのローターが回りだした。

ヘリは虎之助の頭上五十メートルばかりのところで高度をとると、機首を少し下げた格好でゆっくりと飛行を始めた。

虎之助が足元に注意しながら一歩を踏みだすと、工事現場の人々の間からふたたび歓声があがった。

深い渓谷に沿って山を下りると、河川敷が広さを増し、周囲の視界が開けてくる。平野部に広がった水田は、すでに刈り取りが終わり、稲を乾燥させるための藁《わら》ぼっちが無数に点在している。上空にはサミットの準備に向かおうとする虎之助の姿を捉えようと十を超す報道ヘリが舞い、交通規制のために動員された警察車両が地上の至る所で無数の赤色灯を点滅させている。さらに目を凝らすと、路上にはあちらにひとかたまり、こちらにひとかたまりして、見物の人が興奮した面持ちで見上げているのが分かる。

虎之助は郷田の乗るヘリに先導されながら、刈り取りの済んだ水田地帯を注意深く歩いた。市街地が近づくにつれ、歩行ルートは水田から一般道へと変わった。対向二車線の国道は警察、消防、自衛隊車両によって完全に封鎖されていたが、十メートルほどの幅の道路でも、虎之助にしてみれば平均台の上を歩くようなものである。転落の危険はないが、道路とほぼ同じ幅ではり巡らされている電線に触れる恐れがあった。万が一にでもバランスを崩すようなことにでもなれば、民家に甚大な被害をおよぼすことになる。虎之助は慎重に足を運んだ。

適当な空間を見つけて三度ばかり途中で休息をとり、虎之助が千葉港に到着した時には、山中の工事現場を離れてから四時間が経過していた。

巨大石油精製プラントがある千葉港には、数十万トンクラスの石油タンカーが入港するのは毎日のことだが、吃水《きっすい》の深い本船は直接岸壁に横づけすることはできない。沖合に設置された荷揚げ用のパイプラインを使ってオイルを陸揚げするのだ。

「虎之助。くれぐれも言っておくが、静かに、静かにあの沖合に停泊している本船まで進んでくれ。波を起こすな。大きな波をたてると湾内の施設や停泊中の本船に、どんな被害をおよぼすか分かったもんじゃない」

岸壁には膨大な数の車両が停車し、自衛隊や警察の人間たちが、緊張した面持ちで集まっていた。少し離れたところに着陸したヘリから降りた郷田は拡声器を手にすると、これからの手順を、噛んで含めるように繰り返した。

実際、今回の移動の手順を考えた人間たちにとっては、ここが最も難しいところだった。当初虎之助の移動に際しては千葉港から直接自力で東京湾を歩行移動させ、晴海からとりあえずの待機場所の候補となった、代々木の国立競技場へ移す案が考えられた。しかし湾内を歩行移動させるとなると、あの巨体が移動する際に起こす波が、沿岸施設や湾内の船舶に与える影響が懸念された。それに各国元首の前に披露するとなれば、汗と垢にまみれた姿のままというわけにもいかず、入浴させるには干ドックを使う以外には考えられなかった。それを可能とする施設を持つ造船所は横浜にしかなく、湾内を船で横断させることになったのである。

岸壁から五百メートルほど沖合に、一隻の大型船が停泊している。広大な甲板には鋼鉄のハッチでふさがれた船倉が並び、船に詳しい者が見れば、鉄鉱石運搬船であることが分かっただろう。サイズではタンカーの方がはるかに巨大だが、甲板にはパイプが複雑に走り巨体が乗るには不向きである。多少の凹凸はあるが、鉱石運搬船のほうが、虎之助の運搬に適していることは間違いなかった。

岸壁に集まった人間たちの動きが慌ただしくなった。自衛隊員の一人がトランシーバーに向かって、作業準備の最終確認をする。

「本部からオリエンタル・ブリッジ。これより本船に移動を開始するが準備よろしいか」

「オリエンタル・ブリッジ。準備よし」

通信とともに、関係各所に最終確認を行なう声が、埠頭《ふとう》のあちらこちらであがる。上空を舞う複数のヘリの爆音が、緊張を否が応にも高めていく。

海上に動く船舶の影は見えない。今日ばかりは虎之助がこれから乗りこむオリエンタル・ブリッジと、その舳先の方に待機している二隻のタグボート以外、沖合停泊の船は一隻も見当たらない。暮れかかる東京湾。夕暮れの空を反射した黒い海面に、すべてのマストに煌々《こうこう》と輝く船の明かりが、長く銀色の光の尾を反射させているだけだった。

「準備、すべて完了しました」

チェック・リストを確認していた自衛隊員が、すべての確認事項が漏れなく遂行されたことを告げる。

「よし、乗船開始」

郷田の声を合図に、ホイッスルが高く吹き鳴らされた。

「虎之助。乗船開始！　静かに、静かにな」

拡声器から、郷田の声がひときわ大きく流れた。

　虎之助はその一歩を東京湾に踏みだした。随分と注意を払ったつもりだったが、海底の感触を地下足袋の底で感じ、足に体重を移動させた瞬間、海底に溜まったヘドロに大きくめりこみ、虎之助はバランスを崩した。瞬間、膝のあたりまで海中に没した虎之助の足元から大きな波が起こり、その波紋が沖合に向かってうねりとなって走っていく。後方に広がった波は、岸壁沿いに走りながら砕け散り、大きな飛沫をあげ、そこにいた男たちの頭からどうと降り注いだ。

「あぶない」

　瞬間、郷田は叫んだ。このまま、虎之助が海中に倒れこむようなことにでもなれば、ちょっとした津波程度では済まないだろう。東京湾の埠頭に繋留《けいりゅう》された船舶は岸壁に打ちつけられ、湾岸にある建物も被害を被ることが十分に考えられる。

　大きく前のめりに傾きかけた虎之助の体が、かろうじてバランスを持ち直した。

「す、すんまっしぇん」

　虎之助は慌てて後方に重心を移すと、体勢を立て直して言った。

「気をつけないかんばい。慎重に、慎重にやらないかんばい」

　郷田は大きく安堵の溜息をつき、注意を喚起した。

「足元があまりよくないようで」

　虎之助の顔にも緊張の色が濃くなった。

海底の様子を探るように二度三度、海中に没した足を動かす。足元がくるぶしのあたりまで没したところで、確かな手ごたえがあった。

虎之助は息を止め、こわばった表情で次の一歩を踏みだした。今度はうまくいった。そして二歩、三歩……。虎之助が歩を進めるたびに、重油で満たされているかのような黒い海面に、粘度を持った重い質感を感じさせる波紋が広がっていく。


岸から見守る男たちの足元に打ち寄せる波が不気味な音をたてた。

見る見る間に虎之助の巨体は岸壁から遠ざかり、腰のあたりまで没した所で停泊した本船にたどり着いた。

五百メートル離れた所からでも、鉄鉱石運搬船の巨大な船体の照明が、虎之助がたてた波のせいで揺れているのが分かる。舳先から少し離れた所で待機しているタグボートは、それよりもはっきりと上下運動しているのが分かる。

――さぁ、ここからがさらに難しいところだ。

岸壁から見つめる男たちの間に緊張が高まる。水上に浮かぶ船に虎之助の巨体が乗りこむのだ。普通の人間でも、水中から浮かんでいるボートに乗りこむことは容易なことではない。微妙な力のバランス加減で、船は簡単にひっくり返ってしまう。

一同が息を呑んで見守っている。

本船上ではブリッジの翼に出た乗組員の全員が拡声器を手に、虎之助に最後の注意をあたえていた。いつもなら甲板員が待機しているはずの甲板には、今回の作業の性質上、一人の人間の姿も見えない。万が一を考え、船に乗り組む全員がいつでも避難できるように、ブリッジの両翼で待機しているのだ。

「いいか。ゆっくり慎重にな。バランスを崩したら終わりだからな。船の安定の度合いと、重心の移動を慎重に見ながら乗り移るんだ」

指示を出す男の口調が、いささかぞんざいなものになるのは、極度の緊張にあるからにほかならない。

虎之助は無言のまま頷くと、両の手を船の中ほど、甲板の中央にしっかりと置き、両の肘《ひじ》に体重をかけ、押しつけるように、ぐいと重心を移動させた。

瞬間、十五万トンの鋼鉄の船が沈み、垂直の力と虎之助の体の移動によって生じる横の力が一度にかかった。

「うわぁ」

乗組員たちの顔から血の気が引き、声にならない悲鳴があがった。手すりといわず窓枠といわず、屈強な男たちは体をこわばらせ、身の確保のために手近にあるウインチなどの工作物に摑まった。

虎之助は慎重にバランスを保ちながら、全体重を船に預けた。甲板についた両腕の筋肉がぶるぶると震え、鋼鉄の船体を小刻みに揺らした。

男たちが恐怖に声をあげる間もなく、虎之助は一気に体を引きあげると、腹ばいになる形で船に乗り移った。瞬間、船は大きな横揺れを繰り返し、ブリッジの翼に鈴なりになった男たちは折り重なるように、右に左に倒れこんだ。

体勢を確保した虎之助は、身を堅くしてバランスをとった。揺れは徐々に収まり、安定し始めた。

「オリエンタル・ブリッジ。虎之助、乗船完了」

ブリッジの翼で監督官が、トランシーバーに向かって言った。

海を渡って埠頭の方向から歓声が聞こえた。

「これより横浜に向かって曳航《えいこう》に入ります」

乗組員が一斉に船内に入り、それぞれの持ち場に就いた。甲板員がデッキを駆け、船首に向かって曳航の準備に入る。

舳先の少し前方に待機していた二隻のタグボートの煙突から黒い煙があがると、エンジンが咆哮《ほうこう》し、虎之助を乗せたオリエンタル・ブリッジは、ゆっくりと横浜に向かって進み始めた。

「あぁぁぁ……。いやぁ。よか湯ですばい」虎之助の間延びした声が夜の造船所に響き渡った。「生き返るようですばい」

巨大な干ドックは湯で満たされ、虎之助の体はドップリとその中に浸かっていた。

この干ドックに入れる湯を確保するのは並大抵のことではない。なにしろ十万トンクラスの巨大船舶を建造する際に使用するドックなのだ。普通の給湯設備を用いていては、入れるはしから冷めてしまうに決まっている。そこで考えだされたのが、この周辺にある製鉄工場で作られる銑鉄《せんてつ》である。まだ赤く冷めやらない鉄をドックに運び、淡水で満たしたドックの中に片っ端からぶちこんだのである。つまりは石焼きの原理を応用したのだ。

「どうだ、虎之助。湯加減は」

「もう最高です。ちょっとゴミの浮いとりますが、そげんこたぁ、なぁんも気になりまっしぇん」

虎之助は早くも額に汗を浮かべ、これ以上ないといったふうである。

「あのな、足元には気をつけないかんじぇ。焼けた鉄がぶちこんであるけん」

「何て？　焼けた鉄ですか」

「これだけの湯ば沸かすちゅうたら、そら容易なことではなかろうもん。赤く焼けた鉄ばぶちこんであるとたい」

「焼けた鉄ば……はは、そりゃおおごと」

虎之助は鼻で笑った。

「毎日でん入れてやりたかばってん、これだけの湯ば準備するのはそりゃおおごとで。それに汚水処理の問題もあってくさ、なかなか思うようにいかんとたい」

虎之助の口調が呑気《のんき》な分だけ、郷田の口調はしみじみとしたものになった。

「郷田しゃん。わしゃあ、もうたっぷり湯の入った風呂なんてもんは金輪際《こんりんざい》諦めていたとです。生きてるうちにまた入れただけでん、幸せと思うちょります」

「そうか、そう言ってくれると少しは気が楽になるんだが」

郷田の言葉が聞こえたのか聞こえなかったのかは分からぬが、虎之助は深い溜息を繰り返す。

「どうですかな、虎之助君の様子は」

「ああ、これは東海林さん」背後から現われたのは巨人対策会議の議長、東海林だった。

「いやあ風呂に入れたっちゅうて、ご覧の通り大喜びですよ」

「そうでしょうな。実際彼もよく我慢してくれていますよ。連日肉体労働に駆りだされても文句ひとつ言うわけでもない」

気持ちよさそうに目を閉じている虎之助の姿に、東海林も目を細めた。

「我々も、このままではいけないと考えておりましてね。千葉に建設中の彼の家には、浴室を設置することになっているのです」

「本当ですか」

郷田の声が弾んだ。

「ご承知の通り、彼は絶大な人気がありましてね。誘致したがっている自治体はひきもきらないのです。こちらとしましてもこの際です、誘致の条件としてゴミの焼却場など本来あまり誘致したがらない施設の併設を条件に、虎之助の住居建設地を決定したのです」

「なるほど、ゴミの焼却熱でお湯を沸かすってわけですね。しかし汚水の問題もあるでしょう」

「確かに。ですが住居には、どちらにしても下水の処理施設を併設しないわけにはいきませんから、汚水の問題は何とかなるでしょう。もっとも温水、それも彼が使うとなればかなりの量になります。処理能力を考えると、いまのところ何とも言えませんが、一日おき程度の割合で入浴は可能だと思いますよ」

「そうですか、そいつぁよかった」

「ところで郷田さん。これからのスケジュールなんですが、予定通り明日は横浜スタジアムで衣装合わせ。明後日からは本番に向けての打ち合わせということになりますので、よろしくお願いしますよ」

「分かりました」

「歓迎式典の演出は、高名な演出家の木島英紀《きじまひでのり》さんがおやりになることはご存じですよね」

「ええ、聞いております」

「高名な分だけ、随分と気難しいところがおありになるみたいでしてね。不用意な発言をするとなかなか大変らしくて」

「実はそこのところが心配なのです。何しろ演技とか、いわゆる芸術ってやつですか、そんなもんとは一切無縁の世界で生きてきた奴ですからね。そんなに器用なことができるもんか」郷田は眉をひそめると、小声で不安を口にした。「いったいその木島さんは虎之助にどんなことをやらせるつもりなんです」

「それが皆目見当がつかんのです。明日になれば、私たちにもおおまかなところは分かると思いますが。何しろリハーサルも完全に関係者以外はシャットアウト。当日まで詳細は公開しないって言ってるんです」

「なんか、やな予感がしますな」

「先進国の首脳が集まるんですからね、力がはいるのはわかるんですが」

「なぁんかおかしくないですか、これ」

横浜スタジアムの中央に立った虎之助は、情けない声で言った。

一塁側のベンチ上の観客席には歓迎式典を仕切る外務省の広報担当官、関係スタッフが一団となって坐り、少し離れたところに、郷田と東海林の姿が見える。

「やっぱり、なぁんかおかしかとですよ、これ。小学生の学芸会じゃあるまいし」

虎之助がそう言うのも無理はない。白いタイツ。赤に金のモールが入ったブルマー。上着はといえば腰のあたりを絞った短い丈に提灯袖《ちょうちんそで》。そしてご丁寧にも襟には白いフリルまでついている。まるで絵本に出てくるガリバーの姿そのものだった。

「これでいいんだ。凄い、凄いぞ。ガリバー旅行記の世界が現実の世界に再現されるんだ」

ベンチ上に陣取った集団の中央で、金の鎖のついた色眼鏡をかけ、虎之助を見上げていた初老の男が言った。今回の演出を手掛けている木島であるらしい。

「そげんこたぁなかでっしょ。中学、高校と柔道ばしちょりましたけん、ほれ、こぉーんな蟹《かに》みたいな足になって。だいたいこげん格好ちゅうのは足の長か外国の人が似あうもんで、日本人の中の日本人の私なんかが似あうはずなかでっしょ」

虎之助が言うように、どこをどう見ても虎之助の格好は、奇妙を通り越して滑稽以外の何物でもない。思わず郷田と東海林は大きく頷いた。

「でっしょお。やっぱおかしかとですよ、これ。いやだこんなの。私、いやですよ。チンドン屋ですよ、これじゃ」

虎之助の視線が、郷田と東海林を見ているのに気がついた外務省の広報官が、慌てて二人のもとに駆け寄った。

「お願いしますよ。郷田さん」男は早口でまくしたてた。「これでもさんざんもめた揚げ句のことなんですから。木島先生、最初は日本らしさを出すとか言って、虎之助にまわしをつけて仁王立ちさせるとかいってたのを、どうにかここまで変更させたんですから」

「まわし……？」

「まさか、先進国の首脳の前でふんどし一丁で立たせるわけにもいかんでしょう」

「その方が、まだあの格好よりマシなんじゃないですか」

どちらにしてもあまりいいアイデアとは言えそうにもないが、どうせ珍妙な格好をするなら、体型的には相撲取りのほうが、虎之助には合っていそうだ。

「郷田さん。馬鹿なことを言わないでください」広報官は真顔で言った。「あのねえ、確かに相撲は日本の国技ですよ。ですがねえ、一歩外に出りゃあ、相撲なんてまだまだ奇妙な競技以外の何物でもありませんでね、いい年をした男がパンパース《おむつ》をつけて変なことをやってる程度にしか思われんのですよ。いいですか、今回のサミットの歓迎式典は目玉のひとつなんです。世界中に衛星生中継されるんです。それに……」

「それに？」

「木島先生は、とても気難しい方でしてね。虎之助がだだをこねて、先生が臍《へそ》を曲げたりしたら、大変なことになります。お願いします。嘘でもいいから、似あうと言ってやってください」

哀願するような口調だった。

「私が言うんですか」

「彼はあなたに絶対の信頼をおいてるんですから。あなたの言うことなら信じてくれますよ」

「しかし、どう見てもおかしかとですよ」

「そんなことは百も承知です。お願いです。助けると思って」

いったいこの格好を見て『似あう』なんて言葉を吐ける人間がいるのかと思ったが、そうまで言われれば仕方がない。郷田は椅子から立ちあがった。

「あー、虎之助。まぁ、そのなんだ。なじみのない服着たからね、そう感じるだけでね」

「だから、似あうと言ってくださいよ。似あうと」

広報官は頭を抱えながら小声で促す。

「似あうと思うよ。似あうと。うん、似あう」

「似あう。なあ、みんな似あうよなぁ」

突如東海林が立ちあがると、同意を求める言葉とともに拍手を始めた。一瞬驚いたように見た広報官も立ちあがると、それに続いて手を叩いた。拍手はすぐにベンチ上にいる一団にも広がり、ガランとしたスタジアムに空しくこだました。

「ほんとぉ。本当に似あう？　なんかイモ臭いんじゃない、これ」

虎之助は疑わしそうにその様子を見ていたが、ひっきりなしに打ち鳴らされる拍手にもう一度自分の足元のあたりを見直した。

28

一週間の後、その日がやってきた。

朝九時。自衛隊のヘリが、スタジアムの上空でホバーリングを始めたのを合図に、虎之助はゆっくりと立ちあがった。

ヘリの先導で陸路東京に向かうのだ。先導ヘリには郷田の姿がある。

「虎之助。準備はいいか」

ヘリの拡声器から郷田の歯切れのいい声が聞こえてきた。

「はい」

「よし。それじゃこのヘリについてきてくれ。地上にも先導車がつく。周囲の建物には十分注意して進んでくれ」

式典が始まるのは正午からで、虎之助の歩行速度をもってすれば、十分間に合う時間だった。

ヘリはわずかに機首を下げると前進する。虎之助はスタジアムをひと跨《また》ぎすると、国道一号を慎重に歩き始めた。

沿道のビルは窓と言わず屋上と言わず、鈴なりの人で溢れていた。虎之助の巨体が一歩を踏み締めるたびに、大きく開いた人々の口から驚きの声が漏れる。

地鳴り、そして振動。虎之助の動きに合わせて、建物が不気味に揺れた。

「凄い」

「虎之助ぇ」

「日本一」

歓声があがる。

しかし虎之助にはそれに応える余裕はなかった。九十九里のような田畑が広がる地域ではない。人家やビルが密集した市街地のど真ん中である。くわえてこの日、早朝のミーティングではルート上には虎之助の体重を支えられない部分があり、そこにはあらかじめ赤い大きな×印が記してあるという説明があったばかりだ。それを見落としたりすれば、地下に埋設してある水道管やガス管を破壊するか、地下鉄の天井をぶち抜く可能性もある。そんなことになれば一大事である。

虎之助はその目印を見落とすまいと、全神経を路上に注ぎながら一定のリズムで足を運んだ。

上空には虎之助の周りを大きな弧を描くように、十を超える報道ヘリがピッタリと伴走している。

映像はこの時点で、すでに全世界に向けて衛星中継されているのだ。

虎之助は国道十五号を北上していく。右手に見える東京湾が朝日を浴びて金色に輝いている。船で湾を横断した時には、沖に停泊している船舶の姿はなかったが、今日は違う。黒いシルエットとなって点在する船舶から、一斉に汽笛の祝福が鳴り響く。

「みなとみらい」を過ぎ、低層の住宅が密集する地域に入る。そして川崎。そこを抜ければもう都内である。六郷橋にさしかかったところで、先導ヘリから郷田の声が聞こえた。

「虎之助。ここが最大の難所だ。橋はお前の体重を支えきれない。河原に出て多摩川を跨いで渡ってくれ」

虎之助の前方を走っていた先導車が速度をあげ、一気に橋を渡っていく。赤い点滅光が見る見る間に遠ざかっていく。

虎之助は橋の手前から、大きく右足を多摩川の河川敷に踏みだすと、そこで体勢を整えた。

土手の両岸、川崎側も東京側も花火大会の時もかくやと思われるほどの人出である。その端には警官がずらりとならび、封鎖線を確保している。

川幅は虎之助の巨体をもってしても、跨いで渡るには広すぎた。川の縁ぎりぎりに立つと右足を大きく振りだし、反動で虎之助は一気に多摩川を飛び越えた。

大きな振動、なによりもその体の大きさから覚える威圧感で、土手の人の群れが悲鳴ともどよめきともつかぬ音とともに、一斉に同方向に靡《なび》いた。

「よし。あとは一本道だ」

郷田の声に虎之助は手を振って応えると、ふたたび国道一号に戻り、北上を始める。品川、新橋を抜けるといよいよ皇居前広場に出る。左に曲がると警視庁前から緩い坂を昇り、国会議事堂前にさしかかる。

虎之助がこの世界に姿を現わして初めて、日本の中心に立った瞬間だった。もう迎賓館はすぐそこだった。沿道の人々の数はさらに増え、ビルの窓、屋上、路上を埋め尽くした人々の歓声は熱狂の域にたっしていた。

虎之助からは、群衆の姿は地面を這う小さな虫のようでもあり、そこからあがる歓声は地の底から沸きあがってくるように聞こえる。

ビルの屋上から舞う紙吹雪が、地を這って吹きつけてくる。

上空のヘリの爆音が人々の熱狂に拍車をかけている。

「ついに虎之助の巨体が外堀通りにさしかかりました。これから迎賓館に向けて行進に入ります」

報道ヘリに乗った実況担当のアナウンサーも興奮を隠せなかった。そこから見る光景は壮観以外の何物でもなかった。雲ひとつなく晴れあがった秋空。まだ濃い緑の木々がうっそうと生い繁る皇居。そしてそこに集う人間の中身はともかくとして、荘厳な国会議事堂。いかにコンピュータ技術の粋を結集しようとも、現実の映像に勝るものはない。たとえ滑稽な衣装を身に纏《まと》ってはいても、生身の大男の姿は感動的なまでに神々しい光を放っていた。

「虎之助。ここからは地上の先導車に従ってくれ。俺は着陸して予定地で待つ」

郷田の声が爆音の間から響き、虎之助が手をあげて合図したのを確認すると、ヘリは速度をあげ、そこからわずかばかり向こうに着陸した。

地上に目を転じた虎之助の視界に、先導車の横にいつの間にか一台のジープが並走しているのが見えた。幌を外し、むきだしになったキャビンの後部座席には、演出家の木島の姿がある。

いよいよセレモニーの始まりだった。

「しかし、こうして実物を目の当たりにすると、本当にでかいね」

お堀端にある気象庁の窓からも、皇居を挟んで虎之助の姿が見えた。勤務時間中だったが、世紀のイベントをひと目見ようと席を外した職員達が窓際に二重三重の人垣を作り、幻想的な光景に見とれていた。間もなく虎之助が迎賓館に向かって進み始めれば、頭部ぐらいしか見ることはできなくなるに違いない。早くも職員の何人かは窓際を離れ、自分の席に戻っていた。

「おや」

中の一人が席に戻ったところで訝しげな声をあげた。職員が目にしたモニターには日本列島のはるか上空の宇宙空間で静止して観測を続ける、衛星ひまわりからの気象映像が映しだされていた。

「何だ、これは」

男の目がそのモニター上の一点に固定された。

「どうした」

ただならぬ気配に、年配の男が窓際から離れ、男の肩越しにモニターを覗きこんだ。

「雨雲です」

「雨雲？」

「これを見てください」男はモニターの一点を指差した。「この栃木と茨城の県境です。さっきまで関東地域には雲ひとつなかったのに、突然現われました」

「変だな。今日は一日快晴のはずだったんだが」

「あれ、何だこれ。急速に発達してます」

ひまわりからの映像に現われた白い点は、そう言っている間にも急速に発達し、しかもその色を濃くしていく。色が濃くなるということは雲の密度、つまり厚さが増しているということだ。

「何かの間違いじゃないのか。こんなことがあるわけない」

「は、はい」

上司の言葉にコンピュータを操作する男の手が忙しく動き、いくつかの操作を繰り返す。

「異常ではないようです。何でしょう、これ。こんなのは初めて見ます」

「アメダスはどうだ」

ひまわりの映像を映しだすモニターの周りには、ただならぬ会話を察知した職員たちで人垣ができていた。虎之助のことなど忘れてしまったかのように、この異常な現象に関心は移っている。

その中の一人がアメダスのモニターに飛びついた。

「こっちにも出ています。凄い。急速に雨量が上がっています」

「何だって」

虎之助の姿で長閑《のどか》な興奮に満ちあふれていたフロアーが一変し、緊張の色に包まれた。

「どれくらいの雨量なんだ」

怒号にも似た男の声が響いた。

「凄い。どんどん上がっています。二百ミリ、いや三百ミリ、いや……」

その声を裏づけるように、ひまわりの映像上の雲もどんどん色を濃くしていく。

「何だ。いったい何が起きてるんだ」

こんな不思議な気象現象はそこにいる誰もが見たことも聞いたこともなかった。発達を続ける雲を見ながら、虎之助が現われたのと同じように、ふたたび人類が経験したこともない何かが起こりそうな予感に職員たちは怯えた。

29

工事現場の事務所は、壁際に置かれたテレビの周囲に集まった男たちの体から発せられる汗の臭いと人いきれでむせ返るようだった。

『虎之助さんが所定の位置についたと報告がありました。間もなく各国の首相が迎賓館正面に現われますと、いよいよ世紀のパレードの始まりです。興奮しますね、萩原さん』

テレビの画面には、ヴェルサイユ宮殿、あるいはバッキンガム宮殿を思わせるような迎賓館が大写しになっている。その映像にかぶせてアナウンサーが興奮した口調でゲストに話しかけた。

『ほんとですね。どういう演出でパレードを見せてくれるんでしょうか。あの木島さんですからね。素晴らしいものになると思います。わくわくしますね』

歓迎式典のゲストに、なぜオリンピックの体操選手かは分からないが、まだ二十代半ばといった観の男の声が答えた。

『どういうパレードになるのか、その詳細は我々マスコミには一切知らされておりません。この一週間、横浜スタジアムでのリハーサルもマスコミには非公開でした。ただ虎之助さんが、西洋の王様のような格好をしていることだけは、明らかになっております』

『鳥山さん』

レポーターの声がアナウンサーの言葉を遮った。

『こちら国会議事堂前です。間もなく虎之助さんの移動が始まるようです。パレードに参加する小、中、高生の皆さんも先ほどまで虎之助さんを見上げてはしゃいでいたのですが、いまは整列して式が始まるのを待っている状態です』

画面が切り替わり、色とりどりのコスチュームに身を包んだ学生の姿が映しだされ、カメラがゆっくりとパンすると、秋空にそびえ立つ虎之助の姿に固定された。

「おお。九州男児、虎之助の一世一代の晴姿たい」

九州出身の作業員の間から歓声があがり、興奮した声が漏れる。

「なんちゅうても、大国の大統領とか首相を目の前に、いや見下ろして主役ば務めるとやもん、凄かぁ」

「ビデオばセットしたとや」

「もちろんたい。今夜は虎之助しゃんの祝い酒たい。一杯やりながらビデオば見るとたい」

天候の急変は明らかだった。常に蛍光灯が点灯している事務所、しかもそこにいる男たちはいずれも画面に映しだされる虎之助の姿に熱中していて気がつかなかったが、にわかに厚い雲に覆われた戸外は、突然の夜の到来を思わせる闇に覆われつつあった。

事務所の屋根を覆ったトタンの上で、無数の小爆発が起きたような轟音が起きた。それはすぐに断続的な轟音に変わり、テレビの音声をかき消した。

男たちの顔色が変わった。振り返り窓の外を見た男たちの目に、闇に閉ざされたといっても過言ではないほどに、暗くなった戸外の光景が飛びこんできた。正確に言えば戸外など見えやしなかった。雨はまるで事務所が滝つぼの中にあるかのように、膨大な水の流れとなって屋根を伝って落ち、ガラス窓に付着しては流れ落ちていく無数の水滴が室内の蛍光灯の光に反射して、不気味な銀色の光を放った。

いままで男たちが目にしていたテレビ画面に映しだされた穏やかな秋の午後の光景とは、あまりにも対照的な光景だった。ついさっきまでそれと同じ天候だった戸外の光景は、その片鱗もなかった。

「何だ、この雨は」

現場監督は茫然とした表情でしばし見つめていた。

「こんな雨が続いたら大変なことになるぞ」

生つばを飲みこみながら窓際に駆け寄り、暗くなった戸外に目を凝らした。

作業員がそれに続く。

工事に携わってきた男たちには、時ならぬ豪雨がどれだけ深刻な事態を生むか、何の説明も必要としなかった。

深い谷の両斜面を虎之助の力で大きく削り取ったあとは、コンクリートで補強がなされていたが、それもこの数日の間に一応の工事が終わったというだけで、まだ安定しているとは言えない状態だった。完全な状態だったとしても、これほどの大雨は、設計の段階においても想定の範囲外だった。手つかずの原生林に覆われた谷であったとしても、こんな豪雨が続けば、到底もちこたえられるものではない。ましてや人の手が加わった斜面、それも大規模に手を入れた直後となればなおさらのことである。

「監督。こんな雨が続いたら、斜面の補強箇所がもつかどうか」

作業員の一人が、分かりきった言葉を吐いた。

「補強箇所云々じゃねえぞ。上流で土石流でも起きたら、ひとたまりもねえ」

雨はますます勢いを増していく。トタン屋根で爆発する雨の轟音は、心臓を押し潰すかのような圧力となって襲いかかり、その苦しさをいささかでも軽減しようとするように、男たちは肩で大きく喘《あえ》いだ。

「とにかく補強箇所の状態をチェックするんだ」

監督は電話に飛びついた。作業員たちが部屋続きになっている更衣室に飛びこみ、雨具を身につける。受話器を上げ、番号をプッシュしながら監督は思いだしたように叫んだ。

「無理はするな。それから補強箇所だけじゃなく、周囲の状態にも注意を払ってくれ」

30

　パレードがいよいよ始まろうとしていた。

　迎賓館の広大な前庭には、玄関に続くアプローチに赤い絨毯《じゅうたん》が敷かれ、着飾った儀仗隊がその両側に整列している。間もなく首相の先導で、各国の元首が姿を現わすはずだった。

「山本君。君のアイデア大当たりじゃないか。大成功だよ」

「これも皆さんのご理解があってのことですよ」

　幹事長の杉田の言葉に謙遜して答えた山本だったが、その言葉にはまんざらでもないという響きがみてとれた。

「各国の元首も、このパレードをことのほか楽しみにしておるようじゃないか。和《なご》やかな雰囲気の中でサミットが迎えられると、外務省始め各省庁の事務方も大喜びだよ」

「私のアイデアが役に立ったのであれば、それで十分です」

「このサミットを成功裏に終わらせることができれば、総理の長期政権もゆるぎないものになる。そうなればこの功績をもって、次期はいよいよ君の出番というところかな」

　杉田は、山本が当然考えているであろう野心の欠片《かけら》をくすぐった。

「まさかそんな。私などまだまだですよ、杉田さん」

「そうかな」

杉田がさらに話を続けようとした時、前庭に整列した儀仗隊の背後に控えた軍楽隊の一画からファンファーレが鳴った。それを合図に迎賓館の中からホスト役の高村を先頭に、アメリカ大統領が、英国首相が、先進国元首が満面の笑みを浮かべながら姿を現わした。

玄関前にはロイヤル・ボックスが設置され、元首たちはあらかじめ定められた席に着く。それを見計らったように軍楽隊から、人々の心を鼓舞するような小太鼓の乱打がひとしきり鳴り響くと、つづけて腹の底に響くような低い音が、しかし重量を感じさせる音が地を伝って聞こえてきた。それは大太鼓が刻むリズムではなかった。地響きは次第に大きくなり、そのリズムに合わせるように虎之助の巨体が、四谷方向から迎賓館に向かって近づいてくる。

元首たちの間から歓声があがった。世間におよぼす視覚的効果を計算して表情を作ることに慣れきっているリーダーたちの顔に、自然な感情の表われが見てとれた。子供のようにはしゃぎ、興奮した口調で言葉を交わす元首たち。その目の位置が、どんどん高くなっていく。

虎之助は迎賓館の門の前に到達したところで、大きく股を広げると両の手を腰にあて、仁王立ちの姿勢をとった。

一週間にわたるリハーサルの中で判明したことだが、虎之助が担う役割はそれほど多くはなかった。立つ姿勢と位置。それを間違いなく行なうこと。それだけだった。虎之助の存在自体がすでに立派なショウの要素であり、それ以上のことは何ひとつ必要ではなかった。

虎之助に続いて、サミットに参加している各国の国旗をあしらった風船を持った子供たちが行進してくる。そのいずれもが、それぞれの国を彷彿させる服装をしている。アメリカを象徴する子供たちはテンガロン・ハットにウエスタンシャツ、そしてジーンズ。手には星条旗をあしらった風船を持っている。イギリスを象徴する子供たちは、シルクハットに燕尾《えんび》服《ふく》。そしてユニオンジャックをあしらった風船を手にしている。

服装が変わるたびに、音楽もまたその国を象徴するものへと変わっていく。行進は小学生から中学生、そして高校生へと続いていく。虎之助の股下をくぐり、豪壮な装飾を施した迎賓館の門から次々に前庭へと入っていく。

まさにおとぎ話の世界が再現されていた。

「凄い、凄いぞ」

興奮した会話が交わされるロイヤル・ボックスの中で、高村も興奮した声をあげた。

「監督。大変です。補強斜面の土砂が流れ始めました」

事務所のドアが激しい音をたてて開かれたかと思うと、屈強な作業員がずぶ濡れの肩で息をしながら飛びこんできた。

「なに」

すっかり血の気の引いていた監督の顔色が、さらに白くなった。

「もうだめです。どうしようもありません。この雨じゃ、手のつけようがありません」

実際補強工事など、この雨の中ではできはしなかった。一歩外に出ただけで、猛烈な水圧が全身にかかり、立っているのもやっとなのだ。雨の中にいるというよりも、渦巻く水流の中に身を晒《さら》しているようなものだった。

「すでに表面を補強したコンクリートは崩れだしています。その下に敷いたブロックも。大規模な崩壊が起きます。間違いありません」

「他の連中はどうした」

「他の箇所の確認に走っていますが、どこも同じに決まってます。このままじゃ危険です」

「全員をすぐに引き上げさせてくれ。とにかくここへ集まるんだ」

その時、開け放たれたドアからまた一人、作業員が転がるように入ってきた。

「監督。裏山が、裏山がかなり危険な状態になってます」

「裏山が?」

事務所の裏山は、人の手が加えられていない原生林に覆われ、斜面を削った工事部分よりも、よっぽど地盤は安定しているはずだった。しかしこの雨である。

「とにかく地面の窪地を伝って川ができてるんです。このままじゃ裏山だって、いつ土砂崩れを起こすか」

「みんなを集めてくれ。全員が揃ったところですぐに退避だ、急げ！」

監督の言葉を聞くまでもなく、二人の男はまるで水中に潜るかのように戸口で大きくひとつ息を吸いこみ、ふたたび豪雨の中に飛びだしていった。

監督は電話を手にすると、震える指で番号をプッシュした。

「もしもし。こちら奥羽川ダム事務所です。山が、山が崩れだしました。ええ、そうです。事務所の裏山も危ない状況です。全員が揃いしだい退避を開始します」

本社の人間に状況を伝える間にも、外に飛びだしていた作業員たちが次々に引きあげてくる。ひとしきり状況報告を終えた監督は、帰ってきた男たちに、すぐに車の準備をするよう命じた。

その時、屋根から絶え間なく聞こえてくる爆発音に混じって、ひときわ高く明らかに雨の音とは違う鈍く、重い響きが地を這って聞こえてきた。

「何だ。何が起きた」

その余韻《よいん》がまだ去らぬうちに、一人また男が飛びこんできた。

「大変だ。道路が、道路が崩れた」

「何だって」

監督の体が硬直した。居あわせた作業員たちの顔から血の気が引いていく。たったいま、帰ってきた作業員の目の焦点は合わず、ずぶぬれの頭から汗とも雨水ともつかぬ水滴の流れが、伝って流れおちているというのにまばたきひとつしないでいる。

男たちは事態の深刻さを知っていた。この場所から退避するただひとつの道、それがなくなり、ここにいる全員が危機が迫りくる場所に孤立してしまったことを。

重苦しい沈黙。それをさらに沈鬱なものにするかのように、屋根にぶち当たる雨の音だけが室内に鳴り響く。迎賓館前の実況を続けるテレビから沸きあがるような歓声がかすかに聞こえてくる。

「だめだ、監督。川の水量がどんどん増している。いずれ土石流が起きるぞ」

また一人、男が飛びこんでくると、引きつった叫び声をあげる。

そして一人、二人……。雨に打たれた作業員が、帰ってくるたびに、事態が確実に悪化の一途を辿っていることを告げた。

谷の中腹に立つ事務所。その下の川で土石流が起こればどんなことになるか、土木工事のプロでなくとも容易に推測がつく。ましてや川の両側の斜面は大きく削られ、人の手によって補強工事がなされていたが、降り続く豪雨のせいで崩れだしているのだ。増加した川の水流は、確実に斜面の土砂を削りとっていくだろう。そうなれば、斜面の延長線上にあるこの事務所は、足元から激流の流れる川に向かって滑り落ち、ここにいる人間たちもろとも土砂に埋まってしまうに違いない。それ以前に裏山が地滑りを起こさないとも限らない。迫りくる絶対的危機を前にして、避難するただひとつの道もなくなったのだ。

「監督」作業員の中でも一番の年かさの男が叫んだ。「何とかしないと、これじゃ全員やられちまう」

監督はその言葉に、反射的に受話器を取りあげた。番号をプッシュする指が震えている。

「奥羽川ダム事務所です。退避する前に道が崩落しました。ええ、そうです。退路がないんです……。だめです、ふもとに降りる道路はひとつだけです。我々は完全に孤立しました。状況は切迫しています。川は水量が増え、土石流が起こるのは時間の問題です。すでに我々がいる斜面の土砂が流れだし始めています。裏山も土砂崩れの兆候があります」監督は矢継ぎ早に状況を説明すると、最後に「一刻も早く救助をお願いします。時間がありません」と、結んだ。

しかし、この雨の中で、誰がどんな救助活動を行なうことができるのか。人里離れたこんな山奥となれば、救助隊が編成され、辿り着くまでにどれだけの時間がかかるのか。冷静に考えるまでもなく、最悪の事態が起こる前に、救助活動がされることなど到底ありえないことだった。

受話器をたたきつけるように置いた監督の耳に、かすかにテレビのスピーカーを通してパレードの実況中継の音声が聞こえてきた。自分たちがおかれている絶望的状況とは裏腹に、その声は興奮と感激に満ち溢れ、別の世界のことのように出来事を伝えていた。

『素晴らしい。素晴らしい。まるで童話の世界を覗き見ているかのようです。ガリバー旅行記のワンシーンそのものです』

「消せ。テレビを消せ」

監督は叫んだ。

作業員の一人が、慌ててテレビのスイッチに手をかけたその時、

「待て、消すな」

監督が命じた。

振り向いた作業員の瞳に、仁王立ちになって、じっとテレビの画面を見つめている監督の姿があった。食いいるように見つめている視線の先には、大写しになった虎之助の姿があった。

「そうか。その手があった」

監督の目が一度何かの光が反射したかのように煌めくと、たったいま切ったばかりの受話器を引っ摑んだ。すかさず番号を押すその手はもどかしげでこそあったが、もう震えてはいなかった。

「もしもし。陸上自衛隊の習志野駐屯地をお願いします」

31

迎賓館前のパレードは大詰めを迎えていた。これが終われば、迎賓館の前庭でいよいよショウのクライマックス、マスゲームが行なわれるのだ。

ロイヤル・ボックスに坐った元首たちは、始まって二十分にもなるパレードを退屈するふうでもなく、むしろ目を輝かせ興奮冷めやらずといった体で見つめていた。

郷田は迎賓館の門から少し離れた、路上に設けられた自衛隊関係者のテントから、その光景を見ていた。テントの中には副官の森下を始め、虎之助の世話に携わってきた隊員たちが、そして郷田の直属の上官でもある稲垣陸将補の姿もあった。今日の任務はここまでの虎之助の移動の先導。そして退去時の先導。つまり目の前で繰り広げられるセレモニーの間は、一介の見物人として、心ゆくまで一大イベントを堪能《たんのう》することができるのだ。虎之助を側面から見上げる位置にあるこの場所は特等席とは言いがたいが、迎賓館のロイヤル・ボックスに坐るＶＩＰに比べればの話で、一般の人々からすれば大相撲の砂かぶり以上の場所に違いない。

普段は規律をもって行動する自衛隊員たちも、この時ばかりは日頃の任務を忘れ、テントの中は無邪気な歓声に包まれていた。

パレード最後の集団が、ゆっくりとテントの前を通過しようとしていた。

その時、テーブルの上に置かれた無線電話が、無粋な電子音を響かせた。

すかさず隊員の一人が受話器を取った。

「こちら迎賓館前本部です」

やりとりを聞いていた郷田の耳に、自分の名前が話されるのが届いた。反射的に顔を向けた郷田に向かって「郷田二佐、習志野からです」隊員が受話器を差しだした。

「郷田です」

相手の話に耳を傾けていた郷田の顔が、途端に険しいものになっていく。

「えっ、なんですって、栃木のあの現場で……。ええ、完全に孤立状態……人員は百名を越える。土石流にくわえて土砂崩れの恐れ……。しかし、そうは言ってもセレモニーの真っ最中でして、ここで中断してというわけには……。ええ、しかしそれは……分かりました、何とかやってみます」

事態は深刻だった。そして急を要していた。百名を超える人間が、いまこの一瞬も死の危険に直面しているのだ。習志野駐屯地に現場監督から直接入った連絡によれば、斜面はいつ足元から崩れるとも知れない状況にあるという。

一週間前にその現場にヘリで降りたった郷田には、その状況が手に取るように分かった。退路を断たれ、孤立した作業員たち。その心境はいかばかりか、そして部下を助けるためにたったひとつの可能性にすがって、救助を要請してきた監督の心境を考えると、同じ部下を持つ身には、その心情が痛いほどに理解できるのだった。

監督の言うように、窮地を救う方法はただひとつしかない。

しかしそれを実行に移すとなれば、目の前で行なわれているセレモニーはぶち壊しになる。いかに人命がかかっているとはいえ、このセレモニーを仕切る人間たちが許すはずはない。しかるべき手順を踏んで許可を要請したとしても、セレモニーが終わるまでにその許可自体がおりるはずがない。その頃には孤立した現場事務所は土砂に押し流されるか、足元から崩れ落ちるかして濁流に呑みこまれ、多くの人命が失われてしまうだろう。悲劇は突如工事現場をみまった自然災害という形で決着をみる。

結末は明らかだった。

そんなことをさせてはいけない。絶対に。

郷田は、テントの中央でパレードを見ている稲垣陸将補を見た。

この人もまた自衛隊員である。有事となれば部下に死地に赴くことを命じなければならない立場にある稲垣陸将補も、この一件を聞いたらただちに式を中断し、虎之助を現場に向かわせる断を下すであろう。しかし……。

郷田は考えた。

腹を切らねばならない人間は、少ないほどいいのだ。これから自分が起こすことは、結果的に稲垣やさらに上の人間にその責がおよぶだろう。しかし事前に報告を受けていたか、まったく受けていなかったかでは、その重さが違うというものだ。ならばここは……。

郷田は決心した。黙って席を立つと、テントの外に向かって歩き始めた。

「郷田」背後から稲垣が声をかけた。「どうかしたのか」

振り向いた郷田の表情を見た瞬間、稲垣の顔からパレードを見ていた間じゅう浮かんでいた笑いが消えた。

「何かあったのか」

「いえ、何も……」

郷田はそれだけ言うと、背を向けテントの外に出た。パレードの最後尾が、虎之助の足下を通り過ぎていく。郷田はその列の最後尾につくように、虎之助の足元に歩み寄った。

自然と虎之助の視線が足元に注がれた。郷田の姿があった。

視線が合うと、郷田はパクパクさせた口を指で示し、大げさなジェスチャーで『話がある』と伝えた。

虎之助は訝しげな表情を浮かべたが、ただならぬ郷田の表情から、よほどのことだと感じたのか、大きく頷くと腰を屈め手を地上に差し伸べた。その手が地上に降ろされるが早いか、郷田はてのひらの上によじ登った。

虎之助が姿勢をもとに戻すと、郷田を載せた手も上がる。次の瞬間には郷田は虎之助の顔の前にいた。

「いやぁ、郷田しゃん。最高の気分ですばい。なぁんか、こん国の王様にでもなった気がするごたるです。しかし足の疲れること……」

　虎之助は喜色に満ちあふれた顔で言った。

「そうか、足が疲れてきたか」郷田はほほ笑みを返し、「それじゃちぃと散歩でんするか」

晴れ晴れとした声で言った。

「またぁ。冗談ば言わんでくだっしゃい。こげん時に、そげんことのできるわけがなかでっしょうが」

「冗談じゃなか。お前のやってたダムの工事現場で、集中豪雨があってな。現場の人たちが孤立しとるとたい。川の水が増水して、斜面の土を流し始めて現場事務所が滑落する危険があるそうだ。それに裏山もいつ地滑りを起こすか分からん状態で……」

「何て！」虎之助の表情が一変した。「じゃっどん郷田しゃん。こん行事ば放りだしてしもうたりして、よかでっしょうか。こげん偉か人たちば目の前にして」

　虎之助の顔に困惑の表情が浮かんだ。その目が郷田から迎賓館のロイヤル・ボックスに向けられる。

「なぁんがお国の行事たい。人の命よりも大事な祭りが、どこの世界にあるとや。もしもここでこん行事ばやめて、人の命ば助けることを選んだのを非難する人間がおったとしたら、そげな人間は人の上に立つ資格はなか。かもうことなか。行け、虎之助。あん人たちを助けられるとは、この世にお前しかおらんとたい」

虎之助は郷田を見つめた。その目に決意の表情が宿る。

「分かり申した。じゃっどん、現場に行くにはどげんしたらよかとですか。なぁんちゅうても東京ば初めてなもんで」

「こん田舎者《いなかもん》が！」郷田の口許から白い歯がのぞいた。「心配することぁなか。俺が道案内ばしちょるたい。行け」

「しかしその前に……」

虎之助は、郷田を載せた手を顔の前から外し、息をひとつ吸いこむと大声で話し始めた。

「みなしゃーん。聞いてくだっしゃい」

割れるような大声だった。迎賓館の前庭で鳴り響いていたマーチがピタリと止まった。各国の元首たちは椅子から半分ほど飛びあがり、背後に控えていたセキュリティ・サービスがボックスの前に飛びだしてきた。その中の数人は早くも拳銃を構えている。

すべての人が虎之助を注視している。異常な静寂が都心の一角を包んだ。

「こんパレードが、大事なもんだちゅうことは百も承知しとります。じゃっどん、たったいま、私が一週間前まで働いとった工事現場で集中豪雨があって、たくさんの人たちが危険な状態におかれとるちゅう知らせば受けました。ことは一刻を争うとです。私の力がすぐにでも必要とされとるとです。ほんに申し訳ありまっしぇんが、私はこれからそん人たちば助けにいくとです」

「おい、あいつはいったい何を言ってるんだ。各国の元首を前にパレードを中止するつもりか」

背後に控えた役人に向かって、首相の高村は憤怒の声をあげた。見る見るうちに赤くなった顔色が、白く変わっていく。

「国の威信をかけた行事だぞ。土木作業員が何人か、何十人かは知らんが、救助など、この行事が終わってからでいい」

「はっ」

かといって役人もどうしていいものか、戸惑いの表情を浮かべ恐縮の体で返事をした。

「すぐに責任者に伝えたまえ。セレモニーを続行させるんだ」

首相の一喝に役人は走りだしたが、指示がすぐに虎之助に伝わるわけがない。下からの報告によって決断が下されるのに長い時間がかかるように、決断もまた下に伝えられるまでに、これまた長い時間がかかるのが官僚の組織というものである。もっともそれが伝えられたとしても虎之助が、従うはずもないのは言うまでもない。

「そういうわけで、みなしゃん、失礼ばいたします」虎之助はくるりとうしろを向いた。

「すいまっしぇん。道ば空けてくだっしゃい。すいまっしぇん」

歩道いっぱいに群がった人々に注意を促しながら、北に向かって歩き始めた。

救助は組織の力があって、はじめて効果を発揮するものである。もはや時間との勝負となった、現在の状況を打破できる存在がこの世にあるとすれば、それは一個人で何百人もの働きを一人でなしうる、虎之助をおいてなかった。

「やった。虎之助が来るぞ」

「よし」

相変わらず豪雨が激しく打ちつける音だけが響いていた室内に、この時ばかりはそれを打ち消すほどの歓声が沸きあがった。

『大変です。虎之助さんが突如パレードの中止を一方的に宣言し、工事現場の災害救助に向かうと言って北に向かって歩き始めました』

テレビからは、困惑した口調でまくしたてるアナウンサーの声が聞こえてくる。

『尋常な事態ではありませんね。萩原さん』

『まったくです。各国の元首を前にしたセレモニーを途中で中断するとは前代未聞のことです。ことによっては外交問題にも発展しかねませんよ』

ゲストが憤懣《ふんまん》やるかたないといったふうで続ける。

「なんば言いよるとか。大国の元首かなんか知らんが、人の命とお遊戯とどっちが大切かあ。虎之助さんは、たとえ短い間でも、一緒に働いた仲間を見殺しにするような人間じゃなかぁ」

テレビを見ていた作業員たちの間から、怒りの声があがった。

「そうたい。貴様《きさん》のように喋くりばかりで金ば稼ぐ人間とは、種類が違うとたい。汗《あしぇ》ば流しながら稼ぐ人間はくさ、一緒に汗ば流した人間はくさ、仲間ば決して見捨てたりせん。そげな性根の悪か人間は、この世界におらんとたい！」

口々に叫ぶ男たちの目に涙が光った。

『ニュースが入りました』

アナウンサーの口調が改まった。

『虎之助さんが、突如セレモニーの場から立ち去った原因となった災害の第一報です』

ニュースが書かれた紙を捲《めく》っているのだろう、紙が擦れる音がマイクロフォンに入る。

『先ほど、茨城と栃木県境にあるダムの工事現場付近で、記録的な集中豪雨による土砂崩れが発生した模様です。この工事現場には百名以上の作業員がおり、崩壊した土砂のせいで現場に通ずる道路が崩落し、作業員全員が孤立した状態にある模様です。現場では土石流の発生の兆候が見られ、作業員が待避している現場事務所の裏山も土砂崩れの恐れがあるとのことです』

『大変な災害につながる可能性がありますね』

ゲストの男が先ほどのコメントを取り繕うように一転して深刻な声で言った。

『それなら、虎之助さんがセレモニーを突如キャンセルしたのも頷けますね』

アナウンサーもまたヒューマニズムに溢れたコメントを発する。声のトーンが一転して低くなり、深刻さの度合いを印象づけてはいるが、所詮対岸の火事である。そしてこの放送を見ている人間たちにしても、本心から孤立した作業員たちの運命を案じている人間など、ほとんどいないはずだ。そのギャップが大きければ大きいほど、ニュース・ヴァリューはあがり、視聴者の興味も増す。ただそれだけの話だ。


「そうか。そういうわけか」

稲垣陸将補はテーブルの上に置かれたモニターテレビで、その放送を聞きながら、納得いったとばかりに、ひとつ大きく頷くと、「馬鹿野郎が。一人で何もかもひっかぶりやがって」苦々しそうに言葉を吐いた。

郷田が何を考え、なぜ一人で行動を起こしたか、稲垣はすべてを理解した。部下である郷田が上官を思いやったように、上官である稲垣もまた部下を思いやる男だった。それゆえに郷田は一人で事を起こしたのだ。かと言って稲垣はそれでよしとする男ではなかった。

稲垣はすっくと立ちあがった。

「森下、一緒に来い」

郷田の副官である森下をともなって、テントを出た。

テントのすぐうしろには、自衛隊の移動指揮車が駐車してあった。稲垣は慌ただしい足取りで車の中に入った。

「警視庁、埼玉県警、茨城県警、栃木県警、それに都内に散開している自衛隊に連絡。虎之助の通過ルートの交通封鎖を要請せよ」

明確な口調で命じると同時に、隊員たちが一斉に関係各所への通信、連絡作業に入る。

「森下！」

稲垣は歯切れのいい口調で副官の名を呼ぶと、「すぐにヘリを用意しろ。先導が必要だ」ふたたび移動指揮車の出口に向かって歩き始め、「上智のグラウンドに着陸させろ。俺が乗る」うしろを振り向くことなく命じた。

虎之助は国道四号線を急ぎ足で、しかし周囲の建造物に細心の注意を払いながら、北をめざして進んでいた。幅の広い幹線道路でも、上から見ると膨大な数の信号や道路標示板が路上にせりだし、歩幅は極端に不規則になる。しかも何の事前準備もなされていないせいで、一般道は車が群れをなしている。虎之助が進んでくるのを見たドライバーは、慌てて国道から脇道に待避しようと試みるのだが、それでもただちに道を空けるというわけにはいかない。虎之助に注意を促そうとしているのだろう、クラクションが激しく鳴らされ、パッシングするヘッド・ライトがあちらこちらで点滅する。

「ええい、くそ。なしてこげんに車の多かとや。ほんなこつ腹んたつ」

「落ち着け、虎之助。助けに向かう人間が、人ば踏み潰したらどげんにもならん」

肩に乗った郷田が、必死の形相でなだめる。

その時、背後からヘリの爆音が近づいてきた。振り向いた郷田の目に、低空のまま一直線にこちらに向かって近づいてくる黒点が飛びこんできた。丸みを帯びた黒点は、見る見る間に大きさを増し、自衛隊のHS－1であることが分かった。HS－1は虎之助の頭上から少し逸れたところで、ホバーリングの態勢に入った。

「郷田！」

拡声器を通して聞き覚えのある声が聞こえた。丸いキャノピー越しに稲垣の姿が見えた。

「稲垣さん」

「この馬鹿者が！」拡声器を通じて稲垣の一喝が聞こえた。「貴様、上官への報告義務を何と心得ているんだ」

「郷田しゃん」

虎之助が郷田を思いやるように、低い声を漏らした。

「あん人には迷惑ばかけられんとたい。処分される人間は少なけりゃ少ないほどよかばい」

郷田の視線が落ちた。

「まぁいい。報告義務と言っても、人命がかかわっているような緊急事態となれば話は別だ。事後でも服務規定に抵触しない。そうだな、郷田」

「稲垣さん」

思わずヘリを見た郷田の目に、稲垣の口許にのぞく白い歯が見えた。白く輝くその光が、ソフト・フォーカスがかかったように、すぐにぼやけていく。

郷田は袖口で、そっと目のあたりを二度拭った。

「警察と共同で、お前たちの通過ルートを確保しているところだ。それまでは俺が先導する。いいか、慎重に進め。慎重に」

稲垣は、隣に坐るパイロットに向かって前進の合図をした。

郷田はその姿に向かって敬礼をする。膨大な数のサイレンの音が、街のあちらこちらから聞こえてくる。それは進行方向の道の両側に散開し、サイレンの音が虎之助が進む道を示しているかのようだった。


ふたたび慎重に足を運ぶ虎之助の歩調が、徐々に早くなり始める。進むにつれ確実に交通規制の効果が現われ、都内を出る頃には進行するルート上に一台の車も見当たらなかった。

荒川を渡り、埼玉に入る。朝に多摩川を渡った時には、足元が濡れないように気を遣ったものだが、今回はおかまいなしだ。加速をつけ、水を蹴散らしながら一気に渡る。大宮を抜けると、風景が一変し農地が目の前に広がる。

すでに迎賓館を出てから、小一時間が経過していた。いまこの時にも、百名を超える人間たちの生命が危機に瀕しているのだ。それを救うことができる存在は、この世にただ一人。自分しかいない。そう思うと虎之助の進む速度は早さを増し、速足から駆け足となっていた。

「郷田しゃん。しっかり摑まっていてくださいよ。振り落とされでもしたら、大変ですけん」

「まかしとけ。しかし何だな。こうしてお前の肩に乗って進むと、むかし漫画で読んだ『密林大王』になったごたる気がするな」

郷田は、虎之助の首の周りをぐるりと覆ったフリル状の襟飾りにしっかと摑まると、威勢のいい言葉を吐いた。

32

「監督。もう斜面の下はかなり浸食が進んでいます。あと一時間ももたないでしょう」

交代で見張りに出ていた二人の作業員が、水中からあがってきたかのように、ずぶ濡れになって叫んだ。顔の部分を残して、全身を覆った雨合羽《あまがっぱ》など何の役にもたたない。何人かの男たちが出入りするうちに水たまりができたドア口付近の床に、濡れそぼった合羽に付着していた雨水が音をたてて滴り落ちた。

「裏山はどうだ」

「かなり地面の表面が膨らんできています。下が崩れるのが早いか。山が崩れるのが早いか。いずれにしても時間の問題です」

もう一人の男が口をこわばらせながら言った。

虎之助が迎賓館を去ってからというもの、テレビは主役が抜けたマスゲームが延々と繰り広げられる歓迎式典会場と、災害救出の様子を伝える報道特別番組のスタジオ、そして現場に向かう虎之助を中継するヘリからの画像を、交互に織り交ぜて報じていた。

興ざめした心情を表に出すことなく、にこやかな笑いを浮かべながら、マスゲームに見入る各国の元首たち。その中央で、苦虫を嚙み潰したような顔をしている高村の顔が、時おり大写しになる。画面が切り替わると、報道局からの映像なのだろう、忙しく動き回るスタッフを背景に、深刻な顔をしたアナウンサーが姿を現わし、災害現場の概況を告げる。そして地上を飛ぶように走る虎之助の姿がヘリから中継される。その周囲の光景、実況中継を続ける記者の言葉から、虎之助がもうすぐそこまで来ているのは明らかだった。

「急いでくれ、虎之助さん。もう少しだ」

画面に見入る男たちの間から、悲鳴にも似た言葉が漏れた。

突如その画面に水滴がひとつふたつと付着したかと思うと、レースのカーテンが引かれたかのように白い水流が現われ、直後アナウンサーの叫び声があがった。

『だめです。もうこれ以上は進めません。もの凄い雨です。視界がまったくききません。ご覧になれるでしょうか』

カメラがコックピットに向けられ、滝となって雨が流れ落ちるキャノピーを映しだす。

『凄まじい。凄まじいのひと言につきる豪雨です。もうこれ以上、中継を続けることは無理です』

画面はスタジオからに切り替わった。

「もうすぐ虎之助さんが来るぞ」

監督がそう言った直後、待っていたかのように、天井を切り裂くような凄まじい音が聞こえた。何かの爆発。上空で巨大なガスタンクが爆発したかのような轟音が、一瞬の発光とともに鳴り響いた。男たちの何人かが思わず伏せた。

「何だ」

一瞬聴覚を失った監督の耳に、巨大なローラーが天を駆けていくような音が聞こえた。

——雷？

確かに雷の音に違いなかった。しかしその音の凄まじさ、光の強烈なこと、いずれをとってもこの地域を襲っている豪雨と同じように、かつて経験したこともないほど強烈な雷だっった。天が怒り、すべての天空のエネルギーが、この一点に集約されているかのような一瞬だった。

事態はいよいよ異常さを増し、抗《あらが》うことのできない自分たちの運命に男たちは怯えた。吐く息が荒くなり、全力で長い距離を走り終えたかのように、全員の肩が激しく上下する。みんな無言だった。激しく波打つ心臓の鼓動に合わせて、汗が噴きだしてくる。鼓動は凄まじい圧力となって、鼓膜を体の内面から打ちつける。音は徐々に大きさを増していく。男たちの絶望的な運命が、音をたてて近づいてくるかのごとく……。

「もうだめだ」

一人の男が叫んだのをきっかけに、それまで耐えていた恐怖が一気に噴きだした。

「落ち着け、落ち着くんだ」

叫んだ監督の耳の中でも、どんどん鼓動は大きくなっていく。もはやこの男も冷静さを保つのは限界に近かった。突如そのリズムが崩れた。一瞬監督は自分の心臓が止まったかのような錯覚に陥った。しかし次の瞬間、ふたたび鼓動はリズムを刻み始めた。音は確実に大きさを増してくる。監督はその音が、外から聞こえてくることに気がついた。

――来たのだ。虎之助が来たのだ……。

気がつくと、監督は叫んだ。

「来た、来たぞ。虎之助が来た」

部屋の中の動きが気配を確かめようとするかのように止まった。激しく降り注ぐ雨の音、異常な静寂、さらに大きさを増す足音。

男たちの間に歓声があがった。

それは到底雨と呼べるような代物ではなかった。河川敷に出ると、幅のある流れは土砂をたっぷりと含んで、茶色く濁り、白く泡だってさえいる。恐らくは崩壊した箇所に、植生していたものなのだろう、膨大な水量の中を、まるで溺《おぼ》れる者が断末魔の悲鳴をあげながら天に手を翳《かざ》すかのように、枝を突きだして木々が流されていく。上流を見ると、低く垂れこめた雲が、深い山をすっかり覆い隠している。黒い雲。魔物が潜み、密かに爪を研いでいるかのような、黒く邪悪なエネルギーを感じさせる雲だった。

河川敷は上流に進むにしたがって狭くなり、虎之助は濁流の中を駆けあがっていく。流れに押し流されてくる木々や岩が時おり虎之助の足を打つ。

しばらくすると、雨が顔に当たった。一滴一滴がはっきりと分かるような大粒の雨だった。

「郷田じゃん。そんなとこにいたんじゃ、大変ですばい。こちらにいたほうがよかです」

虎之助は肩に乗った郷田に声をかけると、手を差しのべた。

確かにその通りだった。まだ渓谷に入っていないにもかかわらず、大変な降りだった。もっとひどい降りになったら、滝に打たれる修行僧のような状態になるに違いない。

郷田はフリルの間から抜けだすと、差しのべられた虎之助のてのひらに乗り移った。

「ちょっと苦しいかも知れんですが、ちいと我慢ばしてくだっしゃい」

虎之助は、郷田を胸についたポケットの中に、そっと押しこんだ。

胸元から郷田が首と両手を出す形になったところで、虎之助はふたたび進み始めた。両側の谷の稜線が角度を増し、深みを増していく。ほどなくすると、レースのカーテンですっぽりと覆い隠すかのような白い壁が前方の谷間を満たしている。滝と言ってもいいほどの凄まじい豪雨が、谷を塞いでいるのだ。

降り注ぐ雨が、猛烈な風とともにつぶてのように水平に打ちつけてくる。先導していた稲垣の乗るヘリが方向を変えた。機首を振った瞬間、前方から吹きつける風に、横向きになったまま流される。

「虎之助。郷田。だめだ、ここから先はヘリが進めない」

不自然な旋回姿勢のまま頭上を流されていくヘリから、稲垣の声が間延びしたように聞こえてくる。

「ここから先は私たちだけで行きます。稲垣さんは退避してください」

虎之助は後方に流れていくヘリを振り返った。

追走してきた報道ヘリも、これ以上は無理だと判断したのだろう、方向を変えて遠ざかっていく。

「郷田しゃん。よかですか。行きますよ」

「よか。行け。櫛田入り、追い山たい。気ばって行け、気ばって！」

二人とも博多の男である。山笠の名前が出て、虎之助の目の色が変わった。たとえにしても山笠の名前を口に出した、当の郷田の顔つきも変わった。

「そしたら、行きますたい」

「おう」

虎之助はぐっと身を低くすると、豪雨のカーテンの中に飛びこんでいく。

「おっしょい、おっしょい」

虎之助と郷田の口から、山笠を舁《ひ》く時に博多の男たちが発するかけ声が洩れた。

雨は想像を絶する凄まじさだった。水滴の塊というよりも、流れとなって頭上から叩きつけてくる。厚い雲を突き抜けてくる光はわずかばかりのもので、豪雨がさらに視界を悪いものにした。頭を押しつけるように谷に垂れこめたぶ厚い黒雲を通して、どこから光が漏れてくるのか不思議なほどだった。

雨と激流の音に満たされた、濃密な空間を切り裂くような、閃光とともに轟く雷。その一瞬、周囲の光景がストロボを浴びたかのように、白い光を反射しながら浮かびあがる。渓谷は叩きつける豪雨に虎之助は頭を深く垂れ、足元だけを見つめるようにして進んだ。

さらに狭まり、足元に押し寄せる激流はさらに激しさを増している。虎之助が足をその中に沈めるたびに、向こう脛《ずね》のあたりの高さまで激しく飛沫があがった。

「おっしょい、おっしょい」

水圧に負けまいとする虎之助の声に同調して、郷田の声もまた大きくなる。

右手の斜面には、工事現場に通ずる、ただひとつの道路が走っている。現場にいる作業員たちを避難させるためには、退路となる道の様子を確認しておかなければならない。前方と道の状態を交互に見ていた郷田の目に、その道が崩落している部分が飛びこんできた。

崩落部分は、約十メートルに亘り、アスファルトで舗装された道路が完全に欠落している。かつて道路があった部分は、その上方二十メートルのあたりから土砂が滑落しており、むきだしになった赤土の上を、降り続ける雨が濁流となって流れ落ちていく。いかに土木作業を生業にしている人間たちとはいえ、この豪雨のなか、欠落部分を修復し、避難することは不可能なことには違いなかった。

「虎之助、道路を見ろ。あそこだ」

郷田は欠落箇所を指差した。胸のポケットの中にいる郷田の指が虎之助に見えるはずはなかったが、それでも虎之助は両足を踏んばって一瞬立ち止まると、周囲を見渡し、確認した。

「ひどか状態です。それでん何とかせんことには、皆しゃんが避難ばできんとでしょ」

ふもとに続く道はこれしかないのだ。ここを何とかしないことには、百人もの人間を、安全な場所に退避させることはできない。

不意に前方右手に、明らかに人工のものと分かる光が飛びこんできた。

「虎之助、あそこだ」

「見えます」

流れはますます激しさを増す。虎之助の巨体をもってしても、進むことはもはや困難なほどの濁流となって押し寄せてくる。一歩一歩を踏み締めるように進む虎之助。郷田はその胸ポケットの中で、虎之助が歯を食いしばるギリギリという音を確かに聞いていた。

「がんばれ、虎之助。もう少したい」

事務所が見えてきた。窓から漏れる蛍光灯の光、プレハブの二階建ての建物。トタン葺《ぶ》きの屋根に打ちつける雨は白い飛沫をあげ、滝となって流れ落ちる。その勢いだけでも、建物が押し潰されそうだ。

事務所が建つ谷の下を見た郷田は、思わず息を呑んだ。事務所が建っている場所の谷底の土砂は、すでにかなりの部分が濁流によって浸食され、土台から激流の中に滑落してしまうのに長くはかからないだろう。そして裏山に目をやった郷田はふたたび息を呑んだ。事務所の裏は人の手が加えられたことのない、山毛欅《ぶな》の原生林だったが、そこが歪《いびつ》に膨らんでいるのだ。保水能力をはるかにこえた雨水を、たっぷりと吸いこんだ山肌は、あとわずかの力が加われば、いっぱいに空気を孕《はら》んだ風船が弾けるように、一気に崩れるに違いない。

一刻の猶予もならなかった。郷田の目に、事務所の窓からこちらを見ている作業員たちの姿が映った。

「虎之助、俺を降ろしてくれ。すぐに皆を避難させないと。もう時間がない」

叫んだ郷田に向かって、虎之助の手が迫ってきた。

「来た。来たぞ。虎之助さんが来た」

ほとんど視界が利かない外を見つめていた男たちの目に、黒く巨大な影となった虎之助の姿が見え始めた。その時、凄まじい雷鳴とともに閃光が走り、ずぶ濡れになった虎之助の姿が一瞬浮かびあがった。

それは先ほどまでテレビで見ていた、秋空をバックに迎賓館の前に仁王立ちになった姿とは似ても似つかぬものだった。フリル状の襟飾りは雨に打たれ肩にへばりつき、赤い上着もブルマーも、雨をタップリと含み、虎之助の体にピッタリとへばりついている。脚を覆ったタイツはずたずたに裂け、皮膚がずるりと剝けてしまったかのように、いく筋もの簾のようになって両足にまとわりついている。

歓喜のあとに沈黙があった。待ち望んでいた救援が来た喜び、そして虎之助の姿を目にした男たちの胸に去来したものは、感動以外の何物でもなかった。

どうしたはずみか、この世に突如現われ、厄介者扱いされ、利用価値があることが分かると一転、この社会に巣食う様々な思惑の下にあらゆる奉仕を強いられた。その人間が、国家の行事を放棄して、自分たちの救出のために駆けつけてくれたのだ。

全員が神の姿を見たかのように、沈黙して窓の外を見ていた。次に稲妻が走った時、男たちの目には光るものが溢れていた。

「皆さん、早く退避してください。もう時間がありません」

その時、激しく音をたててドアが開くと、ずぶ濡れになった郷田が飛びこんできた。カーキ色の戦闘服は、虎之助と同様に身体にへばりつき、したたり落ちる雨が足元にたちまちのうちに水たまりを作った。

「これから道路の崩落箇所に、虎之助が簡易の橋をかけます」

「橋を？」

「そんな資材があるんですか」

「崩落している部分は約十メートル。谷の反対側に手ごろな松の大木が何本かあります。虎之助がそれを引き抜いて、橋をかけます。さあ早く！」

郷田は、戸口に立って中にいた全員を外に誘導し始めた。

虎之助は反対側の谷の斜面に生えていた松の大木を、両手でむんずと摑むと、引き抜きにかかった。地盤がたっぷりと雨を吸いこんでいたこともあるのだろう、苦もなく根元からずぶりと抜けた。それを斜面に密生している山毛欅の上に置くと、ほぼ同じ大きさの松を抜いた。二本の松を両手に、急ぎ足で下流に向かって歩き、崩落した道路に横たえた。

枝が邪魔して、橋としてはそのままでは用をなさないと見て、虎之助は巨大な手で、上になった部分の枝を折り、形を整える。完全とは言いがたいが、何とか人が渡れる状態であることを確認した虎之助は、事務所の様子が気になり、上流に向かって戻る。

雨はいっこうに衰える兆しが見えない。雷はその間隔を狭め、低く覆った黒い雲の底をいく筋もの光となって生き物のように走っていく。光の中に浮きあがった斜面が、ひとつ呼吸したかのようにむくりと膨らんだ。そこを覆った山毛欅の原生林が、ゆっくりと動きだす。このままだと現場事務所から橋に続く道路を、押し流しそうだった。斜面が崩落したら、事務所にいる作業員たちが避難することは不可能になる。さらに崩落は事務所の裏山の崩壊を引き起こす恐れが十分にある。そうなれば作業員たちが助かる見込みはないだろう。

——何とかしなければ！

その時、事務所から一列になって、こちらに向かって全速力で駆けてくる作業員たちの姿が、目にはいった。

——いかん！

虎之助は反射的に道路の上に覆い被さるように体を預けると、崩れだした斜面に全体重をかけ押さえにかかった。いかに虎之助の体が巨大だとはいえ、崩れだした土砂を長きにわたって押し留めておくことはできないことは明白だった。それどころか、このままの体勢を続ければ、間違いなく膨大な量の土砂に、その巨体は押し潰されてしまうだろう。

しかし、虎之助の頭には、自らの危険を顧《かえり》みる気持ちなど微塵もなかった。目の前にいる百人ほどの人間を救うことができるのは、自分しかいない。虎之助の脳裏には、そのひとつの考えしかなかった。

「虎之助さん。ありがとうございます」

全力で駆けてきた最初の一人が、豪雨の中で立ち止まり、大声で叫んだ。

「礼はあとでんよか。早く渡らんとや。早く」

虎之助は全身にさらに力を込め、叫んだ。

作業員たちは虎之助がかけた橋を、次々に渡っていく。

「止まるんじゃなか。ふもとまで一気に駆けるたい」

尋常ではない重量をささえている虎之助の口調が、徐々に苦しげになっていく。蟻の行列のような人間の列の最後が見えてきた。

——もうひと息たい。

はり裂けんばかりに膨らんだ、虎之助の筋肉が痺《しび》れてくる。関節がきしみ、濁流に浸かりながら踏んばっている足元が、ずるりと滑る。

――一人でも死なせるわけにはいかん。こん人たちの一人でも死なせれば、わしゃあ、ほんなこつこの世じゃ役立たずになるばい。

最後尾の二人が虎之助のそばに来ると立ち止まった。郷田と現場監督だった。

「虎之助」

「虎之助さん」

二人は口々に名を呼んだ。

「ようやってくれた、全員避難し終えた。これもお前のおかげだ」

郷田は豪雨の中に立ち止まり、虎之助を見上げた。

「いや。まだですたい。まだ二人おるとです。あんたら避難させんことには、仕事は終わらんとです」

その時、ひときわ強い圧力が虎之助の体にかかった。力を込めた足元がまた滑った。

「さあ、はよう。はよう行ってくだっしゃい」

虎之助が食いしばった歯の間から、ギリギリという音が聞こえる。

「大丈夫か、虎之助」

足を運びかけた郷田が、足を止め、聞いた。

「あんたが行かんから、私がこうしとらないかんとです。はよう、行けちゅうたら、行け」

郷田は監督の背を押すと、虎之助の体の下をくぐり、橋を渡った。約百人の人間が渡った松の木は、表面の樹皮が落ちてはいたが、木が含む脂のせいで足元はしっかりしており、二人は一気に橋を駆け抜けた。

「虎之助」

橋を渡りきったところで、郷田はうしろを振り向いた。すぐ先、手を伸ばせば届くのではないかと思われるところに、虎之助の白い歯があった。

「何で立ち止まるとですか。はよう逃げんと、山が崩れるとです。早く逃げて」

監督が郷田の腕を引っぱった。

「郷田さん、早く」

「虎之助」

郷田は振り返りながら、ふたたび駆けた。

「虎之助、死ぬな」

どうしてそんな不吉な言葉が口をついて出たのか、郷田にも分からなかった。しかし郷田は、虎之助がこの世から消え去ってしまうような、そんな予感にとらわれた。予感というよりは、確信と言ってもよかった。

道はわずかに左にカーブし、振り返るたびに見えていた虎之助の姿が、徐々に見えなくなっていく。

次の瞬間、天のエネルギーがすべてそこに集約したのではないかと思われるような、凄まじい稲妻が走った。天に住む竜の群れがあらゆる方向から姿を現わすと、一点をめがけてナイフの鋭さで走り寄り、激突し巨大な光の柱となって地上に降り注いだ。神々しいばかりの光とともに、すべての音が聞こえなくなった。

極彩色の光の氾濫。プリズムの中に身を置いたかのように、淡い色の洪水に虎之助は包まれた。身に覚えのある奇妙な感覚だった。地の底に続く蓋が開き、果てしない空間に自分が落下していく速度感がある。まばゆい光の中に、頭上から崩れ落ちてくる土砂が、怒濤のごとく押し寄せてくる。それはスローモーションを見ているかのように緩慢で、陽炎《かげろう》を通して見ているかのように、ゆらぎ、そして歪んで見えた。

地の底に落下していく加速度感は、ますます増していく。頭上から迫りくる土砂はいつまで経っても降り注ぐことがない。

——あの時と同じだ、四ヵ月前のあの時と。

今度こそ何が起きるのか、見きわめようと虎之助は必死に耐えた。光はますます強くなり、目を開いていられないほどになる。思わず目を閉じたところで、虎之助は意識が急速に薄れていくのを感じた。次元の空間がふたたび捩《ねじ》れた。

衝撃があったのかどうか、それは郷田には分からなかった。まばゆいばかりの光に包まれながら、自分の体が高く宙を舞っていることだけは、はっきりと分かった。時間が異常に長く、宙を飛びながらうしろを振り返ると、いままで虎之助がいた場所に巨大な光の柱が立ち、谷底を流れる激流に向かって膨大な土砂が、山毛欅の原生林とともに滑り落ちていくのが見えた。

前方に向かって宙を舞っていく自分の体を、逆の方向に引っぱろうとする、奇妙な力が働いている。体が伸びきり、異常に長くなっていく気がする。時間の概念がなくなり、すべてのものが停止しているかのように、そして歪んで見える。

次の瞬間、足元から引っぱる不思議な力から解放されるのを郷田は感じた。体が軽くなり、反動で今度はものすごい勢いで前方に放りだされる。

「虎之助ぇぇぇ」

それが郷田が最後に見た光景だった。背中に鋼鉄の板を打ちつけられたような衝撃が走り、郷田は意識を失った。

33

光が眩しかった。自分はまだあの落雷の中で、宙を飛んでいるのだろうかと思った。

随分長い時間が過ぎたような気がする一方で、ほんの一瞬であったような気もする。

「郷田、郷田」

遠くで自分の名前を呼ぶ声がする。呼び声は徐々に近くなり、その声がはっきりと聞こえたところで、瞼が開いた。

青。抜けるような青い色が見えた。それが空の青だと分かった時、郷田はゆっくりと目を動かした。自分を覗きこんでいる男の顔があった。

「郷田、気がついたか」

稲垣だった。

「稲垣さん……」

指先を動かしてみる。そして足、腕……。体に大きなダメージはないようだった。郷田は、体を起こしにかかった。

「無理するな。落雷で飛ばされて路上に叩きつけられたんだ。救護班が来るまでじっとしてろ」

「いや、大丈夫です」

郷田は、ゆっくりとだが、体を起こした。稲垣がすかさず郷田の背に腕を回し、その体を支えた。

「虎之助は。虎之助は……」

郷田の脳裏に、自分が気を失う寸前に見た光景が蘇る。巨大な光の柱。そして土砂崩れ。いかに巨大な体を持つ虎之助といえども、あの状況で無事でいられたものだろうか。

郷田の脳裏に不吉な予感が走る。

「それが、分からんのだ」

稲垣の視線が落ちた。

「分からない」

郷田は緩慢な動作で、振り返った。

ちょうど虎之助がいたあたりの谷を、崩れた山の土砂が塞いでいた。塞き止められた濁流がそこに溜まり、ちょっとしたダムのようになっている。

「あそこに虎之助がいたんです。凄い落雷があって、そして土砂崩れがあって……」

郷田は魂が抜けきったような力ない声で言うと、ゆっくりと立ちあがった。そこまで行けば、虎之助の何かが見つかるかもしれないと思った。

「分からん。分からんのだ」稲垣が困惑の色を深くして言った。「確かに凄い落雷だった。雲の外にいるヘリの中からも、凄まじい閃光と轟音は、はっきりと分かった。その直後に何が起きたと思う」

「何が起きたんです」

郷田は聞き返した。

「あの落雷で、すべてのエネルギーを放出してしまったのか、巨大な雨雲が縮小を始めたんだ。それこそ見ているうちに小さくなって。十分もしないうちに消滅した。天に吸いこまれるようにね」

「そんな……」

「お前、自分ではどれくらいのあいだ気絶していたか分からないだろうが、本当のところ、ものの三十分も気絶しちゃいない。いいか、三十分だぞ。その間にあの地獄のような嵐が消滅して、この天気だ」

稲垣は顎で空を指した。

「それで、虎之助は」

郷田はふたたび聞いた。

「雲が切れると同時に、上空から土砂崩れの現場を観測したが、あいつの姿は影も形もなかった。その時は、まだあれほど水は溜まってはいなかった。土砂に埋まったとも考えられないわけじゃないが、それにしてもあの体だ。何の痕跡もないというわけはないのだが」

「消えた……」

郷田はぽつりと言った。自分が最後に虎之助を見た光景を、思いだしてみた。巨大な光の柱。崩落する土砂。そこにはもう虎之助の姿はなかった気がする。

「消えたんですよ。虎之助は……消えちまったんですよ」

「消えたか。不思議なことがあるもんだ。突然この世に現われて、突然消えるか。原因不明が原因不明で終わる。辻褄《つじつま》が合わない始まりが、辻褄の合わない終わり方をする。マイナスとマイナスを掛けるとプラスになるように、逆に辻褄が合うというところかな」

禅問答のような自分の言葉に、一人稲垣は頷くと、白い歯をむきだしにして笑った。

郷田はふたたび土砂に埋まった谷を見た。雨の間どこかに行っていた鳥たちが戻り、長閑《のどか》な囀《さえず》りがしんとした谷に響いている。

「虎之助、お前はいったいどこから来て、どこへ行ったとや」

郷田は、囀り声をあげる鳥たちに問いかけるように、ぽつりと言った。

34

短い秋が過ぎ去って冬が来た。年が明けても、工事は中断されることなく続いていた。

春まだ遠い房総の枯野に高さ百五十メートル、それぞれの辺が三百メートルもある巨大なコンクリートの塊のような建築物が徐々にその姿を現わしつつあった。虎之助がこの世から消滅したというのに、いったん予算を認められた以上何があっても中止しないという、官僚行政の愚行の結果である。その証拠に、かつて虎之助の住居誘致を条件に設置が決まった大規模なゴミ焼却施設と下水処理施設の建設も進んでいる。

半年ぶりにこの地を訪れた郷田は、この地の光景が一変しているのに、いまさらながら驚いた。周囲をぐるりと見渡してみる。はるか先には、虎之助めあての観光客を当てこんで建設が進んでいたホテルやリゾート施設が、鉄骨が組みあげられた時点で工事を中断したまま放置されているのが見える。冬の透明な日差しの中に、逆光となって浮かびあがる建築物群は、骨となった屍の群れのように見えた。時おり強く吹く風が荒野を渡るとき、亡霊の泣き声のようにヒョウと鳴り、それが騒ぎの過ぎさったあとの虚しさを印象づけた。

かつて虎之助景気に沸いた街は通る人影もなく、閑散とした通りに砂塵《さじん》が舞い、にわか景気を当てこんで出店したものの、たちまちのうちに経営が立ちゆかなくなって閉店した店のシャッターを音をたてて震えさせた。

打撃を受けたのは、虎之助景気をあてこんだ地元の商店街だけではなかった。この状況こそが、虎之助消滅以降の日本の縮図だった。

経済状況を、何よりもよく反映するのは株価である。サミット開幕の当日、工事現場で虎之助が消滅したことが分かるや、週明けの東京株式市場は大暴落した。低迷していた株式市場を一転昇り調子一本にした材料が、虎之助の出現だった。そのただひとつといってもいい好材料が消滅したのである。下げ幅は地獄の釜の蓋が開き、奈落へと落下するようなもので、実に二万円の大台を割ってもまだ値がつかず、東証は取引停止の措置をこうじたが、それでも翌日、さらに翌々日になっても売り気配のまま、推移するという異常な事態に陥った。

四日を経てようやく値がついた時には、日経平均株価は一万二千円台、それまでの平均株価が四万八千円だったことからすると、実に四分の一の価格にまで暴落したのである。

中でも最大の影響を受けたのが、それまで思惑含みで買われていた建設、製薬株である。特に虎之助に深くかかわっていると見られた企業の株は、無残にも額面を割りこみ、南部建設、東亜製薬はたちまちのうちに経営危機に陥った。そればかりではない。周囲のリゾート開発がらみで、活発にビジネスを展開していた総合商社もその例に漏れなかった。

日本を代表する商社の株が、額面を割りこみ、たちまちのうちに経営危機に陥った。

この事態が持ちあがったのが、東京サミット開催中であったことは、高村にとって悲劇以外の何物でもなかった。それまでの友好ムードが一変し、東京市場暴落の余波を心配する各国首脳から一斉に突きあげを食った。もともといまの政治家に、さしたる理想があるわけではない。権力欲の赴くままに政治の世界を泳ぎ回り、策謀の果てに権力の頂点に登りつめただけの人間である。この国では行政を実際に取り仕切っているのは官僚で、政治家ではないのである。

しかし、その当の官僚はといえば、虎之助が出現した際に慌てふためくだけで、当事者能力を発揮したわけではないのと同様に、いきなり梯子を外されたようなこの事態に、俊敏な対応策など打てるはずもなかった。

サミットは紛糾し、険悪な雰囲気に一変した中で、ほとんど売り言葉に買い言葉、高村がアメリカ国債の売却の考えを口にしたりしたものだから、大変なことになった。それまで好調だったニューヨーク株式市場も大暴落した。ニューヨーク・ダウ平均はそれまでの八千六百ドルから六千ドルに暴落、ロンドンもまた同様に値を下げた。

まさに日本発の世界恐慌の始まりだった。

欲に溺れ、目先の利を求めて、狂奔した人間社会の何と虚しいことか。

荒涼とした房総の風景を見ながら、郷田の胸中に去来するものは、金と物質に毒された人間社会の愚かしさ以外の何物でもなかった。

虎之助が消えてからというもの、ほぼ連日に亘って郷田は、様々な国家機関から事情聴取を受けた。所属する自衛隊、巨人対策会議、学術機関そして警察。来る日も来る日も同じ質問を受け、そして同じ答えを繰り返した。人命救助と国家的行事。天下の一大事とばかりに虎之助の出現を報じたマスコミは、消滅もまた同じような扱いで、このニュースを報じた。マスコミにとって真相を解明できないニュースほど、ヴァリューを持つものはないであろう。書き得とばかりに、事実関係や科学的裏づけなど、まるでなきがごとくに飛ばし記事が各紙面に氾濫した。しかしながら郷田にとって幸いだったのは、噓《なじ》とも真実《まこと》ともつかぬ記事が氾濫するなかにあって、虎之助を人命救助に向かわせた行為を詰る記事が皆無だったことだろう。百人の人命と国家の行事。ふたつを天秤にかければどちらが重いか、それを判断できないほどにマスコミは良識も冷静さも失ってはいなかった。逆に虎之助が迎賓館を離れた際に、総理の高村が発した人命軽視の命令を、鬼の首を取ったかのように書きたてた。にわかに降って湧いた虎之助景気に乗じて、インサイダー取引に等しい株取引で巨額の資金を手にした民主共和党といえども、この逆風には抗しがたいものがあった。増してやサミットの最中に発したあまりにも不用意な発言が、恐慌の直接的引き金になったとあってはなおさらのことである。野党は一斉に高村政権、与党民主共和党を攻めたて、高村政権は崩壊し、民主共和党はその年の総選挙で惨敗した。

それに取って代わったのが、それまで野党第一党の地位にあった社会共和党だったが、そもそもが自分たちが与党になれるとは、端《はな》から思ってもいなかった政治家集団である。いままでの選挙ならば泡沫候補で終わっていた人間が、国会議員になってしまったのである。深刻な経済状況に有効な打開策を打ちだすこともできずに、経済はますます混乱の色を深くしていくばかりだった。

一連の事情聴取ののちに、郷田は自衛隊を辞した。人命救助に虎之助を向かわせた行為そのものは、世論のあと押しもあって責められることはなかったが、独断で行動を起こしたことは、自衛隊のような組織に身をおく者として、到底よしとされるべき行為とは思えなかったからである。指揮官として郷田の行為を庇《かば》った稲垣陸将補もまた、郷田同様にその職を自ら辞した。

郷田は初めて組織から離れ、自由の身になった。これから何をして生きていくのか、何ひとつあてがあるわけでもなかった。しかし不思議なことに、そこには一片の不安もなかった。

ふと目を転じると自分が立っている農道を、一人の老婆が鍬《くわ》と鋤《すき》を手に、こちらに歩いてくる。腰が曲がってはいるが、矍鑠《かくしゃく》とした足取りの老婆は畑地に足を踏みいれると、鍬を畔《あぜ》に置き、鋤で畑を耕し始めた。

風に乗って豊饒《ほうじょう》な土の香りが郷田の鼻をくすぐった。

郷田はゆっくりと歩み寄ると、老婆に話しかけた。

「ばあちゃん、精がでるね」

郷田の顔に穏やかな笑みが浮かんでいる。

「せっかくいい土をもらったから、手をかけてやらんことにはね、神様に申し訳なくて」

老婆は少しのあいだ手を止め、郷田を見て言うと、ふたたび黙々と土を耕しにかかる。

「神様からもらった土？」

深々と突き刺さった鋤が起こされるほどに、黒々とした土の中に太いミミズが混じっているのが見えた。

「虎之助さんだよ」

老婆は今度は手を休めることなく言った。

その言葉に、郷田はここが騒動の初日に、虎之助が用を足した場所であることに初めて気がついた。

土中から次々に湧いてくるミミズを見ているうちに、郷田は虎之助が確かにこの世に存在した確かな証《あかし》を見たような気がした。

郷田は着ていたジャンパーのジッパーを外しながら、老婆に聞いた。

「ばあちゃん。俺も手伝ってもいいかな」

「ああ、いいともさ」

老婆が答えるのを待つまでもなく、郷田は鍬を手にすると、次の瞬間にはもう豊饒な土を掘り返していた。

35

意識の回復を最初に感じさせたものは音だった。海岸に打ち寄せる波のざわめき、それとも防風林の枝を揺らす風の音だろうか。虎之助は目を開けるのが怖かった。白い光に包まれた時に感じた、全身を走る正と負の相矛盾する不思議な感覚。その直後に完全に失った意識……巨人となってしまったあの時と同じ現象が起きたのだ。

じっと目を閉じたまま、耳を澄ましてみる。正体がさだかでない音に混じって人々の話し声、そして人々が路上を行き交う靴音が聞こえる。

「ちょっと、あんた」

仰向けになっている自分の顔のすぐ近くで声がしたかと思うと、肩のあたりに手がふれ、二度、三度と揺すぶられた。

「なんばしよるとね。こげなところで」

目を開けた目の前に、訝しげな表情で覗きこむ男の顔があった。

「こげん早か時間から酔っとると?」

思わず上体を起こした虎之助だったが、すぐには視点がさだまらない。それでもブルーのシャツに濃紺のスラックスを着た男が警官であることは分かった。背後には無表情で虎之助を見るもう一人の警官がいる。

「さっきまで降っとったすごか雷雨も気がつかんやったとやろ。こげんずぶ濡れになってから」

警官が、呆れた口調で言った。

「いや、酔うとりはせんですが……はて、ここはどこですか」

「ここはどこ言うて、中洲ばい。親不孝通りばい」

「親不孝通り?」

親不孝通りといえば、博多きっての繁華街中洲の中心地で、浪人生が予備校に通う道であることからその名のついたところだ。

「あんた、自分がどこにいるか、分からんようになるまで飲んだんじゃなかと」

虎之助に最初に声をかけた警官が、鼻を少し膨らませて臭いを嗅ぐ仕草をした。

「そげなことはなかとです。ほれ、このとおり」

虎之助はひとつ息を吸いこむと、大きく開けた口から息を吐きだした。

「ふむ。本当に飲んどらんな。そしたらあんた昼寝か」

「いや、そういうわけじゃなかばってん……」

何が起きたか分からない虎之助は言葉につまった。

「とにかくあんた、昼寝もよかばってん、場所ば気ぃつけんと、近ごろは何かと物騒で、寝ている間に盗難にあったという被害も報告されとるけん。寝るなら寝るで、ちゃんと家に帰ってからにせんと。それにそげな格好じゃ……」

警官は義務は果たしたとばかりに、含み笑いをしながら立ち去っていった。

日没が近い中洲の通りには、極彩色のネオンが洪水のように瞬きはじめ、大雨のあとの路上に反射する。

——いまの警官も、通りを歩く人たちも、俺と何ひとつ変わることのない大きさ……ということは普通の人間に戻ったということか。しかし、気を失うまでの俺はダムの工事現場にいて、危機に陥っていた人たちを救って……。

「あれは夢だったんじゃろうか」

虎之助は無意識のうちに、自分のてのひらを見た。長年の土木作業によって何度となくできた肉刺《まめ》が、たこになったぶ厚い手。そこには樹液と思われるものが付着している。鼻の近くにもっていくと、確かに松脂《まつやに》の臭いがし、周囲には細かい樹皮もこびりついている。急に全身の感覚が戻り、半乾きになった衣類が肌にへばりつく不快感に襲われた。

ふと虎之助の視線が自分の服装に向く。

「ぎゃっ！」

虎之助は声にならない悲鳴をあげた。ずたずたになったタイツ。赤に金のモールが入ったブルマー。提灯袖の上着、そしてフリルのついた襟。誰がどう見ても滑稽きわまりない姿だった。

体が熱くなり、その場から逃げだそうと立ちあがると、松の葉と半乾きになった土がばらばらとこぼれ落ちた。

手に付着した松脂、衣服からこぼれ落ちた松の葉、土。虎之助の脳裏に、ダムの工事現場で救出作業にあたっていた光景が鮮明に蘇ってきた。

——あれはやっぱり夢じゃなか。

状況はすべてが現実だったことを物語っていた。

——ここはもとの世界ちゅうことやろか、それともまた別の世界なんじゃろか。人のサイズも話す言葉も、さっきまでいた世界とは違ってすべてが同じようではある。問題はこれから家に帰り、そこにかつて自分が暮らした通りの家庭があるかどうかだ。

虎之助はにわかに人通りが増してきた中洲の繁華街を、小走りに駆けだした。中世の王様、あるいは敗軍の将のような見すぼらしい姿を見た通行人の間から笑い声が聞こえる。無遠慮に指をさす者までいる。

虎之助は空車のタクシーを見つけると、体を滑りこませた。金の持ちあわせなどありはしなかったが、ここが本来自分がいるべき世界なら、家に帰り好子に払ってもらえばいい。だがもしもそうでない時は……。

「山笠町まで」

虎之助の胸中が錯綜《さくそう》する期待と不安で満たされる。

走り始めると、すぐにルーム・ミラーで虎之助の異様な姿を運転手は盗み見た。

「お客さん。どげんしたとですか、そげな格好ばして」

忍び笑いとともに話しかけてきた。

「いや、ちょっと、その、今日は早い時間から会社の送別会があってくさ。仮装の余興ばやりおったら悪か奴がおって、着替えば持って帰りおったとばい」

「そりゃ災難で」

軽やかな笑い声とともに、タクシーは繁華街を抜ける。道順を熟知しているらしい運転手は、逡巡《しゅんじゅん》することなく最短の道筋を辿る。

「お客さん、ラジオばつけましょうかね」

運転手が虎之助に声をかけた。

「ああ、よかですよ」

運転手は片手を伸ばし、スイッチを入れる。

『……繰り返し、臨時ニュースを申し上げます。本日午後四時頃、千葉県の九十九里浜に体長百メートルもある巨人が突如出現しました。巨人は生きており、意思の疎通も可能ということが判明しましたが、暴走する可能性も捨てきれないことから、警察、自衛隊が出動し厳戒態勢に入っております』

「ニュースかと思うたらつまらん番組で。別のにしまっしょう」

運転手がチューナーを調節する。

『……この前代未聞の事態に政府は自衛隊の……』

「あれ、どげんしたとやろ、こっちも同じたい」

運転手は、二度、三度とチューナーを調節し局を変えるが、いずれも巨人出現のニュースをやっている。

「なんですかね、これは。こげん馬鹿なこと、あるはずがなかでっしょうに」

運転手は理解に苦しむといった口調でつぶやいた。

不思議なことに断片的に聞こえてくるニュースを耳にした虎之助に、驚きも戸惑いもなかった。何がどうなったのかは知らないが、この世界にも巨人が現われたらしい。

「エイプリルフールでもあるまいし」

そう続けた運転手に、虎之助は胸中にふと湧いた疑問を口にした。

「運転手さん、今日は何月何日でしたかね」

「六月六日ですが」

「六月六日！　何年の」

「平成十四年ですばい」

変なことを聞く客だとばかりに、運転手はぼそりと答えた。

――すると、あの変な事件が起きた日から一日も経っとらんちゅうわけか。そげん馬鹿なことがあるのやろか。あれだけの体験がすべて夢の中の出来事で……。いや、そげなはずはなか。現に俺はこげな格好ばして、手には松脂が……。

かつて月の奇麗な夜、九十九里浜で平野が言った言葉が、ふと虎之助の脳裏に思いだされた。

虎之助の顔に静かな笑いが広がっていく。今度九十九里浜に現われた巨人は、どこの誰かは存ぜぬが、何かの拍子にこの世界に転がり落ちてしまったのだ。それがどういう現象で起こるものかは知らないが、とにかく今度は自分ではなく、他の誰かに……。

すべてが納得できたかのような安堵、そして不安から解消されたかのような笑いは消えることはなかった。ここが本来自分が身をおく世界と決まったわけではないが、ラジオから聞こえてきたニュースを耳にしたとき、間違いなく異常な体験をした世界から解放されたことを虎之助は確信した。それを裏づけるかのように、車窓から見える街の光景は、どれもこれもが見慣れたものばかりだった。

後方からパトカーのサイレンの音が聞こえてきた。路肩に寄せた車の間を点滅する赤色灯が前方に走っていく。遠ざかるサイレンの音に混じって『こらぁ、前の車停まらんか。停まれ』警官の怒号が聞こえる。

ふたたび走り始めたタクシーの前に、赤色灯を回転させ停止しているパトカーと、一台のパジェロが見えてきた。ルーフに取りつけられたパラボラ・アンテナ、車体の横には『テレビ玄界』の文字が見える。歩道では警官に向かってしきりに頭を下げている若い男の姿も見える。

「ははぁ、一通ば無視しおったらしいですな」

タクシーの運転手が、はしゃいだ声で言った。

家はもうすぐそこだった。路地を入り、二百メートルも行けば、そこには好子が、そして三人の子供が待つ家があるはずだった。

ときめくような期待、喜び、そして少しばかりの不安と恐怖……。複雑な感情の交錯に、虎之助の胸はさざめいた。タクシーは通りを左折すると、路地に入った。直線の道の向こう、自分の家とおぼしきあたりにまた一台のパジェロが停まっている。ルーフに取りつけられたアンテナ、その外観だけでテレビ局の中継車であることが分かった。

いやな予感がした。

――なして俺の家の前にテレビ局の車が……まさか千葉に現われたのは、別の俺？

考えを巡らせる間もなくタクシーは停まった。運転手がドアを開く。

「運転手さん、金ば家から持ってきますけん、ちいと待っていてくだっしゃい」

虎之助は言うが早いか飛びだした。

一間ばかりの粗末な引き戸の玄関先には、三人の男が立っていた。一人はカメラを肩にかけ、もう一人はマイクとハンディ・ライトを持っている。白く強烈な光が開け放たれた玄関の中に向けられ、久しく見ることのなかった好子が、すっかり困惑した顔で立ちつくしていた。

「好子ぉ」

虎之助は、玄関を塞いでいた男たちを突きとばす勢いで、中に入った。

「あんた」

好子が安堵の表情を浮かべる。

「すると、この人が上田虎之助さんで」

三人の中の一人が、興奮と拍子抜けが入り交じったような複雑な声をあげた。

「ああ、わしが上田虎之助たい」

「あんた、おおごとたい。千葉に巨人が現われて……」

「分かっとう。そん巨人が名前は上田虎之助ちゅうて、ここに住んどる。そう言うとるとやろうが」

「なしてそげんことを知っとうと」

「そりゃ、なんでん分かるくさ。お前の亭主やもん」

虎之助は胸をはった。

好子の顔に怪訝な表情が宿り、目の前の虎之助の格好をまじまじと見つめだした。

カメラマンが、虎之助にレンズを向けた。ハンディ・ライトの眩しい光が虎之助、好子の二人を包んだ。

「あんた、なんね、そん格好は。そげなチンドン屋のごたる格好ばして、みっともなか」

亭主の珍妙な格好に気がついた好子は平手で虎之助の頰を思いきりひっぱたいた。

鼻のあたりが煙くなり、頰が痺れた。

「あいたぁ」

涙腺から熱いものが込みあげてきた。不思議なことに虎之助には、その感覚がとてつもなくうれしかった。

解説

西上心太

《目が醒めてみたら、すっかり夜が明けていた。起き上がろうとしたが、身動き一つできなかった。気がついてみると、たまたま仰むけに寝ていたものだから、そのまま両手両足が左右の地面にしっかりと縛りつけられていたし、長くふさふさしていた髪の毛もこれまた同じように地面に縛りつけられていた》（ジョナサン・スウィフト『ガリヴァー旅行記』平井正穂訳・岩波文庫）

楡周平という作者名から連想されるのは、スケールの大きいサスペンス小説であろう。『ガリバー・パニック』と題された本書も、これまでの楡作品のイメージ通りに受取れば、世界中で圧倒的なシェアを誇る——いわゆるガリバー型寡占《かせん》——大企業に対するテロが計画され……、というような国際謀略サスペンスが始まっても不思議はないのだが、その予想は大きく外れる。本書は、九十九里の海岸に、身長百メートルという巨人が突如出現、日本国中がパニックに陥《おちい》る様を描いた、諷刺《ふうし》コメディ小説なのである。題名からも分かるとおり、お手本はもちろんあの『ガリヴァー旅行記』である。

冒頭の引用は、乗っていた船が難破し、命からがらある島に泳ぎ着いたガリバー（以下ガリバーに統一）が意識を取り戻した場面である。もちろんここは小人国のリリパット。海岸の砂浜に横たわるガリバーに、大勢の小人たちが群がり、彼を地面に縛りつけたところだ。

子供向けの絵本で『ガリバー』に出会わなかった人は珍しいと思う。わたしもこのシーンだけはいまだに強く印象に残っている。しかし絵本や童話として広く読まれている物語であるのに、スウィフトの原作を読み通した人は逆に珍しいのではないだろうか。

一般的には原作の第一篇にあたるリリパット国のみが有名である。この章では十七世紀末から十八世紀初頭にかけてのイギリスの政治や上流社会が鋭く諷刺されている。文中にさりげなく置かれた固有名詞や単語が、当時の人が読めば誰某を当てこすっているように読める仕掛けになっている。現代人にとって研究者でもない限りは、すべての面白さを理解することができないのが残念である。

むしろ現代のわれわれにとって『ガリヴァー旅行記』はリリパット国ほどポピュラーでない第二篇以降が面白い。小人国の反対の大人国のブロブディンナグは常識と理性に則《のっと》った統治がなされており、その王の口を借りて「お前の国の大多数の国民は、自然のお目こぼしでこの地球上の表面を這いずりまわることを許されている嫌らしい小害虫の中でも、最も悪辣な種類だと、断定せざるをえない」と、当時のヨーロッパ人を痛烈に批判して見せる。

第三篇では宮崎駿のアニメにもなった天空の島ラピュータが登場するなど、SF的な趣向も目を引くが、奇妙奇天烈《きみようきてれつ》な研究にいそしむ学究の徒を皮肉ったバルニバービ島の場面などは爆笑もので、科学万能主義の現代にも通じる点が多い。

最後の第四篇が馬の国フウイヌムで、支配階級の馬族の高貴さと、家畜として扱われるヤフー＝人間の低俗さがあますところなく描かれる。その後ガリバーは何とか無事にイギリスに戻ってはきたが、フウイヌムでの生活に影響され、ついに強烈な人間嫌いとなって、この物語は終るのである。

長々と『ガリヴァー旅行記』について記したが、別にこれらのことを知らなくても本書は充分楽しめる。だがパロディの元になった作品を知っていれば、より深くその世界を理解できるに違いない。

九州の現場で作業中だった土木作業員の上田虎之助は、落雷と高電流によって偶然発した強烈な磁場に巻きこまれてしまった。彼が意識を取り戻した場所は、九州から遠く離れた千葉県の九十九里海岸だった。『熊田工務店』という縫い取りがある黄土色の作業服、黄色いヘルメット、地下足袋にピンクのタオル。それまで通りの現場姿だった。虎之助の身長が百メートルになっていたことを除いては。

「巨人」の出現に慌てた政府は自衛隊を出動させる。だがサイズが巨大なことを除けば、同じ言葉を喋る人間であることがわかり、政府は虎之助の扱いに苦慮することになったのだった……。

各省庁の事務次官が虎之助の処遇をめぐり、責任を押しつける場面が、第一の読みどころだろう。前例のない事例を嫌う役人根性と、縦割り行政の弊が戯画化されてたっぷりと描かれるのだ。いっそのこと殺してしまえば面倒はないが、なまじ人間の姿をしているため非難が怖くて処分ができないという台詞《せりふ》は、血の通わない政策を国民に押しつける官僚に対する痛烈な皮肉だろう。

リリパット国のガリバーは、隣国の戦艦を軒並み拿捕《だほ》するなどの手柄をたてたが、基本的には大量の食料を消費するやっかいな存在だった。ところが資本主義が発達した現代社会では虎之助は貴重な存在となる。虎之助が格好の宣伝媒体となることに気づいたからだ。また政府も、虎之助の土木作業員という本業を生かす道を思いつき、ダム建造などの公共事業を進めるために虎之助を利用しはじめる。こうなると手のひらを返したように、虎之助をめぐる利権を求め、各省庁が擦り寄ってくる。また首相は虎之助の特異な体質を利用して、あくどい手段で一儲けしようと暗躍する。

ガリバー同様、虎之助も外界からやってきた異邦人である。難解な幾何の問題が、一本の補助線を引けば簡単に解けるように、ガリバーや虎之助という社会の常識の埒外《らちがい》にある異形《いぎょう》な存在を配置することで、現実社会の歪《ひず》みや矛盾《むじゅん》が露呈しやすくなるのである。

また船医というインテリ階級であったガリバーと違い、虎之助を労働者階級に設定したことにも注目したい。虎之助は、自分の身体を使い額に汗して働く土木作業員という職業を天職であると思っている。教養はないかもしれないが、極めて無垢《むく》な存在なのだ。無心に働く虎之助と欲深い者たちの姿が、よりはっきりと対比される仕組みになっているのだ。

＊注　以下の部分で結末に触れていますので未読の方はご注意下さい

虎之助の出現は日本の経済を刺激し、景気は一気に上昇する。彼は道化のようなコスチュームに身を包み、サミット会場に招かれる。彼の股《また》の下を子供たちの歓迎パレードが通る（もちろん読者は『ガリヴァー旅行記』の有名なシーンを想起することだろう）のだ。ついに虎之助は国の威信をかけた存在になってしまったのだ。その時、彼がそれまで作業をしていた工事現場の作業員に危機が迫る。虎之助はサミット会場の仕事をすっぽかし、現場に急行し皆を救う。だが再び起こった落雷と共に、虎之助の姿は消え去ってしまうのだった。そして好景気は一変し、わが世を謳歌《おうか》していた者たちは没落《ぼつらく》していく。

　こうしてみると虎之助はあのバブルの時代を象徴する存在という読み方もできる。しかしバブルは傷痕《きずあと》しか残さなかったが、虎之助が脱糞《だっぷん》（スカトロジーはスウィフトの得意芸である）したおかげで肥沃《ひよく》な土壌となった畑を耕す老婆や、虎之助と友情で結ばれた自衛隊員の郷田に代表されるように、自分を見失わない者に虎之助は何かを与えて去っていったのだ。

　小難しい理屈はともかくとして、他にもいろいろな読み方ができる作品である。たとえば身長百メートルというサイズや、自衛隊の戦闘機が襲いかかるシーンなどは、数多《あまた》の怪獣映画を髣髴《ほうふつ》させる。また虎之助が不精髭姿《ぶしょうひげすがた》の土木作業員であることや、サミット会場の珍妙な姿は、かつての怪物番組「オレたちひょうきん族」でビートたけしが演じた役からヒントを得たのではないだろうか。

　諷刺、パロディ、ユーモア、経済シミュレーション――これらの要素が渾然《こんぜん》一体となった奇想小説、それが本書なのである。

この作品は一九九八年七月に小社より刊行された作品です。

|著者|楡 周平　1957年生まれ。米国企業在職中の1996年に出版した初の国際謀略小説『Cの福音』(宝島社) が、いきなりベストセラーとなる。その後、『クーデター』『猛禽の宴』『クラッシュ』『ターゲット』『朝倉恭介』(以上、宝島社)、『青狼記』(講談社) など数々のヒットをとばし、スケールの大きい書き手として注目を集めている。

ガリバー・パニック

楡《にれ》 周平《しゅうへい》

講談社文庫

定価はカバーに
表示してあります

2001年8月15日第1刷発行

発行者――野間佐和子
発行所――株式会社 講談社
東京都文京区音羽2-12-21 〒112-8001
電話 出版部 (03) 5395-3510
販売部 (03) 5395-3626
業務部 (03) 5395-3615

デザイン―菊地信義
製版――株式会社精興社
印刷――信毎書籍印刷株式会社
製本――加藤製本株式会社

Printed in Japan

落丁本・乱丁本は小社書籍業務部あてにお送りください。送料は小社負担にてお取替えします。なお、この本の内容についてのお問い合わせは文庫出版部あてにお願いいたします。 (庫)

ISBN4-06-273224-6

講談社文庫刊行の辞

二十一世紀の到来を目睫に望みながら、われわれはいま、人類史上かつて例を見ない巨大な転換期をむかえようとしている。

世界も、日本も、激動の予兆に対する期待とおののきを内に蔵して、未知の時代に歩み入ろうとしている。このときにあたり、創業の人野間清治の「ナショナル・エデュケイター」への志を現代に甦らせようと意図して、われわれはここに古今の文芸作品はいうまでもなく、ひろく人文・社会・自然の諸科学から東西の名著を網羅する、新しい綜合文庫の発刊を決意した。

激動の転換期はまた断絶の時代である。われわれは戦後二十五年間の出版文化のありかたへの深い反省をこめて、この断絶の時代にあえて人間的な持続を求めようとする。いたずらに浮薄な商業主義のあだ花を追い求めることなく、長期にわたって良書に生命をあたえようとつとめるところにしか、今後の出版文化の真の繁栄はあり得ないと信じるからである。

同時にわれわれはこの綜合文庫の刊行を通じて、人文・社会・自然の諸科学が、結局人間の学にほかならないことを立証しようと願っている。かつて知識とは、「汝自身を知る」ことにつきていた。現代社会の瑣末な情報の氾濫のなかから、力強い知識の源泉を掘り起し、技術文明のただなかに、生きた人間の姿を復活させること。それこそわれわれの切なる希求である。

われわれは権威に盲従せず、俗流に媚びることなく、渾然一体となって日本の「草の根」をかたちづくる若く新しい世代の人々に、心をこめてこの新しい綜合文庫をおくり届けたい。それは知識の泉であるとともに感受性のふるさとであり、もっとも有機的に組織され、社会に開かれた万人のための大学をめざしている。大方の支援と協力を衷心より切望してやまない。

一九七一年七月

野間省一